Monika Beer

Eine Socke voller Liebe

Anmerkungen der Autorin

Im Spätsommer 2009 bin ich mit einer Freundin den rund achthundert Kilometer langen Camino Francés von Saint-Jean-Pied-de-Port nach Santiago de Compostela gewandert. Die Erfahrungen dieser Pilgerreise habe ich in meinem Tagebuch festgehalten. Es ist die Grundlage zu diesem Roman.
Die spirituellen Momente, aufkommende Zweifel und Glück, Freiheit und Dankbarkeit, Erschöpfung und Lebensfreude genauso wie die außergewöhnliche Hilfsbereitschaft der Spanier und die atemberaubenden Landschaften habe ich so erlebt.
Die Romanfiguren und ihre Lebensgeschichten dagegen sind frei erfunden und die Begebenheiten erdacht oder so verändert, dass sie sich einfügen.

Monika Beer, geboren in Dinslaken, verheiratet und Mutter von drei Kindern, war im öffentlichen Dienst tätig und viele Jahre Standesbeamtin der Verbandsgemeinde Bodenheim. Sie lebt in der Nähe von Mainz.

Monika Beer

Eine Socke voller Liebe

Ein Roman über das Unterwegssein und das Ankommen

*Bibliografische Information der Deutschen Nationalbibliothek:
Die Deutsche Nationalbibliothek verzeichnet diese Publikation
in der Deutschen Nationalbibliografie; detaillierte bibliografische Daten sind im Internet über http://dnb.dnb.de abrufbar.*

*1. Auflage August 2013
2. Auflage Juni 2015
© 2013 Monika Beer*

*Umschlaggestaltung unter Verwendung eines Fotos von
Rosemarie Pester, Wolfgang Beer*

*Herstellung und Verlag:
BoD – Books on Demand, Norderstedt*

ISBN: 978-3-7347-3897-5

*Nicht, weil die Dinge unerreichbar sind,
wagen wir sie nicht -
weil wir sie nicht wagen,
bleiben sie unerreichbar.*

Lucius Annaeus Seneca

Ich widme dieses Buch

Maria-Theresia Ida,
mit der mich eine langjährige Freundschaft verbindet,
und meiner Pilgerschwester Rosi.

Inhaltsverzeichnis

Prolog 9
01. Aufbruch 17
02. Paris 24
03. Aufstieg 31
04. Erkenntnisse 40
05. Gottvertrauen 51
06. Pilgergesichter 58
07. Sternschnuppen 64
08. Festtage 74
09. Kämpfe 79
10. Bekanntschaften 86
11. Kraftfelder 94
12. Wohnstätten 98
13. Erwartungen 105
14. Räuber 110
15. Irrtümer 113
16. Schutzengel 124
17. Freiheit 128
18. Naturereignisse 131
19. Leidensgefährten 134
20. Heulendes Elend 144
21. Gastfreundschaft 148
22. Einsamkeit 151
23. Wiedersehen 156
24. Tango 165

25. Freunde	170
26. Garderobenprobleme	174
27. Sehnsüchte	182
28. Ein Bettler	186
29. Der schwere Weg	191
30. Herausforderungen	200
31. Ein Handy	209
32. Dankbarkeit	213
33. Leben ist Pilgern	216
34. Neuigkeiten	220
35. Ermüdungserscheinungen	225
36. Am Ziel	227
37. Am Ende der Welt	240
38. Traum der Liebenden	244
39. Eine Socke voller Liebe	246
Epilog	252
Glossar	256
Text- und Liednachweis	257
Danke	258

Prolog

Sie öffnete die Etagentür zu ihrer Dreizimmerwohnung und trat ein. Am Ende des schmalen Flurs brannte noch Licht in der Küche.
„Hallo, da bin ich wieder!", rief sie fröhlich und stellte den Koffer ab. Während sie ihren hellgrauen Sommermantel an den Haken hängte, polterte einige Meter hinter ihr etwas auf den Fliesenboden. Sie hörte ein geräuschvolles Schnaufen.
Mit schlurfenden Schritten näherte er sich.
Langsam drehte sie sich um.
Er konnte sich kaum auf den Beinen halten und stierte sie aus glasigen Augen an. In der rechten Hand hielt er ein Tranchiermesser. Sein massiger Körper wankte hin und her, und mit ihm bewegte sich das Messer. Sie wich einen Schritt zurück und spürte die Wand an ihrem Rücken.
Eine Alkoholfahne wehte ihr ins Gesicht.
Sie wollte schreien, aber ihr gelang nur ein Wimmern. Einen Augenblick lang war sie wie versteinert.
Ihre Stimme klang heiser, als sie ungläubig fragte: „Markus, was soll das?"
Sein Arm sank schlaff herab.
Um sich zu vergewissern, dass dies kein Alptraum war, berührte sie ihn kurz an der Schulter und drückte ihn zurück. Doch während er rückwärts taumelte, wuchs seine Aggression. Seine Augen quollen fast über, als er wütend wieder auf sie zu torkelte.
„Wer sin' Sie?", lallte er.
Sie blickte ihn an: „Markus, ich bin es! Sabine! Ich bin deine Frau! Leg das Messer weg!"
Ihre Stimme erreichte ihn nicht.
Sie versuchte, ihm das gefährliche Werkzeug abzunehmen. Ruckartig zog er es wieder an sich und streifte dabei ihren Handrücken. Ein leichter Schmerz durchzuckte sie.
„Raus!", schrie er sie an. Speichel lief aus seinem Mund.
Sabine sah in sein verzerrtes Gesicht. Ihr Herz raste wie wild.
Ein Blutstropfen spritzte auf den Fußboden.

Wie ein gereizter Bulle stand er da. Ein großer, dicker Mann, ungepflegt und total besoffen.
Ihr Mann!
Sein Anblick widerte sie an.
Ein Blick auf seine alte Jogginghose zeigte ihr, dass er sich eingenässt hatte.
Wie sie ihn hasste!!!
Wieder schwankte er auf sie zu und die Messerspitze richtete sich gegen sie.
Mit ihrer ganzen Kraft stieß sie ihn zurück. Er prallte rückwärts gegen die Wand. Sie hörte, wie sein Kopf gegen das Mauerwerk schlug und sah seinen Körper wie einen nassen Sack zu Boden sinken.
Jetzt erfasste sie Panik.
Sie stürmte die Treppe hinunter und rannte ziellos aus dem Haus. Sie wollte weg. Einfach nur weg, weg, weg... und lief hinaus in die dunkle Nacht.

Plötzlich fand sie sich vor einer Weinstube in der Ortsmitte wieder. Durch die Fensterscheiben drang warmes Licht nach außen. Völlig außer Atem und mit klopfendem Herzen betrat sie den Gastraum.
„Mein Mann...", stammelte sie dem Wirt entgegen und lehnte sich erschöpft gegen den Tresen.
„Was ist passiert? Sie sind ja kreidebleich!" Er stellte sich neben sie und legte seinen Arm einen Moment lang tröstend um ihre Schultern.
Die wenigen Gäste sahen beunruhigt und neugierig zu ihnen hin. Sabine nahm es nicht wahr.
Als sie ihre Arme auf die Holztheke legte, erschrak sie. Ihre Hand und die grüne Strickjacke waren blutverschmiert.
„Da, nehmen Sie die", sagte der Wirt und reichte ihr einen Packen Servietten, bevor er in die Küche eilte.
Er kam mit Verbandszeug zurück und ergriff ihre Finger. „Darf ich? Ich mache Ihnen einen festen Verband", sagte er und schaute sie an: „War *er* das?"
„Ja", schluchzte sie.

„Setzen Sie sich erst einmal", empfahl er und drückte sie sanft auf eine Bank. Ihre Knie zitterten.

Während er ihre Hand umwickelte, fühlte sie sich für einen kurzen Moment geborgen und hatte das Gefühl, alle Ängste würden mit den Tränen aus ihrem Körper fließen. Sie war dankbar, dass der Winzer keine weiteren Fragen stellte.

Nicht weit entfernt lag Markus in der Wohnung. Was war, wenn er durch den Aufprall gegen die Wand eine schwere Kopfverletzung erlitten hatte?

Dann hatte er es verdient!!

Mein Gott, ich muss einen Krankenwagen rufen, schoss es ihr durch den Kopf.

Sie sah den Wirt an, der gerade den Verband mit einer Klammer befestigte. „Kann ich bitte telefonieren?"

„Selbstverständlich!"

Er reichte ihr das Telefon, und sie wählte die 110.

Nachdem die notwendigen Angaben gemacht waren, beendete sie mit einem tiefen Seufzer die Verbindung.

Der Winzer stellte ein Glas Traubenbrand auf die Theke. „Der wird Ihnen gut tun. Er ist von meinen eigenen Früchten. Betrachten Sie ihn als Medizin."

Sabine rümpfte die Nase. Sie hasste diesen Geruch. Seit Ewigkeiten hatte sie keinen Weinbrand mehr getrunken.

Vor ihrer Abreise hatte sie Wohnung und Keller inspiziert und zwei Flaschen Wodka in Markus Werkzeugkasten gefunden. Als sie ihn damit konfrontierte, versprach er ihr hoch und heilig, keinen Tropfen anzurühren. Aber fünf Tage waren eine lange Zeit. Wahrscheinlich zu lang. Wie konnte sie nur immer wieder so naiv sein und ihm glauben? Wenn sie ehrlich war, hatte sie gewusst, dass er sich betrinken würde, sobald sie weg war. Also, warum wunderte sie sich jetzt?

Mit trotziger Gebärde setzte sie das Glas an und leerte es in einem Zug. Die Medizin verbreitete eine wohltuende Wärme in ihrem Innern.

„Geht es wieder?", fragte ihr Helfer.

„Ich glaube, ja", sagte sie langsam und erhob sich, „und vielen Dank für alles. Ich werde jetzt wieder nach Hause gehen, damit die Sanitäter nicht vor verschlossenen Türen stehen."

Draußen umfing sie kühle Nachtluft.
Eigentlich zu kühl für einen Sommermonat, fand sie und schloss die Knöpfe ihrer dünnen Jacke. Gestern in der Pfalz war es wärmer gewesen. Seufzend dachte sie an die vergangene Woche, in der sie gemeinsam mit ihrer Freundin Andrea an einem musikpädagogischen Seminar für Lehrer teilgenommen hatte.
Wenn ich doch bloß nicht gefahren wäre! Ich habe es geahnt. Bin selbst schuld, dass mich jetzt wieder das schlechte Gewissen quält. Ja, aber ich bin doch nicht sein Kindermädchen!! Nein! Ich will das alles nicht mehr. Immer wieder diese falschen Hoffnungen und ständig die Angst vor seinen Alkoholexzessen. Nein! Nein! Und nochmals Nein! Jetzt ist Schluss damit! Endgültig!
Von weitem hörte sie ein Martinshorn. Fast gleichzeitig mit dem Krankenwagen erreichte Sabine das Haus.
Sie gab den Sanitätern ihren Schlüsselbund. Sie wollte nicht mit in die Wohnung gehen. Sie wollte nicht sehen, wie Markus jetzt da lag. Sie wollte ihn überhaupt nicht sehen. Nicht jetzt. Nie mehr!
„Kann ich hier warten?", fragte sie die Notärztin, die gerade aus ihrem Auto stieg.
Dankend nahm sie das Angebot an, es sich auf dem Beifahrersitz bequem zu machen. Die drei Helfer verschwanden hinter der Haustür.
Wie auf Kommando gingen mit dem Zuschlagen der Tür in einigen Wohnungen die Lichter an. Im Nachbarhaus gegenüber wurde ein Rollladen hochgezogen.
Sabine rutschte unwillkürlich ein Stückchen tiefer in den Autositz. „Da hat Frau Meier wieder was zu tratschen, die neugierige Kuh", dachte sie, „aber meinetwegen, soll sie doch." Im Moment war ihr das alles so egal, wie einem nur etwas egal sein konnte.
Sie starrte gebannt auf die Haustür und dachte wieder an Markus. Wenn er nun stirbt? Bin ich dann schuld daran? Hätte ich ihn vielleicht in die stabile Seitenlage bringen müssen? Und wenn er sich erbrochen hat und daran erstickt ist? Vielleicht ist er ja schon tot! Bei dieser Vorstellung konnte sie nicht mehr

still sitzen. Sie stieg aus dem Auto und wanderte unruhig hin und her.
Als sich die Haustür endlich öffnete, blieb sie in einiger Entfernung stehen und sah zu, wie die Trage mit ihrem Mann in den Krankenwagen geschoben wurde.
Erst als der Krankenwagen mit Vollgas und eingeschaltetem Blaulicht davonbrauste, lief sie im Dauerlauf auf die Ärztin zu.
„Was ist mit ihm?", rief sie ihr entgegen.
„Er ist noch nicht wieder bei Bewusstsein. Er hat eine Gehirnerschütterung und vermutlich eine Alkoholvergiftung. Ich habe seinen Kreislauf fürs Erste einigermaßen stabilisieren können. Alles Weitere geschieht in der Klinik. Aber kommen Sie, ich begleite Sie nach oben, wenn Sie damit einverstanden sind."
Sabine nickte zustimmend. Es beruhigte sie, dass Markus nicht tot war. Trotzdem war sie froh, dass sie nicht allein in ihre Wohnung zurückgehen musste. Sie spürte, wie die junge Frau den Arm um ihre Schulter legte und sie leicht vorwärts schob.
Mit Hilfe der Ärztin schleppte sie sich die vier Treppen hoch. Sie fühlte sich wie eine Traumwandlerin. Die Wände bewegten sich vor ihren Augen. Dann überließ sie sich ganz dem beruhigenden, festen Arm, der sie hielt und versank in der Schwärze, die sie umgab.
Als sie die Augen wieder aufschlug, lag sie auf ihrem Bett und blickte in das freundliche Gesicht der Ärztin. „Sie hatten gerade einen leichten Schwächeanfall. Ich werde Ihnen später ein Aufbaupräparat und ein beruhigendes Mittel spritzen, damit sie heute Nacht schlafen können."
Dann nahm sie Sabines Hand und noch während sie fragte: „Darf ich mir das mal ansehen?", löste sie den Verband. Mit einem fachmännischen Griff desinfizierte sie die Wunde und versorgte sie mit Klammerpflaster. Sie gab Sabine eine Beruhigungsspritze und bat sie, sich für die Nacht fertig zu machen.
„Ich bin Ihnen sehr dankbar, dass Sie sich so viel Zeit für mich nehmen", sagte Sabine, nachdem sie sich wieder ins Bett gelegt hatte, „Ihre Fürsorge tut mir gut."
„Danke! Ist schon in Ordnung! Sie werden bald einschlafen. Ich habe Ihnen hier meine Nummer aufgeschrieben und lege Ihnen das Telefon für den Notfall auf den Nachttisch. Falls Sie

mich noch einmal brauchen sollten, können Sie mich ruhig anrufen. Ich habe die ganze Nacht Dienst. Jetzt hole ich Ihnen noch ein Glas Wasser, und dann schlafen Sie erst einmal. Morgen ist ein neuer Tag."
Die Ärztin verließ das Schlafzimmer. Sabine war bereits eingeschlafen, als die junge Frau die Wohnungstür hinter sich zuzog.

Am nächsten Morgen hätte Sabine die Wohnung am liebsten fluchtartig wieder verlassen. In der Küche lagen Scherben und leere Flaschen, der Fußboden klebte. Halbleere Kaffeetassen, Teller mit Essensresten und Töpfe, in denen angebrannte Speisen klebten, standen auf der verschmierten Arbeitsplatte. An den Schranktüren waren die Rinnsale undefinierbarer Flüssigkeiten inzwischen getrocknet.
Sie verließ die Küche und ging zum Telefon. Ein Blick auf die Uhr sagte ihr, dass die Schulsekretärin bereits da sein musste. Frau Müller stellte keine neugierigen Fragen, als sie sich krank meldete, sondern beendete das Gespräch schnell wieder und wünschte der Lehrerin gute Besserung.
Für einige Kollegen dagegen bin ich heute sicher wieder Thema Nummer eins, dachte Sabine. Sie werden sich das Hirn zermartern mit ihren Spekulationen über meine Ehe.
Sie lehnte sich gegen den Türrahmen. Nein, sie konnte und wollte die Küche jetzt nicht gründlich reinigen. Es fiel ihr schwer, die Übelkeit zu unterdrücken. Widerwillig säuberte sie das Notwendigste und brühte einen Kaffee auf.
Mit der warmen Tasse in der Hand ging sie ins Schlafzimmer, um eine Reisetasche für Markus zu packen. Doch mit jedem Wäschestück, das sie anfasste, wuchs der Zorn in ihr. Hektisch und ohne zu überlegen stopfte sie alles in die Tasche.
„Ich könnte platzen!!", entfuhr es ihr, als sie den Reißverschluss zuzog.

Markus war in die Psychiatrische Abteilung eingeliefert worden und lag auf der Intensivstation. Er hatte das Bewusstsein inzwischen zwar wieder erlangt, war aber noch nicht ansprechbar. Sabine straffte ihren Körper und ging, ohne den kleinsten Seitenblick, an dem großen Glasfenster seines Zimmers vorbei.

Der rundliche Mittvierziger, der ihr entgegenkam, stellte sich als Dr. Martin vor. Er führte sie in einen kleinen Besprechungsraum.

Nachdem sie beide an dem großen Tisch in der Mitte des Zimmers Platz genommen hatten, begann der Arzt das Gespräch: „Ich kann Ihnen sagen, dass Ihr Mann momentan außer Lebensgefahr ist. Er wird ständig überwacht, und wir hoffen, dass sein Kreislauf auch in den nächsten vierundzwanzig Stunden stabil bleibt. Wegen der zu erwartenden massiven Entzugserscheinungen und der Gehirnerschütterung müssen wir ihn ständig ruhig stellen und seinen Zustand beobachten. Ich möchte Sie bitten, jetzt auf keinen Fall zu ihm zu gehen."
„Ich habe auch nicht das Bedürfnis, ihn zu sehen."
„Ich verstehe. Seit wie vielen Jahren hat er Probleme mit dem Alkohol?"
„Ich weiß es nicht genau. Vielleicht seit sieben oder acht Jahren."
„Hat er schon einmal eine Therapie gemacht?"
„Ja, allerdings nur ambulant. Er war immer der Meinung, er schafft das auch so, und das bei ihm alles nicht so schlimm ist."
„Jaja, das glauben sie alle", sagte Dr. Martin achselzuckend. „Wenn er wieder ansprechbar ist, werde ich ihn fragen, ob er einer gründlichen Entgiftung seines Körpers zustimmt. Die Behandlung erfolgt mit speziellen Medikamenten, um so die schlimmen Entzugserscheinungen abzumildern und gleichzeitig ein Psychotherapie- und Entspannungsverfahren einsetzen zu können. Meiner Einschätzung nach würde das bei ihm sicherlich zwei Wochen dauern. Anschließend könnte er in eine Rehaklinik überwiesen werden. Sie wissen, dass eine stationäre Entwöhnungstherapie drei bis sechs Monate dauern kann?"
„Ja, allein diese Möglichkeit ist für meinen Mann immer eine Horrorvorstellung gewesen."
„Na ja, noch sind wir nicht so weit. Er hat jetzt erst einmal eine schwere Zeit vor sich, wenn die Entzugserscheinungen einsetzen. Ich hoffe doch sehr, dass er der Behandlung zustimmt, wenn er erfährt, was passiert ist. Nach seinem Rauschzustand kann er sich wahrscheinlich an nichts mehr erinnern."

Dr. Martin erhob sich und reichte ihr die Hand, um sich zu verabschieden: „Sie können jederzeit mit der Station telefonieren, wenn Sie wissen möchten, wie es Ihrem Mann geht. Falls etwas Wichtiges passiert, rufe ich Sie an."
„Danke!"
Sabine verließ das große Gebäude und lief über den Parkplatz zu ihrem Auto. Irgendwie fühlte sie sich wie in einem falschen Film. Sie hatte ihre Gefühle eingefroren.
Mit stoischer Ruhe erledigte sie an diesem Vormittag alles, was nötig war. Pflichtbewusst und kontrolliert wie ein Roboter.

01. Aufbruch

Versonnen blickte Sabine aus dem Zugfenster. Grüne Wiesen und gelbe Getreidefelder zogen an ihren Augen vorbei. Der Hochgeschwindigkeitszug nach Paris machte seinem Namen alle Ehre.
Ihr war es gerade Recht, denn je weiter sich der Zug von ihrem Heimatort Nackenheim entfernte und je früher er in der Seine-Metropole ankam, umso besser. Es konnte für sie nicht schnell genug gehen.
Plötzlich fühlte sie sich von ihrem Gegenüber beobachtet. Andreas braune Augen ruhten auf ihrem Gesicht.
„Und, wie fühlst du dich?", fragte die Freundin.
„Mit jedem Kilometer besser!"
Sabine räkelte sich, bevor sie die Hände mit einem zufriedenen Seufzer im Nacken verschränkte. Sie verschwanden unter ihren roten Locken, die sie mit einem dünnen Tuch zusammengebunden hatte. „Drei Wochen lang habe ich auf diesen Tag gewartet. Und jetzt ist es wie ein Befreiungsschlag: Täteretäää!!!"
Lachend spreizte sie ihre Finger am ausgestreckten Arm zum Siegeszeichen, bevor sie sie wieder als Kopfstütze gebrauchte. „Ich kann es noch gar nicht richtig glauben, dass ich jetzt mehr als fünf Wochen lang Zeit für mich selbst habe. Hast du dir das schon mal so auf der Zunge zergehen lassen?"
„Hmm", grinste die Freundin genießerisch und strich sich mit einer Hand über ihre kurz geschorenen, schwarzgrauen Haare. Sie streckte die Füße mit den dicken Wanderschuhen weit von sich. „Wenn ich so an mir runterschaue, werde ich ganz kribbelig und würde am liebsten sofort loslaufen."
„Gemach, gemach! Dazu hast du ab morgen genug Zeit. Und dann darfst du jeden Tag laufen!", versprach Sabine und schob eine lange Haarsträhne unter das Tuch.„Ich bin ja mal gespannt, ob wir uns da nicht zu viel vorgenommen haben. Achthundert Kilometer zu Fuß! Klingt schon ein bisschen größenwahnsinnig. Findest du nicht?", und ohne eine Antwort abzuwarten fügte sie hinzu: „Ich glaube, ich fahre zwischendurch

öfter mal ein Stückchen mit dem Bus. Bestimmt, wenn es so heiß ist wie heute."
„Jetzt mach aber mal langsam!", wunderte sich Andrea. „Wer hatte denn diese grandiose Idee, den Jakobsweg zu laufen?"
„Ja, ja, das will ich ja auch immer noch. Aber trotzdem.... ich mein ja nur.... Außerdem ist daran nur diese komische Heiligenfigur in deiner Kirche Schuld. Eigentlich wollte ich ja mit dir in die Einsamkeit der finnischen Wälder und Seen fliehen. Aber der fidele Wanderbursche auf dem Sockel hat mich total hypnotisiert. Sozusagen." Sabine bemühte sich, den zweifelnden, ernsten Ton in ihrer Stimme beizubehalten.
„Ach, und deshalb lebst du seit drei Wochen in Trance!?", ungläubig grinste Andrea ihre Freundin an.
„Ja, so ähnlich."
„Das glaub' ich jetzt aber nicht!"
„Wieso nicht?", Sabines grüne Augen blitzten vergnügt auf, und ein paar kleine Sommersprossen verschwanden in den feinen Lachfalten, die sich auf ihrer Nase und an den Schläfen ausbreiteten.
Andrea beendete das alberne Geplänkel: „Weil du in dieser Zeit so voller Power und Tatendrang warst, wie man es im Traumzustand nicht sein kann. Ich habe dich sehr bewundert. Nach all dem, was passiert war."
„Tja, das war auch ganz gut so, denn ich habe mich bewusst in die Arbeit gestürzt, um nicht viel Zeit zum Nachdenken zu haben. Sonst wäre ich womöglich doch noch schwach geworden und in die Klinik gefahren, um Markus zu besuchen", gestand Sabine. „Vielleicht hat der alte Jakob mir aber auch mit der Vision die nötige Motivation dazu verabreicht."
„Wer weiß?"

Drei Wochen vorher:
Am Nachmittag nach der Einlieferung ihres Mannes in die Psychiatrie hatte Sabine ihre Freundin in Dittelsheim-Heßloch besucht.
Andrea hatte auf der sonnigen Terrasse ihrer kleinen Souterrainwohnung den Kaffeetisch bereits gedeckt, als sie das Auto vorfahren hörte.

Auf dem Weg zur Tür zupfte sie ein paar verwelkte Blüten aus den großen Blumenkübeln, die vor der Hauswand standen. In dem Steingarten am kleinen Hang, der den tief liegenden Sitzplatz vom großen Garten der Hauseigentümer trennte, wuchsen üppige Sedumgewächse in den verschiedensten Formen und Farben. Andrea liebte die bizarren, fetten Blätter und kleinen Blüten dieser Pflanzen.
Seit ihre Tochter Magdalena vor drei Jahren nach München gezogen war, lebte sie allein. Sie hatte nie geheiratet und arbeitete als Musikpädagogin an der Musikschule Worms, wo sie Querflöte und Musikalische Früherziehung unterrichtete.
Sabine und Andrea waren seit ihrer Gymnasialzeit beste Freundinnen.
Die beiden Frauen begrüßten sich mit einer festen Umarmung, bevor sie an dem gedeckten Tisch Platz nahmen.
„Ach, blüht das wieder herrlich in deinem kleinen Paradies!", bewunderte Sabine die leuchtende Blumenpracht.
„Ja, ich freue mich auch jeden Tag darüber", entgegnete Andrea und schenkte Kaffee ein.
Dann sah sie ihre Freundin mit einem besorgten Blick an: „Aber jetzt erzähl mir erst einmal, was gestern Abend passiert ist. Deine Andeutungen heute Morgen am Telefon hörten sich ja schrecklich an."
„Es *war* schrecklich!!"
Sabine begann, langsam und stockend zu erzählen. Je mehr sie redete, umso heftiger wurde sie von ihren Gefühlen überwältigt. Tränen liefen über ihr Gesicht. Vor ihrer Freundin brauchte sie nichts zu beschönigen und musste sich nicht zusammenreißen. Hier konnte sie sich gehen lassen.
Andrea hörte zu, ohne sie zu unterbrechen.
Nachdem Sabine sich schweigend zurückgelehnt hatte, fragte Andrea: „Hast du das deinen Kindern auch schon alles so erzählt?"
„Nein, ich habe Tanja nur kurz zwischen zwei Vorlesungen in der Uni erreicht, und ihr lediglich gesagt, dass Markus gestürzt ist und im Krankenhaus liegt. Meinen Großen habe ich im Büro angerufen und ihn leider mitten in einer Besprechung gestört. Der ist natürlich gleich wieder ausgerastet! Felix vermu-

tete sofort, dass sein Vater betrunken war", berichtete Sabine bekümmert. „Die Kinder kommen beide morgen früh zu mir. Felix bringt seine Freundin auch mit. Eva hat an diesem Wochenende keinen Krankenhausdienst. Ich habe den Eindruck, sie ist ihm eine gute Stütze bei dem problematischen Verhältnis zu seinem Vater. Beim Frühstück haben wir viel Zeit, und ich werde hoffentlich die nötige Ruhe aufbringen, um ihnen alles ausführlich erzählen zu können."
„Und du wirst dieses Mal nichts beschönigen und Markus nicht in Schutz nehmen?"
„Ja, das habe ich mir vorgenommen."

Nach dem Kaffeetrinken liefen die Frauen nebeneinander den Weg bergauf zu der kleinen, alten Jakobuskirche. Andrea hatte an diesem Nachmittag noch eine Probe mit Kindern und Jugendlichen in der Kirche des kleinen Weinortes.
Sabine freute sich auf die Ablenkung, auch wenn sie sonst aus den verschiedensten Gründen nicht mehr zu den Kirchgängern gehörte.
Unterwegs bemerkte sie an einer Abzweigung ein kleines blaues Schild mit einer gelben Muschelzeichnung darauf.
Kurz danach las sie das Wort „Pilgerhaus", das in großen gelben Buchstaben von einer Hauswand leuchtete.
„Verläuft hier ein Jakobsweg?", fragte sie ihre Freundin verwundert.
„Ja. Der rheinhessische Jakobsweg führt mitten durch unseren Ort. Die sechzig Kilometer lange Strecke von Bingen nach Worms ist erst vor wenigen Jahren neu gekennzeichnet und offiziell eröffnet worden."
„Komisch, dass mir diese Zeichen noch nie aufgefallen sind."
„Na ja, du bist ja wahrscheinlich auch schon lange nicht mehr hierher gelaufen."
„Da kannst du Recht haben."
Die Jugendlichen warteten bereits vor der Kirchentür, als die beiden Frauen eintrafen. Andrea wurde sofort von ihnen umringt und verschwand kurz darauf mit der lebhaften Meute in der Kirche.

Sabine betrat zögernd hinter ihnen das Gotteshaus. Ihr gefiel der einfache, harmonisch gestaltete Innenraum sofort.
Hinter dem Altartisch befand sich ein riesiges Marienbild: Maria, auf einer Wolke sitzend, präsentiert ihren Sohn, während etwa zehn Frauengestalten andächtig zu ihr hoch schauen.
Vielleicht lauter heilige Mütter? Sabine wunderte sich, dass sie keinen einzigen Mann auf dem Gemälde fand.
Die Bankreihen in der Kirche waren in drei Gruppen so angeordnet, dass die Gläubigen im großen Halbkreis um den Altar sitzen konnten. Sie setzte sich links neben den Altar und beobachtete ihre Freundin und die Schüler beim Stimmen der Instrumente.
Dann erklang die erste Melodie. Die hellen Stimmen der jungen Sänger berührten sie. Oder war es der Text des irischen Segensgrußes, der schuld an ihrer aufkommenden rührseligen Stimmung war?
„Möge die Straße uns zusammen führen und der Wind in deinem Rücken sein,
sanft falle Regen auf deine Felder und warm auf dein Gesicht der Sonnenschein.
Führe die Straße, die du gehst, immer nur zu deinem Ziel bergab,
hab wenn es kühl wird warme Gedanken und den vollen Mond in dunkler Nacht.
Hab' unterm Kopf ein weiches Kissen, habe Kleidung und das täglich Brot,
sei über vierzig Jahre im Himmel, bevor der Teufel merkt: Du bist schon tot.
Bis wir uns mal wieder sehen, hoffe ich, dass Gott dich nicht verlässt,
er halte dich in seinen Händen, doch drücke seine Faust dich nicht zu fest."
Dazwischen immer wieder der Refrain: „Und bis wir uns wiedersehen, halte Gott dich fest in seiner Hand..."
Sie schluckte die Tränen hinunter und sah sich um.
An den Wänden hingen mehrere Podeste, von denen Heiligenstatuen in den Kirchenraum blickten. Sabines Augen blieben an einer Pilgerfigur hängen: Ein Mann mit einem Wander-

stab in der Hand und einer Kalebasse am Gürtel. Ein Hut, an dem eine Jakobsmuschel baumelte, hing über seiner Schulter.
Sie vertiefte sich in seinen Anblick.
Der heilige Jakobus, dachte sie, und der rheinhessische Jakobsweg führt an der Kirche vorbei. In ganz Deutschland, Frankreich und Spanien hat man viele dieser alten Pilgerwege wieder begehbar gemacht und ausgeschildert.
Ihr fielen die Bücher ein, die sie über den spanischen Jakobsweg gelesen hatte. Egal, ob die spirituellen Erlebnisse von Paolo Coelho und Shirley McLaine oder die körperliche und mentale Herausforderung, die Hape Kerkeling beschrieb. Alle diese prominenten Pilger waren zuvor an einem Wendepunkt in ihrem Leben angelangt und sehnten sich nach einer Zeit, um Abstand vom Alltag zu gewinnen. Galt das nicht auch für sie?
Die langen Sommerferien standen vor der Tür.
Vielleicht sollte ich diese Zeit nutzen, um den Jakobsweg zu laufen? schoss es ihr durch den Kopf. Nein! Was war das denn für eine Schnapsidee! Schnell schob sie den Gedanken wieder zur Seite. Pilgern war nicht ihre Sache.
Sie könnte mit Andrea nach Finnland fahren. Da wollten sie doch immer schon mal hin. In die Einsamkeit der herrlichen Natur, der finnischen Wälder und Seen. Wandern, Kanu fahren, Schwimmen, Saunieren und Lesen…, während Markus im Krankenhaus war. Ja, der konnte ihr jetzt sowieso mal gestohlen bleiben. Den würde sie am liebsten ganz vergessen. Zu viel war in den letzten Jahren passiert.
Sie hob den Kopf und blickte die Figur des Heiligen Jakobus an. Oder vielleicht doch den Jakobsweg in Spanien gehen? Laufen machte schließlich den Kopf frei. Sie müsste ja nicht jeden Tag in eine Kirche rennen!
Andrea würde bestimmt mitkommen. Hatte sie nicht sogar schon mal davon gesprochen, dass sie das gerne mal machen würde? Nur mit einem Rucksack auf dem Rücken einfach jeden Tag aufs Neue loslaufen und sehen, was passiert. Nichts planen, sondern sich einfach leiten lassen. Ob das bei ihr überhaupt funktionieren würde? Für sie musste möglichst alles zu kontrollieren und zu regeln sein. Sie konnte sich das „Einfach-drauf-los-laufen" irgendwie nicht richtig vorstellen.

Obwohl der Gedanke, einmal nichts planen und organisieren zu müssen, sich um nichts kümmern und in den Tag hinein leben zu können, etwas sehr Verlockendes hatte. Eigentlich war es genau das, was sie jetzt brauchte. Ja, wenn sie ehrlich war, sehnte sie sich direkt danach...!
Unentwegt hatte sie die Statue angestarrt, während ihre Gedanken umherwanderten.
Plötzlich war ihr, als käme der Heilige von seinem Podest herunter und auf sie zu. Sie hatte sein Gesicht und den Hut mit der Muschel direkt vor ihren Augen.
„Begrab deine Zweifel! Es ist an der Zeit, dass du einmal etwas für dich tust! Mache dich auf den Weg! Laufe diesen langen Pilgerweg für dich! Es wird dir gut tun! Vertraue dir selbst! Gott wird dir helfen!"
Hatte er da gerade zu ihr gesprochen?
Laute, rhythmische Musik brachte sie schlagartig in die Wirklichkeit zurück. Sie war wie benommen von der Vision und den eindringlichen Worten. Vorsichtig schüttelte sie den Kopf und steckte eine Haarsträhne hinters Ohr. Dann sah sie zu Andrea hinüber.
Die Freundin war voll in ihrem Element und dirigierte die Jugendband mit viel Enthusiasmus. Ihre Begeisterung übertrug sich auf die Kinder. Sabine sah, dass die jungen Instrumentalisten eifrig bei der Sache waren, während die Sänger aus voller Kehle ihr Lied schmetterten.
Die Probe war zu Ende.
Sabine wartete, bis die jungen Musiker ihre Instrumente eingepackt und sich verabschiedet hatten. Erst als Andrea ihnen zum Ausgang hin folgte, stand auch sie auf und ging aus der Kirchenbank.
Wortlos liefen sie eine Weile nebeneinander her.
„Was ist? Hat dir unsere Musik die Sprache verschlagen?", fragte Andrea nach einer Weile.
„Nee, das nicht, obwohl ich ganz begeistert von deinen Schülern bin. Ihr seid eine tolle Truppe. Aber ich überlege die ganze Zeit, ob ich dich etwas fragen soll."
„Na, frag schon. Mach's nicht so spannend."

„Würdest du in den Schulferien mit mir den spanischen Jakobsweg gehen?"
Ein ungläubiges Staunen lag in Andreas Gesichtszügen, als sie stotterte: „Ja, aber... wieso... jetzt? Na klar, würde ich! Gerne sogar!!"
Von dem Tag an lief alles fast wie von selbst. Die gemeinsamen Reisevorbereitungen lieferten viel Euphorie und die beruflichen Abschlussarbeiten in den Schulen, wie das Zeugnisschreiben, das Schulfest und die vorbereitenden Arbeiten für das nächste Schuljahr, alles klappte ohne Schwierigkeiten oder nennenswerte Probleme.
Sabine fragte sich, ob das an ihrer Vorfreude oder daran lag, dass Markus sich in der Klinik zu einer stationären Entgiftung und anschließenden Entwöhnungstherapie entschlossen hatte.
Andrea war überzeugt, dass es die Anziehungskraft des Jakobsweges war. „Wenn man sich einmal vorgenommen hat, diesen Weg zu gehen, gibt es keine Stolpersteine mehr, die einen daran hindern könnten. Der Camino übt eine Sogwirkung aus und die Sehnsucht loszulaufen wird immer größer", sagte sie.
So kam es, dass sie sich jetzt im Zug gegenüber saßen und unterwegs nach Paris waren, um noch für ein paar Stunden Großstadtluft und Zivilisation zu schnuppern, bevor sie sich am nächsten Morgen in die Einsamkeit des Pilgerweges stürzen würden.

02. Paris

Die Freundinnen schulterten ihre Rucksäcke und stiegen nacheinander aus dem Zug. Sofort wurden sie von einer strömenden Menschenmenge erfasst und zum Ausgang gezogen.
Als sie endlich aus dem Gewühl heraus waren und auf dem Bahnhofsvorplatz standen, sagte Sabine: „Kneif mich mal."
„Warum?"
„Damit ich merke, dass ich wach bin und nicht träume."
„Okay!", lachte Andrea und kniff kräftig zu.

„Aua! So fest nun auch wieder nicht." Sabine rieb über die rote Stelle an ihrem Arm.
„Riechst du sie auch?", alberte Andrea.
„Wen soll ich riechen?"
„Na, die Pariser Luft natürlich!"
„Ja klar, du Scherzkeks!", grinste Sabine und knuffte ihre Freundin in die Seite. „Und nun? Sollen wir gleich zum Montmartre hoch laufen?"
„Vielleicht kümmern wir uns erst einmal um Schließfächer für unsere Rucksäcke. Oder willst du den bei der Hitze durch die Großstadt schleppen?"
„Nein, das will ich ganz und gar nicht."
Die Suche nach Schließfächern gestaltete sich als sehr schwierig; denn es gab keine mehr. Nach dem Bombenanschlag auf die Metro vor einigen Jahren hatte man alle Schließfächer abmontiert.
„Na, auch gut. Wir müssen uns sowieso an unsere Rucksäcke gewöhnen", stellte Andrea fest.
„Ja, das müssen wir wohl. Die werden wahrscheinlich irgendwann zu uns gehören wie Arme und Beine."
„Dann sind sie angewachsen."
Voller Tatendrang machten sie sich zu Fuß auf den Weg zum Montmartre, nachdem Andrea versichert hatte: „Das ist nicht weit. Wenn ich mich richtig erinnere, sind wir in einer halben Stunde oben."
Eine halbe Stunde später befanden sie sich allerdings noch nicht oben, sondern in einem Araberviertel. Wieder waren sie in einem menschlichen Gewusel. Sie hielten sich fest an den Händen, um sich in dem dichten Gedränge nicht zu verlieren. Tausend verschiedene Gerüche und Sprachen stürmten auf sie ein. Ständig wurden sie von Händlern angequatscht, die etwas verkaufen wollten. Aber sie verstanden kein Wort und hatten alle Mühe, die aufdringlichen Hände der dunkelhäutigen Männer abzuwehren.
„Mein Gott, was bin ich froh, wenn wir hier raus sind", lamentierte Sabine.
Als sie endlich bei der Kirche Sacré-Coeur ankamen, die majestätisch über der Stadt thront, waren sie fix und fertig.

Sie suchten sich einen freien Platz auf der Grünfläche unterhalb der Basilika, ließen ihre Rucksäcke auf den Rasen fallen und sich selbst daneben.

„Ab jetzt fahre ich nur noch mit der Metro durch Paris!", verkündete Sabine, „sonst bin ich ja schon kaputt, bevor ich einen Fuß auf den Jakobsweg gesetzt habe."

„Okay", räumte Andrea ein, „damit bin ich einverstanden. Ich habe mich mit der Entfernung wohl doch etwas vertan. Tut mir leid. Oder wir sind einen Umweg gelaufen."

„Tja, das Gefühl habe ich auch. Du glaubst ja gar nicht, wie froh ich bin, dass wir das Gewicht unserer Rucksäcke auf acht Kilo beschränken konnten. Ich finde das Ding nämlich ganz schön schwer und sehr gewöhnungsbedürftig. Vor allem bei der Hitze."

„Du sagst es!"

Sie lagen im Gras und sahen von weitem den Jongleuren und Breakdancern zu, die ihre Kunststücke vor der Zuckerbäckerkirche zum Besten gaben. Überall wimmelte es von Touristen. Nicht nur auf der Rasenfläche, auch auf den Treppenstufen und Stützmauern saßen die Menschen. Andere strömten in Scharen in die Kirche. Irgendwann schlossen sich auch die Freundinnen der Masse an und machten einen Rundgang durch die zwar wunderschöne, aber übervolle Touristenattraktion.

Dann bummelten sie weiter durch das Künstlerviertel, sahen den Malern bei ihrer Arbeit zu und beobachteten das bunte Treiben und die vielen Menschen von einem Café aus. Hier, unter einem Baum, bei frisch gebackenen Waffeln und Kaffee ließ es sich wunderbar aushalten.

Erst als die Sonne nicht mehr so heiß war, stiegen sie langsam bergab zur nächsten Metrostation und fuhren in die Unterstadt. Sie spazierten zwischen vorbeieilenden Anzugträgern, stöckelnden Schönheiten, schmusenden Pärchen, gestressten Müttern mit Kinderwagen, trödelnden Schulkindern und Touristen durch die belebten Straßen. Sie schauten in die Auslagen der großen Kaufhäuser und kleinen Boutiquen, überquerten die Straßen zwischen hupenden Autos, bummelten durch den Botanischen Garten, schlenderten am Rathaus vorbei und zur Kathedrale Notre Dame. Die große, eindrucksvolle Kirche an der Seine hatte leider ihre Pforten für heute schon geschlossen. Am Fluss saß eine Gruppe junger Leute auf der Kaimauer und machte Picknick.

Aus einem kleinen Brunnen sprudelte frisches Trinkwasser. Die beiden Frauen stellten ihre Rucksäcke ab, um sich zu erfrischen.

„Ach du meine Güte!", rief Sabine und fasste sich an die Stirn, „was ist denn jetzt los? Ich habe das Gefühl, ich falle gleich hinten rüber, so ohne das Gewicht auf dem Rücken. Wie soll das denn erst mal werden, wenn wir den Rucksack den ganzen Tag getragen haben?"

„Dann werden wir uns wohl einen Seemannsgang angewöhnen, um das Gleichgewicht zu halten", lachte Andrea. „Aber mal was anderes: Ich habe dicke Füße vom Rumlaufen und genug gesehen. Was hältst du davon, wenn wir uns jetzt in ein gemütliches Lokal setzen, in dem wir uns ausruhen können?"

„Das ist eine Superidee!"

„Am anderen Ufer der Seine ist die Altstadt mit vielen, schönen Lokalitäten. Ich war dort vor ein paar Jahren schon einmal." Andrea schritt zielstrebig voran. „Lass uns hier über die Brücke gehen."

Bald erreichten sie den historischen Stadtteil, der so gar nicht in die große Metropole zu passen schien. Die bunt gestrichenen Häuser hatten einen besonderen Charme. Zwischen den alten Mauern bummelten viele Touristen. In den kleinen Gassen fanden sie Andenkenläden mit überquellenden Schaufenstern und hübsche Boutiquen. Originelle und gemütliche Bars und Restaurants lockten zum Einkehren.

Die Freundinnen entschieden sich für eine Pianobar, deren Glastüren zur Straße hin weit geöffnet waren. Ein herrlicher Platz, um bei einem kühlen Bier und französischer Musik das bunte Treiben zu beobachten.

Der junge Pianist begleitete eine zierliche Sängerin zu ihren Chansons. Sie hatte es sich dazu auf dem schwarzen Flügel bequem gemacht und räkelte sich lasziv zur Melodie. Mal saß sie mit übereinander geschlagenen Beinen auf der Kante des Flügels, mal lag sie auf dem Bauch und streckte ihre Füße in

die Luft. Hin und wieder warf sie ihrem Begleiter schmachtende Blicke zu. Ihre wohlklingende Stimme umfasste mehrere Oktaven und schwang sich von tiefen, rauchigen Tönen problemlos hinauf in glockenklare Höhen.
Sabine und Andrea beobachteten amüsiert das gekonnte Gehabe der beiden Künstler und genossen die Musik, die das Urlaubsfeeling und die Atmosphäre eines Sommerabends in Paris komplett machten.
„Das alles hier erinnert mich stark an unsere Abifahrt", bemerkte Sabine und sah sich um.
„Genau daran habe ich auch gerade gedacht. Weißt du noch, wie wir nach dem Chansonabend bis spät in die Nacht hinein am Seineufer gesessen und mit den beiden netten französischen Jungs geflirtet haben?"
„Und ob! Der eine ist doch noch ans andere Ufer geschwommen, um dir zu imponieren."
„Stimmt! Wir haben uns über ein Jahr lang Briefe geschrieben. Er hieß Jean. Ich habe ihn noch einmal getroffen, als ich einige Monate später mit dem Jugendorchester zu einem Konzert in Fontainebleau war."
„War das damals nicht auch deine erste Begegnung mit Benjamin Bergengruen?"
„Ja, er war der Solist unseres Konzertes. Mein Gott, was habe ich ihn damals angehimmelt!", lachte Andrea und schüttelte verständnislos den Kopf. „Wenn er Querflöte spielte, bin ich einfach nur so dahingeschmolzen. Aber das weißt du ja. Außerdem will ich über meine Jugendsünden jetzt gar nicht reden", beendete sie den kurzen Abstecher in ihre Vergangenheit.

Andrea studierte nach dem Abitur an der Musikhochschule Mainz Querflöte. Nach besagtem Konzert in Frankreich war der begabte und gut aussehende Flötist Bergengruen ihr absolutes Idol. Als sie einige Monate später erfuhr, dass er einen Meisterkurs für Studenten abhielt, meldete sie sich sofort zu diesem dreitägigen Unterricht bei ihm an.
Am letzten gemeinsamen Abend, den sie mit den anderen Kursteilnehmern in feuchtfröhlicher Runde verbracht hatte, tat sie alles, um neben ihrem Meister am Tisch zu sitzen und seine

Aufmerksamkeit zu erhaschen. Obwohl sie an diesem Abend bereits genug Wein getrunken hatte, lehnte sie seine Einladung zu einem letzten Glas Sekt nicht ab und fand sich am nächsten Morgen in seinem Bett wieder.
Benjamin war zehn Jahre älter als Andrea und Dozent an der Musikhochschule Weimar. Hin und wieder schickte er ihr eine Einladungskarte zu einem seiner Konzerte, aber sie konnte sich die teure Zugfahrt nur selten erlauben. Umso inniger lauschte sie bei diesen seltenen Begegnungen seinem vollendeten Flötenspiel und genoss die gemeinsamen Nächte in seinem Hotelzimmer.
Als er Soloflötist eines großen Sinfonieorchesters wurde und gleichzeitig eine Professur an der Musikhochschule Frankfurt erhielt, wechselte sie den Studienort, und er wurde ihr Lehrer.
Andrea schwebte auf Wolke Sieben. Benjamin förderte ihre Begabung und ihr Flötenspiel wurde immer perfekter. Sie träumte davon, einmal mit ihm gemeinsam ein Konzert zu geben. Sie konnte ihr Glück nicht fassen, als dieser Traum in greifbare Nähe rückte.
Sabine sah sie in dieser Zeit eher selten.
Doch dann wurde Andrea schwanger. Ihr Geliebter reagierte sehr verärgert auf diese Tatsache. Er schlug ihr vor, das Baby abtreiben zu lassen, weil es ihrer Karriere im Weg stehen würde. Erst als sie sich weigerte, gestand er ihr, dass er bereits verheiratet sei und eine kleine Tochter habe. Er dachte nicht daran, sich scheiden zu lassen.
Für Andrea brach eine Welt zusammen.
Drei Tage lang verkroch sie sich in ihrem Studentenzimmer. Sie redete mit niemandem und heulte sich die Augen aus dem Kopf.
Als sie ihr Zimmer wieder verließ, hatte sie einen Entschluss gefasst.
Sie fuhr zu ihren Eltern nach Oppenheim, erzählte ihnen alles und bat um ihre Unterstützung. Die werdenden Großeltern freuten sich auf ihr erstes Enkelkind und nahmen ihre Tochter mit offenen Armen wieder zu Hause auf.
Andrea wechselte ihren Studienort und Studiengang. Sie schrieb sich wieder in Mainz ein. Statt des künstlerischen woll-

te sie jetzt einen pädagogischen Abschluss machen. Als Musikpädagogin hatte sie eher Aussicht auf eine feste Arbeitsstelle und konnte zudem Kindererziehung und Beruf besser unter einen Hut bringen.
Mit der Geburt ihrer Tochter Magdalena änderten sich Andreas Leben und ihre Beziehung zu Männern schlagartig.
Ab jetzt war sie es, die die Männer abblitzen ließ, wenn sie ihr zu anhänglich wurden. Sie hatte es sich verboten, sich noch einmal zu verlieben!

Langsam wurde es dunkel in Paris.
Sabine sah auf die Uhr: „Ich glaube, wir sollten uns auf den Weg zur U-Bahnstation machen und zum Gare d'Austerlitz fahren, damit wir unseren Nachtzug nach Bayonne pünktlich bekommen."
Am Ufer der Seine leuchteten die Laternen und unter bunten Lampions spielten Musikanten. Die Leute tanzten und feierten.
Andrea sah ihre Freundin an: „Würdest du da jetzt auch gerne runter gehen?"
„Ja, und wie gerne!"
Aber die Zeit drängte. Sie mussten weiter, um ihren Zug nicht zu verpassen.
Andrea blickte auf den Fahrplan: „Mist! Wir müssen noch einmal umsteigen. Und jetzt sind wir auf dem falschen Bahnsteig!"
Wie zwei wilde Hühner rannten sie los, um den Übergang zu suchen. Nachdem sie endlich die richtige Treppe gefunden hatten und atemlos auf der gegenüber liegenden Seite ankamen, fuhr die Bahn gerade ab. Die nächste kam laut Fahrplan in zehn Minuten.
„Wenn der Anschlusszug pünktlich ist, müsste es noch klappen", rechnete Sabine nach einem Blick auf die Uhr.
Andrea war sauer: „Dein Wort in Gottes Ohr. Tja, wir autofahrenden Landpomeranzen in einer Weltstadt! Wir sind aber auch so bescheuert! Können noch nicht einmal den Fahrplan richtig lesen! Ich könnte mir selbst in den Hintern beißen. Gut, dass wir ab morgen fernab der Zivilisation sind und uns an keine Fahrpläne mehr halten müssen!"

Drei Minuten vor Abfahrt des Nachtzuges erreichte die Metro den Gare d'Austerlitz. Abfahrt des Zuges von Gleis 32!! Es war der letzte Bahnsteig des Sackbahnhofes!
Also hieß es noch einmal: Die Beine in die Hand nehmen und im Dauerlauf vorbei an einunddreißig Zügen und zwei Fahrkartenkontrolleuren.
„Halt!"
„Auch das noch!"
Rucksäcke absetzen, Billetts hervorkramen und vorzeigen. Ein amüsiert lächelnder Franzose knipste sie ab und wünschte: „Bon voyage!".
Die Abteiltür schloss sich hinter ihnen, und der Zug setzte sich in Bewegung. Sie waren im letzten Schlafwagen eingestiegen. Ihre reservierten Plätze befanden sich ganz vorne, direkt hinter der Lok.
Sie konnten sich das Kichern nicht verkneifen, als sie durch geschätzte zwanzig Waggons, vorbei an mehr oder weniger schlafenden Reisenden auf hohen Etagenbetten in engen Kabinen, schlichen. Erleichtert plumpsten sie auf ihre Schlafsessel und hatten nur noch einen Gedanken: Morgen früh sind wir in Saint-Jean-Pied-de-Port, und das große Abenteuer kann endlich beginnen!
Was für eine Aussicht nach so einem Tag!!

03. Aufstieg

Nach einer erholsamen Nacht saßen die Freundinnen in der Bahnhofsgaststätte von Bayonne vor heißem Milchkaffee und warmen Croissants.
In einer Stunde würde der Nahverkehrszug sie nach Saint-Jean-Pied-de-Port bringen. Ungeduldig richteten sie immer wieder ihre Blicke auf die Bahnhofsuhr. Aber die Zeiger bewegten sich einfach nicht schneller.
Sie waren nicht die einzigen Reisenden, für die die Zeit viel zu langsam verging. Mehrere Rucksackträger wanderten auf dem

Bahnsteig auf und ab oder saßen vor dampfenden Kaffeetassen. Neugierig beäugten sich alle, aber keiner sprach ein Wort.
Als der Zug endlich einlief, sah man nur noch in strahlende Gesichter. Für Amerikaner und Asiaten, Franzosen und Italiener, Skandinavier und Holländer, Polen und Deutsche war der Beginn der Pilgerreise zum Greifen nahe gerückt.
In der Morgendämmerung machte sich die internationale Gruppe auf den Weg vom Bahnhof in die Innenstadt von Saint-Jean-Pied-de-Port.
Die weiß getünchten Häuser mit ihren rot und blau gestrichenen Fensterläden leuchteten in der aufgehenden Sonne. Auf den Fensterbänken blühten bunte Sommerblumen und hießen die Wanderer herzlich willkommen. Ein gelber Pfeil führte sie bergauf zum Pilgerbüro der Jakobusgesellschaft. Die Warteschlange reichte weit auf die Straße hinaus.
Die Frauen reihten sich ein, um sich registrieren zu lassen. Name, Herkunft und das geplante Ziel ihrer Pilgerreise wurden festgehalten.
„So können wir nicht verloren gehen", sagte Andrea.
Der ältere Mann mit dem hageren, sonnengegerbten Gesicht, der ihnen Stempel in die Pilgerausweise drückte, fragte, wie weit sie heute gehen oder ob sie noch einen Tag in Saint-Jean verbringen wollten. Er schwärmte für seine kleine Stadt und ermunterte sie, wenigstens noch ein paar Stunden hier zu verweilen: „Bis Orisson lauft ihr höchstens drei Stunden. Und dort gibt es außer der Auberge nichts. Was wollt ihr also so früh am Mittag schon dort, wenn ihr Betten reserviert habt? Lasst euch ruhig mehr Zeit für unseren schönen Ort. Und denkt daran, genügend Proviant mitzunehmen; denn ihr müsst erst über die Pyrenäen, bevor ihr wieder etwas einkaufen könnt."
Andrea und Sabine bedankten sich für diesen gut gemeinten Rat und bummelten über holperiges Kopfsteinpflaster bergab. Natürlich nicht, ohne jeden Andenken- und Töpferladen zu besuchen und die handwerklichen oder künstlerischen Arbeiten zu bestaunen.
„Wenn ich mit dem Auto hier wäre, würde ich bestimmt den ein oder anderen Blumenkübel mitnehmen", meinte Andrea.
„Und, tut es dir leid, dass das jetzt nicht geht?"

„Nein! Ganz im Gegenteil. Ich bin froh, dass ich mich damit jetzt nicht belasten muss."

„Jetzt müssen wir nur Proviant für unterwegs kaufen!"

In einem kleinen Supermarkt wanderten Äpfel, Baguette, Käse, Tomaten und zwei große Flaschen Wasser in ihre Rucksäcke.

„Puh, das sind mindestens zwei Kilo mehr als vorher!", stöhnte Sabine.

„Da müssen wir uns wohl dran gewöhnen", erwiderte Andrea.

Die Kirche, an der sie gerade vorbeiliefen, hatte ihre großen Türen einladend offen stehen. Viele Gläubige empfingen zum Abschluss eines Gottesdienstes den Segen des Priesters.

Andrea betrat das Gebäude, blieb aber im hinteren Teil stehen. Etwas zögernd folgte Sabine. Ein Gefühl der Befangenheit überkam sie plötzlich.

‚Eigentlich gehörst du gar nicht hier hin', sagte eine innere Stimme.

‚Aber ich bin doch froh, hier zu sein', meldete sich eine andere.

‚Mit der Kirche hast du doch sonst nichts am Hut. Und an Gott denkst du nur, wenn du in großer Not bist', meldete sich die Erste wieder.

‚Das stimmt, aber jetzt will ich Danke sagen. Danke für meine Kinder Tanja und Felix, die mir immer zur Seite stehen, genauso wie Andrea. Ohne sie alle wäre ich wahrscheinlich gar nicht hier', sagte die Zweite.

‚Du bist ganz schön egoistisch', stichelte die Erste weiter.

‚Nein, bin ich nicht! Die Kinder sind erwachsen und Markus muss jetzt sowieso erst einmal mit sich allein fertig werden', verteidigte sich die Zweite.

Immer wieder stritten sich in ihrem Innern die widersprüchlichsten Gefühle. Andrea schien immer genau zu wissen, was sie wollte und was nicht. Sabine beneidete sie um ihre Sicherheit und ihr Gottvertrauen.

Die meisten Gläubigen hatten inzwischen die Kirche verlassen. Andrea setzte sich in die erste Reihe, mitten vor den mit vielen Blumen geschmückten Altar. Sabine rutschte neben die Freundin. Diese sah sie lächelnd an, griff ihre Hand und drückte sie warm und fest; gerade so, als hätte sie ihre Gedanken erraten.

Die Freundinnen verließen die Stadt bergauf durch ein altes Stadttor und suchten die richtungsweisenden Pfeile. Aber sie fanden nur Muscheln, die bergab, stadteinwärts wiesen.
„Komisch", meinte Andrea, „wir müssen bergauf, das ist doch richtig. Ich habe den Eindruck, wir laufen trotzdem in die falsche Richtung."
„Sieht ganz so aus. Lass uns die paar Schritte zurückgehen, um uns zu vergewissern", schlug Sabine vor.
Die junge Frau, die sie nach dem Weg fragten, schmunzelte: „Ja, ihr seid am falschen Ortsausgang. Der Jakobsweg führt auf der anderen Seite aus der Stadt hinaus."
Andrea und Sabine schauten sich an und lachten.
„Na, das fängt ja schon wieder gut an!"
Erleichtert, endlich auf dem richtigen Weg zu sein, liefen sie durch das legendäre Pilgertor.
Sie hatten jetzt genug von Chaos und Menschenmengen, von Umwegen und Irrungen, Besichtigungen und Sehenswürdigkeiten, vom Zeittotschlagen, Bummeln und Trödeln. Sie wollten endlich mit ihrer Wanderung auf dem Jakobsweg beginnen!
Was machte es da, dass die Sonne hoch am Himmel stand und heiß auf die asphaltierte Straße schien? Immerhin lag ja noch eine Straßenseite im Schatten.
Nach einer Stunde Aufstieg rasteten sie unter einem Baum, aßen Baguette mit Käse und Tomaten, bewunderten die herrliche Bergwelt und freuten sich, unterwegs zu sein.
Die Sonne stand immer noch hoch am Himmel, als sie weiterliefen. Der Asphalt unter ihren Füßen war weich geworden. Es gab kaum noch Schatten. Der Anstieg wurde immer steiler, und das Wasser in den Plastikflaschen immer wärmer.
Sie lechzten von einem Baum zum nächsten, um einmal durchzuatmen und einen Schluck zu trinken. Ihre Euphorie schmolz wie Schnee in der Sonne dahin.
Nach zwei Stunden erreichten sie eine kleine Gaststätte. Andrea und Sabine sahen die großen, schattigen Freiflächen unter den Bäumen. Ein herrlicher Platz für eine geruhsame Pause!
Die Tischgruppen standen allerdings in der prallen Sonne. Ein Mann saß allein vor einem Glas Bier an dem einzigen Tisch, der im Schatten des Hauses stand.

Sie sahen sich kurz um, und als sie niemanden entdeckten, nahmen sie zwei Plastikstühle und stellten sie unter einen Baum. Doch bevor sie auch noch den dazugehörenden Tisch in den Schatten tragen konnten, schoss eine dicke Frau wie eine Rakete auf sie zu. Eine Tirade französischer Wörter prasselte auf die Freundinnen nieder. Leider verstanden sie kein Wort.
Die Wirtin gab ihnen mit unmissverständlicher Gebärde zu verstehen, dass sie die Stühle sofort wieder an ihren Platz zu stellen hatten. Wenn sie nicht in der Sonne sitzen wollten, könnten sie sich unter dem Wellblechdach vor dem Haus niederlassen.
Gehorsam wie zwei gescholtene Schulmädchen räumten sie die Sitzgelegenheiten wieder an ihren Platz und setzten sich murrend auf die überdachte Terrasse.
Die eiskalte Cola aus dem Automaten und das Absetzen des Rucksackes waren das einzig Gute an dieser Pause.
Stückchenweise wich die fröhliche Erwartungshaltung einer ernüchternden Realität.
Weiter ging es bergauf. Der Weg wurde steil und steiler, die Sonne heiß und heißer, die Rucksäcke schwer und schwerer. Manchmal waren Wanderwege markiert, die zwischen den Serpentinen der Straße steil bergauf führten. Manchmal liefen sie mutig diese Abkürzungen. Trotz des steilen Aufstieges ließ es sich hier angenehmer laufen als auf dem heißen Asphalt. Zudem schenkten hohe Büsche an den Seiten wenigstens ab und zu ein wenig Schatten.
„Außer uns scheint zurzeit niemand unterwegs zu sein", stellte Sabine fest, „da waren nur die zwei jungen Pärchen, die uns gleich hinterm Ortsausgang überholt haben."
„Selbst in der Raststätte saß nur der einsame Mann über seinem Bier, und der sah nicht aus wie ein Pilger."
„Wenn es doch nur nicht so heiß wäre!", stöhnte Sabine. Unter dem großen Sonnenhut rannen Schweißperlen über ihr Gesicht. „Ich habe das Gefühl, als wäre ich mit Klamotten in die Sauna gegangen."
„Hätten wir nur nicht den gut gemeinten Ratschlag befolgt, noch einen ausgiebigen Stadtbummel zu machen, sondern wären heute Vormittag gleich los gelaufen", bedauerte Andrea.

„Tja, hätten wir, hätten wir... Davon gibt es in meinem Leben genug. Das nützt uns jetzt auch nichts", antwortete Sabine mürrisch.
„Da vorne ist wieder so ein schöner Aussichtspunkt. Schau doch nur, wie herrlich!", lenkte Andrea ab und blieb stehen, um zu verschnaufen.
Immer wieder wurde ihre Schinderei ein kleines bisschen durch wunderschöne Ausblicke entschädigt. Je höher sie kamen, umso eindrucksvoller und imposanter war das Panorama, das sich ihnen bot.
Trotz der grandiosen Pyrenäenlandschaft zog sich der Aufstieg endlos zäh dahin wie Kaugummi. Die schmale Straße wollte einfach kein Ende nehmen, und die Sonne strahlte unablässig heiß und stechend vom wolkenlosen Himmel. Hinter jeder Biegung vermuteten sie die Auberge, aber immer wieder wurden sie enttäuscht. Es ging gnadenlos weiter bergauf.
Als endlich das mit dicken Steinen belegte Dach auftauchte, konnten sie sich einen Freudenschrei nicht verkneifen. Sie waren wie in Schweiß gebadet und schlagskaputt, aber glücklich und stolz. Die erste Etappe hatten sie geschafft!

Sie betraten die gepflegte Herberge. Die junge Französin gab ihnen unmissverständlich zu verstehen, dass sie zu spät seien und wies ihnen zwei Schlafplätze in einem Zelt zu, da die Betten bereits alle belegt seien.
Sabine war entsetzt. Sie hatte seit ihrer Jugend nicht mehr in einem Zelt geschlafen.
Sie schaute Andrea leicht enttäuscht und etwas verzweifelt an: „Nein, so habe ich mir das nicht vorgestellt! Hoffentlich gibt es wenigstens anständige Duschen. Außerdem muss ich bis auf die Wanderhose alles waschen, was ich an habe. Es gibt kein trockenes Teil mehr an mir."
„Wir machen die Handwäsche am besten zuerst, damit die Sonne die Sachen noch ein wenig trocknen kann", schlug Andrea vor.
Hinter dem Haus waren zwölf Zelte auf einem terrassenförmig angelegten Hang aufgestellt. Vor fast allen standen bereits die Wanderschuhe ihrer Bewohner. Innen auf dem Zeltboden lagen

zwei dicke Matratzen mit warmen Decken und Kissen. Für Rucksäcke und Wanderschuhe war im Vorzelt genügend Platz.
Nach dem Duschen ließen sich die beiden frisch gebackenen Pilgerinnen erschöpft auf die Matten sinken.
„Einen Vorteil hat das Zelt ja", wandte sich Sabine an ihre Freundin, „wir sind allein. Einen Schlafraum müssten wir uns mit zehn anderen Pilgern teilen. Das Vergnügen werden wir in den nächsten Wochen ja noch oft genug haben."
Andrea war bereits in einen kurzen Nachmittagsschlaf gefallen und antwortete nur noch mit einem leisen Grunzen.

Als der Gong zum gemeinsamen Pilgermenü ertönte, hatten die Frauen es sich gerade auf der Terrasse bequem gemacht und blickten über grüne Tannen hinaus in die Berglandschaft.
„Nur keine Hektik", meinte Andrea, „jetzt trinke ich erst in Ruhe mein Glas leer."
Folge war, dass sie als Letzte die rustikale Gaststube betraten. Die meisten Gäste hier waren Franzosen. Viele schienen sich zu kennen. Bis auf zwei leere Stühle an verschiedenen Tischen waren bereits alle besetzt. Sabine und Andrea mussten sich also getrennt setzen. So ein Mist! Auch noch zwischen lauter Franzosen, wo doch keine von ihnen französisch sprechen konnte!
Heute lief wirklich alles nicht so, wie sie es sich vorgestellt hatten.
Das heißt: ‚Wie hätten Sie's denn gerne?', gab es auf dem Pilgerweg wohl nicht.
Außerdem: Hatten sie sich nicht vorgenommen, die Dinge so anzunehmen, wie sie kommen?
„Ja, ja, ja", meldete sich der kleine innere Schweinehund, „ist ja schon gut."
Das Essen war eine köstliche Entschädigung: Würzige Suppe mit frischem, knackigem Gemüse, Bohneneintopf mit zartem Hammelfleisch in einer pikanten dunklen Soße und warmer, baskischer Kuchen „gâteau basque" zum Nachtisch. Dazu standen mehrere Flaschen Rotwein und Karaffen mit Wasser auf den Tischen.
Nach dem Essen verließen die meisten Gäste den Raum. Die Freundinnen konnten endlich zusammenrücken.

Ein wenig berauscht vom Rotwein und von der Hitze und Anstrengung des Tages philosophierten sie über die Erwartungen und Wünsche, die jeder an das Leben hat und über die Realität, die diesen nur selten ganz entsprach.

„Erinnerst du dich an den Vortrag, den wir vor zwei Wochen besucht haben", fragte Andrea, „und an das alte Ehepaar, das diesen Jakobsweg schon zweimal gelaufen war?"

„Du meinst die beiden, die mit leuchtenden Augen ihre Erlebnisse erzählten und uns rieten, den Pilgerweg nicht zu planen, sondern jeden Tag dankbar anzunehmen und einfach loszulaufen, die gelben Pfeile nicht zu übersehen und aufmerksam auf alles zu achten, was unterwegs passiert."

Andrea erinnerte sich: „Genau! Der Mann hat gesagt: ‚Es geschehen manchmal Dinge auf diesem Pilgerweg, die die Menschen verwundern. Sie reden dann von unerklärlichen Zufällen. Geschehnisse fügen sich hier mehr als anderswo zusammen. Vielleicht erscheint das aber auch nur so, weil sie nirgendwo sonst so aufmerksam wahrgenommen werden. Weil wir anderswo ständig abgelenkt sind. Weil wir unseren vollen Terminkalendern und dem vermeintlichen Glück hinterher jagen. Aber hier ist jeder allein mit sich und dem lieben Gott unterwegs'."

Das Gespräch wurde von einem Summton unterbrochen. Sabines Handy kündigte eine Nachricht an. Neugierig las sie, was Tanja schrieb: „Hi Ma, Papa ist heute in Reha. Alles okay. Mir geht's gut, hoffe euch auch. LG Tanja."

„Schönen Gruß von Tanja", wandte sie sich zu Andrea, „Markus ist heute in die Rehaklinik gekommen."

„Das ist ja eine gute Nachricht. Ich hätte nicht gedacht, dass er dort so schnell einen Platz bekommt."

„Ich auch nicht. Aber ich bin sehr froh, dass er nicht erst nach Hause muss, sondern gleich vom Krankenhaus in die Rehaklinik wechseln kann. Sonst wäre das womöglich schon gleich wieder sein Untergang."

„Darüber mache dir jetzt mal keinen Kopf", Andrea legte einen Arm um Sabines Schulter, „du kannst das sowieso nicht beeinflussen."

„Ich weiß", gähnte Sabine, „das will ich auch gar nicht. Ich habe nämlich die Schnauze voll von diesem Suffkopp! Und deswegen bin ich hier. Ich gehe jetzt ins Zelt und kuschel mich in meinen Schlafsack. Ich bin nämlich hundemüde."
Es dauerte nur wenige Minuten, bis beide Frauen eingeschlafen waren.
Sabine hört ein leises, gleichmäßiges Pochen.
Sie sitzt mit ihren Kindern beim Frühstück. Felix klopft mit seinen Fingern auf den Küchentisch. Das tut er immer, wenn er nervös ist.
„Und was machen wir jetzt mit dem Scheißkerl?", fragt er und stößt mit der Fußspitze gegen den Rücken des auf dem Boden liegenden Mannes.
„Hey, lass das! Du weckst ihn noch auf", sagt Tanja und zieht ihren Bruder am Ärmel.
„Keine Sorge! Bei so viel Promille merkt der nix mehr."
Der unten Liegende stöhnt laut.
Sabine wird unruhig. „Ich rufe einen Krankenwagen", sagt sie und steht auf, um ans Telefon zu gehen.
„Das lass mal! Ich transportiere ihn in meinem Auto in die Klinik", bestimmt Felix.
Tanja drückt ihre Mutter sanft auf den Stuhl zurück: „Bleib sitzen! Wir kümmern uns um Papa."
„Aber...", bevor Sabine etwas einwenden kann, schwingt Felix sich den fast leblosen Körper über die Schulter.
Sabine denkt gerade stolz: ‚Wie stark er ist', als ihr das blaurote Gesicht ihres Mannes, der die Augen geschlossen hält, entgegenblickt.
Blut sickert aus einer kleinen Wunde an seiner Stirn und verteilt sich in Windeseile auf dem ganzen Fußboden. Sie will es aufwischen. Da sieht sie in einer riesigen Blutlache das große Tranchiermesser liegen.
Felix hat die Küche verlassen. Sabine eilt ans Fenster. Sie sieht, wie Tanja gerade den Kofferraum öffnet. Mit einem Schwung lässt Felix seinen Vater hineinplumpsen. Es knallt laut, als er aufprallt.

Felix sieht zu ihr hoch. „Sonst kotzt er mir noch die Sitze voll!", erklärt er und schlägt die Kofferraumklappe mit voller Wucht zu.
Wieder hallt ein lauter Knall durch die Luft.
Erschreckt fuhr Sabine hoch. Langsam entfernte sich das Grollen. Es dauerte eine Weile, bis sie sich orientiert hatte. Ihr Herz klopfte bis zum Hals vor Aufregung.
Wo war denn nur die Taschenlampe? Sie hatte sie doch neben ihre Matte gelegt. Im Dunkeln tastete sie nach der Notbeleuchtung.
Kräftiger Regen prasselte auf das Zeltdach. Ein Blitz erhellte für Sekunden den dunklen Innenraum und sofort folgte ein lauter Donnerschlag.
Sabine beleuchtete ihre Schlafstätte. Andrea lag auf der dicken Matte und schlief friedlich.
„Da geht die halbe Welt unter und du kriegst nichts mit", schüttelte sie den Kopf, „beneidenswert."
Noch einmal blitzte und krachte es aus allen Richtungen.
Vorsichtig krabbelte sie zum Vorzelt und fühlte an den Rucksäcken. Gott sei Dank, es regnete nicht hinein. Wanderschuhe und Rucksäcke standen im Trocknen.
Langsam zog das Gewitter ab. Es dauerte lange, bis sie wieder einschlafen konnte.

04. Erkenntnisse

Andrea erwachte. Irgendetwas trommelte leicht auf das Zeltdach. War das etwa Regen? Nein! Oder…? Ihre Nasenspitze war ganz kalt. Wo war die Sonne, die gestern noch so erbarmungslos heiß schien? Müsste sie nicht längst angenehme Wärme verbreiten?
Sie blickte auf ihre Armbanduhr und erschrak. Frühstück gab es nur bis halb acht, und es war genau eine Minute nach halb acht.
„Aufstehen! Der Kaffee ist fertig!", sang sie ihrer Freundin laut ins Ohr.

Sabine murmelte: „Och nee, ich will noch schlafen!"
„Geht aber nicht! Sonst bekommst du keinen Kaffee mehr. Also komm schon! Kriech aus deinem Schlafsack und hüpf in die Klamotten."
Draußen machten sich bereits mehrere Pilger, dick in Regenpelerinen gehüllt, auf den Weg.
Wie war das mit dem „Alles gelassen hinnehmen, so wie es kommt???"
„Hektik und Regenwetter. Nein! Das will ich nicht!", meldeten sich zaghaft zwei kleine, innere Schweinehunde.
Auf den langen Holztischen standen nur noch zwei Kaffeegedecke. Das mussten ihre beiden sein. Schon wieder waren sie die Letzten! Ging denn selbst hier nichts ohne Zeitdruck?
Kleinlaut entschuldigten sie sich bei dem Wirt für ihre Verspätung.
Er winkte ab: „Kein Thema!", und servierte ihnen das französische Frühstück.
Sie hatten die zweite Tasse Kaffee noch nicht geleert, da fing die Madame an, die übrigen Tische abzuwaschen und den Raum zu fegen. Wahrscheinlich wurden schon bald die nächsten Pilger erwartet.
Die Wäsche hing noch auf der Leine unter der überdachten Terrasse. Sauber, aber sehr feucht. Die Freundinnen legten ihre Sachen über den Arm und liefen dicht hintereinander her. Ein schmaler Trampelpfad führte sie über nasses Gras steil bergauf zum Zelt.
„Das ist ganz schön rutschig hier", stellte Sabine fest und machte einen großen Schritt über mehrere nicht mehr vorhandene Stufen aus aufgeweichter Erde. Als sie den zweiten Fuß nachzog, rutschte sie mit dem ersten wieder bergab. Sie kniete mit einem Bein im Matsch. Andrea stolperte über Sabines Fuß und krallte ihre Hände in deren Hose, um die Balance zu halten. Sie wollte sich die ihr entgegen rutschende Freundin vom Leib halten, was ihr nicht gelang. Sie fiel hin. Und so lagen sie eine Sekunde später halb neben-, halb übereinander auf der nassen, moderigen Wiese.
„Nein!" tönte es über die Pyrenäen und nach einer Schrecksekunde folgte ein schallendes Gelächter.

„Nee, nee, das glaub ich jetzt aber wirklich nicht!", entfuhr es Sabine glucksend.
Andrea prustete vor Lachen, während sie aufstand und ihre mit nassen Grashalmen und Matsch bedeckte Hose betrachtete.
„'Humor ist, wenn man trotzdem lacht', würde meine Mutter jetzt sagen", grinste sie ihre Freundin an.
„Ja, ohne geht's auch wirklich nicht mehr!", meinte Sabine und betrachtete kopfschüttelnd ein mit Schlamm verziertes Shirt. „So eine Schweinerei!"
Sie reinigten ihre Wanderhosen so gut es ging und machten sich ein zweites Mal vorsichtig auf den Weg ins Zelt.
„So, und jetzt müssen wir sehen, wie wir das alles wieder in unsere Rucksäcke kriegen", sagte Sabine wenig hoffnungsvoll, als sie im Zelt kniete und ihren Schlafsack in die kleine Hülle stopfte. Dann die nassen und schmutzigen Sachen in eine Plastiktüte. Die trockenen in eine andere. Hoffentlich blieben die unter der Schutzhülle des Rucksackes auch wirklich trocken. Die Flip-Flops passten gerade noch rein, aber wohin nur mit dem dicken Baguette? Und wo war jetzt das Magnesium? Sie wollte doch jeden Morgen eine Tablette einnehmen, damit sie keinen Wadenkrampf bekam.
„Ich habe das Gefühl, mein Rucksack ist kleiner geworden", meinte Andrea.
Sabine schüttelte den Kopf. „Auf was haben wir uns da bloß eingelassen? Das müssen wir jetzt jeden Morgen machen. Ganz schön verrückt! Wenn meine Kinder mich hier sehen könnten, würden sie wahrscheinlich glauben, sie hätten Halluzinationen."
Sie stülpten Hüllen über die dicken Rucksäcke und zogen dünne, wasserdichte Hosen über ihre Wanderhosen. Dann die Regenjacke über Fleecejacke, Langarmshirt und Top.
Das alles machten sie zum ersten Mal in ihrem Leben.
Alle anderen Pilger, auch die Zeltbewohner, hatten das Refugio schon verlassen, als Sabine und Andrea sich endlich auf den Weg machten.
Der heftige Regen hatte sich in ein leichtes Nieseln verwandelt. Die schöne Bergwelt war hinter einem nebligen Dunstschleier verschwunden. Die heutige Etappe führte über den Lepoeder-

Pass nach Roncesvalles. Bis zur Passhöhe waren achthundert Höhenmeter zu überwinden.

Napoléons Truppen hatten einst diesen Weg für ihren Einmarsch in Spanien erschlossen, deswegen hatte er den Namen „Route Napoléon".

Eine rot-weiße Markierung wies bergauf durch den Wald. Sabine und Andrea liefen nebeneinander her.

„Hast du schon bemerkt, dass wir im Gleichschritt laufen?", fragte Sabine.

„Ja, nur meine Wanderstöcke klackern dazwischen. Möchtest du einen davon haben?", bot Andrea an.

„Nee, ich laufe lieber ohne Stöcke", sagte Sabine.

Die Luft war feucht und warm. Zu warm für die dichte Regenkleidung. Also, wieder ausziehen und Wanderhosen kürzen.

Nach einer Weile verstummte der anfängliche Redeschwall. Schweigend wanderten die Frauen jetzt nebeneinander her.

Die Stille hatte etwas Beruhigendes, fast Andächtiges. Einsam schlängelte sich der Waldweg bergauf. Die knorrigen, dünnen, alten Baumstämme waren vollkommen mit Moos bewachsen. Sie ragten wie windschiefe Gestalten aus dem Boden heraus und waren in dichten Nebel gehüllt.

Fast ein bisschen gruselig und gespenstisch, dachte Sabine.

„Hier könnte man jetzt gut einen Thriller drehen", sagte sie laut.

„Thriller hin oder her, ich habe Hunger!", erwiderte Andrea.

An einem kleinen Abhang breitete sie ihre Regenjacke als Sitzunterlage aus. Sie setzten sich nebeneinander darauf und kramten ihre Proviantpakete aus dem Rucksack.

Sabine biss herzhaft in ein Käsebaguette. „Was ist denn das?", fragte sie mit vollem Mund.

„Ein Pilgerbrot!", erwiderte Andrea kauend. „Mit dem Brot könnte man jemanden erschlagen, und der Käse quietscht vor Trockenheit zwischen den Zähnen." Sie stand auf und stellte sich vor ihre Freundin auf den Weg.

„Was soll das jetzt werden?", wunderte sich Sabine.

„Wart's ab!" Andrea setzte eine strenge Miene auf, drohte mit dem Zeigefinger und begann mit dunkler Stimme, langsam und eindringlich zu sprechen:

„Schon die Kreuzritter predigten: Pilgert und tuet Buße!
Bei trockenem Brot und Wasser und ganz ohne Muße!
Der Segen des Herrn ist euch gewiss,
und euer Heil im Himmel ist.
Ihr seid nicht hier, um euch zu vergnügen,
sondern zu büßen und den Ablass zu kriegen!
Ihr seid freiwillig hierhergekommen
und habt meine Worte nun vernommen!"
Immer wieder ließ sie sich neue Drohgebärden einfallen und fuchtelte mit ihren Armen in der Luft herum.
Sabine kicherte in sich hinein. Sie sah, dass drei Pilger den Weg heraufkamen und wartete mit diebischer Vorfreude auf das, was passieren würde.
Andrea beendete die Predigt mit einem lauten „Amen!" und breitete ihre Arme weit aus. Ihre Hand landete mit einem kräftigen Schlag auf der Brust eines Mannes.
Erschrocken drehte sie sich um. „O sorry!", stotterte sie, „ich wollte Sie nicht treffen! Aber ich halte meiner Freundin gerade eine Gardinenpredigt."
Sabine prustete vor Lachen.
Der Fremde grinste kurz zu ihr hoch und sagte zu Andrea gewandt: „Dann verzeih ich Ihnen den Angriff natürlich. Hat sie es denn so nötig?"
Andrea sah in zwei blauen Augen, um die sich Lachfalten kringelten.
„Na ja, aber schaden kann's ja nicht", erklärte sie vergnügt.
„Dann wünsch ich euch weiterhin so viel Spaß und einen guten Weg!", grüßte er und beeilte sich, seine Gefährten wieder einzuholen.
„Danke, Ihnen auch!", riefen die Freundinnen hinter ihm her.
„Bemerkenswert schöne Augen!", schwärmte Andrea.
„Naja, vielleicht treffen wir ihn ja in Roncesvalles wieder. Dann kannst du ihm ganz tief in die Augen schauen", meinte Sabine grinsend.
„Du alte Stänkernase!", schubste Andrea sie in die Seite.
Während sie weiter herumalberten, kauten sie auf dem harten Brot.

„Der Hunger treibt's rein!", stellte Sabine nach einer Weile fest, „aber wenn ich ehrlich bin, find ich das alles gar nicht mehr so schlimm. Gestern die Hitze, die Nacht im Zelt, heute den Regen und das alte Brot mit vertrocknetem Käse. Im Moment bin ich eher belustigt über uns beide und unsere Pilgerei. Zu Hause hätte ich mich wahrscheinlich maßlos geärgert. Aber hier ist das alles irgendwie anders."
„Ich kann es dir auch nicht erklären, aber ich finde unseren leicht chaotischen Start in diese Reise einfach nur zum Brüllen komisch. Da gibt es doch das Märchen ‚Von einem der auszog, das Fürchten zu lernen', das wäre doch auch mal eine Überschrift für diesen Tag."
„Wir müssen den Titel nur ändern in ‚Von zweien, die auszogen, das Pilgern zu lernen', dann passt es", schlug Sabine vor.
Sie frotzelten noch eine Weile weiter über ihr selbst auferlegtes Pilgerleben, während der Weg stetig bergan stieg und der Wald endete. Niedrige Pflanzen und Gräser suchten sich jetzt ihren Weg zwischen den Steinen. Winzige Wassertropfen lagen auf Blättern und Halmen.
Die Sichtweite hatte sich auf ungefähr zehn Meter verringert. Irgendwo in der Ferne blökten Schafe und läuteten Kuhglocken.
Es war seltsam und fast beängstigend, so orientierungslos zu sein und der schmalen Straße zu folgen, ohne zu wissen oder zu sehen, wohin der Weg sie führen würde.
Plötzlich erkannten sie die Umrisse von zwei Pferden im dichten Nebel. Die Tiere standen wie aus Stein gehauen an der Straße und bewegten sich nicht von der Stelle.
„Da vorne ist ein Wegweiser!" Andrea wies mit der Hand auf das Schild.
Der Weg zum Lepoeder-Pass wurde steiler. Sie mussten über Felsen kraxeln und genau hinschauen, wo sie ihre Füße aufsetzten. Mit dem Rucksack auf dem Rücken war das ein ungewohnter Balanceakt.
Und dann kündigte ein Wappenschild an, dass sie in Spanien waren! Ab hier war der Jakobsweg durch gelbe Pfeile markiert.
Wie aus dem Nichts tauchte plötzlich ein ziemlich abgerissen aussehender Mann hinter ihnen auf.

„Ich glaub, den lassen wir mal vorbei", schlug Sabine vor und verlangsamte ihren Schritt.

Aber der Mann machte keine Anstalten, sie zu überholen. Im Gegenteil. Er ging ebenfalls langsamer. Sie liefen schneller. Er auch.

„Was soll das?", fragte Andrea. „Komm, wir bleiben einfach stehen, dann muss er ja vorbei gehen."

Sie blieben stehen und tranken aus ihren Wasserflaschen. Wie war das mit dem Märchen?

Der Verlumpte sah sie mit düsterem Blick an und brummte etwas in französischer Sprache. Sie verstanden ihn nicht.

„Bon voyage!", Andrea nahm ihren ganzen Mut zusammen.

Er wand sich ab und ging langsam weiter.

„Dem laufen wir aber jetzt nicht sofort nach", entschied Sabine und war froh, als im Nebel eine Wandergruppe auftauchte, der sie sich in kurzem Abstand anschließen konnten.

Nach der Überquerung des Passes ging es bergab. Die Erde war aufgeweicht und die Felsbrocken glitschig. Andrea gab Sabine einen ihrer Wanderstöcke für den langen, steilen Abstieg. Sie mussten höllisch aufpassen, um nicht abzurutschen. Vorsichtig und langsam stiegen sie Meter für Meter hinunter ins Tal.

Je näher sie der Klosteranlage Roncesvalles kamen, desto mehr Pilger waren plötzlich unterwegs. Sie überholten eine Frau, die auf total zerrissenen, dünnen Ballerinas unterwegs war. Beide Sohlen waren durchgebrochen. Sie hatte die Fetzen mit Schnüren um ihre Füße gebunden. Hier im Wald blieb ihr nichts anderes übrig, als die letzten Kilometer mit diesem Provisorium an den Füssen zu laufen.

„O Gott, hoffentlich passiert uns so etwas nicht!" Sabines Stimme klang besorgt.

„Na, wir haben doch ordentliche neue Wanderschuhe. Hast du nicht gesehen, was die Frau für dünne Schläppchen an den Füßen hatte? Damit würden wir beide eine solche Wanderung nicht in Angriff nehmen", beruhigte Andrea sie.

Kurze Zeit später tauchten zwischen den Baumwipfeln die Dächer der alten Abtei auf.

Der Rucksack lastete schwer auf den Schultern der beiden Pilgerinnen. Ihre Füße und Beine waren müde.
Sie meldeten sich bei der Rezeption an, bekamen ihre Stempel und die Anweisungen für die Unterbringung im großen Schlafsaal. Sie waren erstaunt über die vielen Menschen hier. Es herrschte eine straffe Organisation.
Der riesige Schlafsaal mit sechzig Etagenbetten (Sabine hatte sie sofort gezählt) im ehemaligen alten Pilgerhospiz sah aus wie ein riesiges Kirchenschiff. Große Lampenräder hingen unter dem hohen Dachstuhl.
Sabine und Andrea belegten zwei nebeneinander stehende obere Betten. So konnten sie hoch hinaus in das Deckengewölbe schauen.
Sie hatten ein bisschen Gymnastik gemacht, sich gedehnt und gestreckt und fühlten sich nach der warmen Dusche und einem kurzen Schläfchen wie neu geboren. Die gewaschenen Sachen hingen rundum auf den Bettgestellen zum Trocknen.
Nach dem Essen bummelten sie durch die riesige alte Abtei. In der Klosterkirche hatte gerade ein Pilgergottesdienst begonnen.
„Ich würde gerne daran teilnehmen", wünschte sich Andrea.
Sabine überlegte einen Moment, bevor sie sagte: „Ja, ich komme mit."
Die Menschen standen dicht gedrängt, alle Sitzbänke waren besetzt. Die beiden Frauen wunderten sich. Unterwegs war ihnen doch kaum jemand begegnet.
Die Messgebete wurden in lateinischer Sprache gesungen, und Sabine fühlte sich durch die Kirchensprache seltsam berührt von einem Gefühl der Vertrautheit. Sie dachte an ihre Schulzeit und den Chor, mit dem sie eine Mozartmesse einstudiert und in der Kirche der Maria-Ward-Schule gesungen hatten.
Ja, und in dieser Kapelle hatten Markus und sie sich vor sechsundzwanzig Jahren das „Jawort" gegeben. Wie mochte es ihm wohl jetzt gehen? Ob er immer noch Entzugserscheinungen hatte? Ich gönne sie ihm! Die können gar nicht schlimm genug sein! Schließlich hat er alles kaputt gemacht mit seiner Sauferei.
Verstohlen wischte sie sich die Tränen aus den Augenwinkeln und versuchte, das Paternoster mitzusingen: „...et dimitte nobis

debita nostra, sicut et nos dimittimus debitoribus nostris..."
„...und vergib uns unsere Schuld, wie auch wir vergeben unsern Schuldigern..." An dieser Stelle kniff sie ihre Lippen fest zusammen.

Nach dem Gottesdienst steuerten die Freundinnen auf die kleine, gemütliche Gaststube zu, die ihnen bei ihrem Rundgang aufgefallen war. Bevor sie die Eingangstür erreichten, drehte Andrea sich um. Irgendjemand hatte ihr auf die Schulter getippt. Verwundert blickte sie in zwei stahlblaue Augen.
„Schön, dass wir uns hier wieder treffen", sagte der Blauäugige, „dürfen wir euch zu einem *cerveza* einladen?"
Sabine und Andrea schauten sich an, lachten und sagten wie aus einem Munde: „Ja, gerne."
Sabine freute sich sehr über die Gesellschaft der Männer, die Abwechslung versprach und sie von ihren Gedanken ablenken würde.
Da im Gastraum alle Tische besetzt waren, blieben sie an der Theke stehen. Der Blauäugige stellte sich als Michael vor. Er war mit seinen Freunden Hubert und Sebastian heute Morgen in Saint-Jean-Pied-de-Port angekommen und gleich losgelaufen. Die drei Männer erzählten, dass sie bis ans Meer, nach Finisterre laufen wollten, also ab Santiago de Compostela noch etwa einhundert Kilometer weiter.
Hubert war der Älteste von ihnen. Er sprach einen urigen, bayrischen Dialekt und bemühte sich um eine verständliche Aussprache. Er erzählte, dass er sich das Geld für diese Reise zu seinem sechzigsten Geburtstag hatte schenken lassen. Er begann seinen Vorruhestand mit dem Pilgerweg.
Andrea registrierte, dass seine beiden Freunde mindestens zehn Jahre jünger waren und fragte neugierig nach.
„Ja, ja, wir müssen mindestens noch sechzehn Jahre arbeiten", erwiderte Sebastian, „aber da in unserer Firma gerade immense Umbaumaßnahmen stattfinden, konnten wir die Gelegenheit nutzen, um angesammelten Urlaub abzubauen."
Wie es ist, wenn man neue Menschen kennen lernt die einem sympathisch sind, plauderten sie angeregt miteinander, und der Abend verging wie im Fluge.

Im Schlafsaal verkündete um viertel vor zehn eine kräftige Stimme aus dem Lautsprecher, dass das Licht in einer Viertelstunde ausgeschaltet würde. Des Weiteren wurden die Pilger darauf aufmerksam gemacht, dass am nächsten Morgen um sechs Uhr der Weckruf ertönen würde und spätestens um acht alle Pilger das Refugio verlassen haben müssten.
Sabine und Andrea lagen bereits auf ihren Betten und konnten sich das Kichern nicht verkneifen.
„Ich komme mir vor wie früher in einer Jugendherberge!", sagte Sabine leicht entrüstet. Dann setzte sie sich hin. „Jetzt guck dir das doch mal an, Andrea! Von hier oben hat man einen tollen Rundblick über all die schnarchenden Gestalten in ihren Schlafsäcken. Und erst mal der Anblick der Reizwäsche, die überall auf den Bettgestellen hängt! Herrlich!"
„Sei doch mal bitte still!", bat Andrea, „unter mir schnarcht wirklich jemand! Laut und kräftig!"
Sie kletterte aus dem Bett. Beim Heruntersteigen fielen ihr gewaschener Slip und das Shirt auf den Schlafsack des Schnarchers. Er lag auf dem Rücken. Aus seinem geöffneten Mund tönte es gleichmäßig: „Chrrr" und „Pfüüü".
Andrea sammelte ihre Wäschestücke wieder ein. Dann tippte sie dem Mann an die Schulter und bat ihn, sich auf die Seite zu legen. Total entgeistert blickte er sie an. Offensichtlich verstand er kein Wort. Als sie ihre Bitte auf Englisch wiederholte, drehte er sich knurrend um.
Andrea prustete vor Lachen, als sie wieder in ihrem Bett war und die Sachen aufhängte: „Der hat mich angeguckt, als wäre ich ein Gespenst. Das hättest du sehen sollen!"
Sabine ließ sich von Andreas Gelächter anstecken. Alles war plötzlich komisch: Das Pilgern und der riesige Schlafsaal und sie beide mitten drin. Hinter vorgehaltener Hand versuchten sie, ihr Lachen einzudämmen. Aber immer, wenn eine aufhörte, fing die andere wieder an.
Nach einigen Minuten hörten sie aus einiger Entfernung ein unterdrücktes Kichern und dann noch eines. Wahrscheinlich ging es anderen genauso. Die Lacher im großen Schlafsaal vermehrten sich im Dominoeffekt bis plötzlich ein ärgerlicher

Ruf durch die heiligen Hallen erscholl: „Ruhe!!! Verdammt noch mal!"
Das Licht ging aus. Ganz langsam verebbte auch das Lachen. Was war denn eigentlich so lustig gewesen? Leise kicherten sich die Freundinnen in den Schlaf.

Sabine greift nach der Hand ihres Vaters. Er führt sie langsam über den roten Teppich zu Markus. Er wartet vor dem Altar auf sie, an der kleinen Gebetsbank, die für die Brautleute aufgestellt worden ist. Sie sieht ihn nur von hinten. Groß und sportlich schlank, die dunklen Haare modisch geschnitten. Der schwarze Anzug sitzt perfekt.
Der Organist spielt eine Improvisation über Elgars „Pomp and Circumstance".
Markus dreht sich um.
Wie gut er aussieht! Wie er sie anlächelt! Wie sie ihn liebt!
Ihr Herz klopft bis zum Hals.
Die hochhackigen Schuhe, das lange weiße Brautkleid und der Schleier verlangen ihre volle Aufmerksamkeit beim Gehen.
Er streckt ihr beide Hände entgegen. Vertrauensvoll legt sie ihre hinein. Sie spürt seine Wärme und den leichten Druck, mit dem er ihre Hände umschließt. Ihre Aufregung schwindet. Jetzt gibt es nur noch sie beide. Niemanden sonst. Vergessen sind die Hochzeitsgäste, die hinter ihnen Lieder singen und Gebete sprechen.
Leise Flötenmusik ertönt. Es ist Andrea, die da so wunderschön spielt.
Der Pfarrer steht vor ihnen. Alles drängt sich in ihr zusammen. Sie ist überglücklich.
„Ja, ich will!", hat Markus gerade gesagt und sie mit seinen dunklen Augen liebevoll angesehen. Langsam streift er ihr den Ring über den Finger.
Jetzt ist sie dran. Sie denkt an das winzige Baby, das in ihrem Bauch heranwächst. Am liebsten würde sie es vor Glück laut in die ganze Welt rufen: „Ja, ich will!"
Aber sie kann nicht. Ungläubig starrt sie in sein Gesicht.
Was ist plötzlich mit seinen Augen los? Sie verschwimmen vor ihren Blicken und verwandeln sich in gerötete, verquollene

Glupschaugen. Sie will schreien, aber sie ist stumm vor Entsetzen.
Als sie die Augen aufschlug, blickte sie in die immense Deckenhöhe des alten Hospizes. Wie aus weiter Ferne hörte sie ganz leise gleichmäßige Schnarchgeräusche.
Sie atmete tief ein und aus, um die aufregenden Gefühle und Gedanken an Markus aus ihrem Kopf zu verdrängen. Dann versuchte sie, sich den schönen Teil ihres Traumes in Erinnerung zu holen, um wieder einschlafen zu können. Aber sie wurde nur unendlich traurig. Tränen tropften auf das Kissen.

05. Gottvertrauen

Gregorianische Gesänge ertönten aus den Lautsprechern. Sabine tat, als hörte sie nicht wie Andrea leise ihren Namen rief.
Die Freundin beschloss, Sabine schlafen zu lassen und sich so lange in ihrem Schlafsack zu verkriechen, bis die meisten *peregrinos* (das spanische Wort für „Pilger") das *refugio* verlassen hatten. Sie genoss die kuschelige Wärme.
Die drei Bayern, die sie gestern Abend kennengelernt hatten, kamen an ihren Betten vorbei und wünschten einen guten Weg. Sie benutzten den spanischen Pilgergruß „*buen camino*".
Sabine lugte über ihren Schlafsackrand und murmelte leise: „Guten Morgen."
Die beiden Frauen waren wieder bei den Letzten, die die Herberge verließen. Es war kühl, und auf der Straße standen große Wasserpfützen.
Die Freundinnen lechzten nach einem guten Kaffee und liefen so flott, wie es ihre Beine zuließen. In den Oberschenkeln zerrte Muskelkater und die Schultern schmerzten unter der Last der Rucksäcke.
„Wahrscheinlich alles eine Gewöhnungssache", tröstete Andrea sich selbst und ihre Leidensgenossin.
Nach einer halben Stunde erreichten sie das baskische Städtchen Auritz. Die weiß gestrichenen Häuser mit ihren roten und blauen Fensterläden und dem üppigen Blumenschmuck davor

strahlten freundlich, trotz des regenverhangenen, dunklen Himmels.
Aus einer Seitenstraße kamen ihnen die drei süddeutschen Freunde entgegen und schwärmten von warmen Croissants und gutem Kaffee. Na dann, nichts wie hin!
Das kleine Café war gemütlich, die Croissants einfach Spitze, die Marmelade selbst gemacht und der *café con leche* heiß und kräftig. Die Freundinnen orderten gleich zwei Portionen von allem.
Sie sahen zu, wie die freundliche Wirtin Baguettes dick mit Butter bestrich und mit Schinken, Käse, Tomaten und Salat füllte. Von diesen *bocadillos* kauften sie gleich zwei Stück.
„Ich freue mich schon jetzt auf die Pause", meinte Andrea, als sie ihr Brot im Rucksack verstaute.
Ein leichter Wind wehte die Regenwolken langsam aber sicher fort. Immer öfter arbeitete sich die Sonne durch die Wolkendecke. Es sah ganz so aus, als würde dies ein schöner Wandertag werden. Hinter dem Ort begann ein herrlicher Wald- und Wiesenweg mit Blick auf das Pyrenäenvorland. Nach der Kraxelei in den vergangenen zwei Tagen waren die leichten Hügel hier ein Geschenk des Himmels.
Die Landschaft erinnerte Andrea und Sabine ein bisschen an den Pfälzer Wald. Neben vielen Buchen wuchsen hier allerdings auch riesige Buchsbäume.
Sie liefen über den weichen Waldboden und hüpften von einem Stein zum anderen durch einen kleinen Bachlauf. Sie hörten die Vögel zwitschern und genossen die himmlische Ruhe, die herrliche Natur, das angenehme Wanderwetter und das Laufen. Die Schultern gewöhnten sich wieder an die Rucksäcke und die Beine ans Gehen.
Sabine dachte an ihren Traum und an Markus. Und plötzlich war da neben der Traurigkeit eine erschreckende Leere.
Sie erzählte Andrea davon.
„Mach' dir jetzt und hier keine Sorgen. Da oben ist schon jemand, der auf uns alle aufpasst. Vertraue ihm einfach und gehe deinen Weg. Ich habe mir schon vor langer Zeit angewöhnt, meine Bitten nach oben zu schicken, wenn ich mal nicht weiter

weiß. So nach dem Motto: Bitte, regel du das jetzt für mich!", riet sie.

„Und das hilft?", fragte Sabine ungläubig.

„Es gibt immer Dinge, die wir nicht beeinflussen können. Zufälle, die wir nicht vorhersehen können. Und manchmal ist es besser abzuwarten, was passiert, als unüberlegte Entscheidungen zu treffen, finde ich. Ich glaube, dieses Urvertrauen steckt in jedem Menschen. Wir müssen es nur abrufen."

„Ich habe schon immer deinen Realitätssinn bewundert. Dir fällt es leicht, Dinge zu akzeptieren, wenn du merkst, dass du sie nicht ändern kannst."

„Na, na", wehrte Andrea ab, „ganz so einfach geht das auch bei mir nicht. Aber ich bin keine Kämpfernatur. Es fällt mir leichter Dinge zu akzeptieren, als um mein Recht zu kämpfen. Wenn ich zum Beispiel daran denke, wie es damals war, als Magdalena geboren wurde. Ich war so enttäuscht und verletzt von Benjamin, dass ich jeglichen Kontakt mit ihm vermieden habe und auch kein Geld von ihm wollte. Briefe, die von ihm kamen, habe ich gleich zerrissen oder verbrannt. Dass er ja der Vater meines Kindes war und Magdalena später zwangsläufig nach ihm fragen würde, daran habe ich damals nicht gedacht."

„Du warst zu sehr verletzt und enttäuscht."

„Ich habe nur an mich gedacht. Der Mann war für mich gestorben. Da bin ich wie ein Elefant. Du weißt ja, dass meine Eltern damals darauf gedrängt haben, dass ich über einen Anwalt die Zahlung der Alimente gefordert habe, weil wir das Geld einfach brauchten. Ich hätte das allein nie gemacht! Mein Gott, wenn ich daran denke! Ich bin mit einem Taschenrechner im Supermarkt einkaufen gegangen, habe die ermäßigte Ware, die kurz vor dem Verfalldatum war, gekauft und jeden Pfennig dreimal umgedreht. Es war eine harte Zeit für meine Eltern und mich, bis er endlich gezahlt hat, und ich mein Studium beendet hatte."

„Ja, und dann kam ein ereignisreiches Jahr für uns beide. Du hast deine erste Arbeitsstelle im Peter-Cornelius-Konservatorium in Mainz bekommen und Magdalena kam in den Kindergarten. Ich hatte fast mein Referendariat abgeschlossen, als ich schwanger wurde. Wir haben geheiratet und vier Monate später

kam Felix auf die Welt." Sabine schwieg einen Moment, sah ihre Freundin von der Seite an und fragte dann: „Trifft Magdalena sich eigentlich immer noch mit ihrem Vater?"
Andrea antwortete abweisend: „Du weißt, dass ich darüber nicht so gerne spreche!" Sie atmete tief durch und fuhr fort: „Na ja, seitdem sie ihn mit achtzehn zum ersten Mal besucht hat, sehen sie sich ein- oder zweimal im Jahr. Ich weiß es nicht genau. Magdalena erzählt mir nur sehr wenig von diesen Treffen, und ich frag sie auch nicht danach. Sie akzeptiert das so. Inzwischen ist er wohl auch nach langer Trennungsphase von seiner damaligen Frau geschieden. Aber weißt du, das ist mir alles egal. Er hat Unterhalt gezahlt und Magdalenas Studium mitfinanziert. Und damit ist das Thema Benjamin für mich erledigt. Punkt!" Wie zur Bekräftigung hakte sie sich bei Sabine ein. Arm in Arm marschierten sie ein Stück nebeneinander her über den Waldweg. „Wo wir gerade dabei sind, muss ich dir aber noch etwas anderes erzählen. Es geht um meinen Freund Karl-Heinz."
„Ja, was ist mit ihm?" fragte Sabine gespannt.
„Als ich mich von ihm verabschiedete, hat er mir einen Vorschlag gemacht und mich gebeten, auf dem Jakobsweg über eine Antwort nachzudenken."
„Jetzt spann mich nicht so auf die Folter. Sag' schon, was er will."
„Er verlässt zum Ende des Jahres die Verwaltung und geht in Pension. Weihnachten wird er dreiundsechzig Jahre alt. Er hat mich gefragt, ob ich mir vorstellen könnte, im nächsten Jahr zu ihm zu ziehen."
„Wow! Und, könntest du dir das vorstellen?"
„Wenn er meine Bedingungen akzeptiert, vielleicht." Sie zuckte mit den Schultern, als wollte sie ihre Unentschlossenheit betonen. „Ab Januar wird die Dachgeschosswohnung in seinem Haus frei. Dort könnte ich einziehen. Ich würde also meine Eigenständigkeit behalten und hätte meine Rückzugsmöglichkeit."
„Die dir sehr wichtig ist."
„Weißt du, seit Magdalena mit ihrem Freund nach München gezogen ist, fühle ich mich manchmal ziemlich einsam. Es ist

nicht schön, immer in eine leere Wohnung zu kommen oder allein am Tisch zu sitzen. Und ihm geht es genauso, seit seine Frau vor fünf Jahren gestorben ist. Wir verstehen uns wunderbar, haben ähnliche Interessen und können stundenlang miteinander diskutieren. Er ist mir ein echter Freund, und ich bin gerne mit ihm zusammen." Und dann, als müsste sie sich verteidigen, fügte sie hinzu: „Man merkt ihm nicht an, dass er vierzehn Jahre mehr auf dem Buckel hat als ich."

„Das stimmt", pflichtete Sabine ihr bei, „also, dann könnte es sein, dass du ab Januar in Westhofen wohnst?"

„Vielleicht. Ich bin mir aber noch nicht sicher. Karl-Heinz weiß, dass er mehr für mich empfindet als ich für ihn. Und du weißt, wie sehr ich meine Unabhängigkeit und meine Wohnung liebe. Außerdem hab ich Angst davor, dass er vielleicht doch mehr Präsenz von mir erwartet, wenn ich erst einmal mit ihm unter einem Dach lebe."

„Das glaube ich nicht. Dazu kennt er dich doch schon zu lange und zu gut", wandte Sabine ein.

„Meine schöne Terrasse und den kleinen Steingarten würde ich sicher auch vermissen. Obwohl ich dort immerhin einen eigenen, recht großen Balkon hätte, auf den ich Kübelpflanzen stellen könnte. Außerdem gibt es einen riesigen Garten. Grundsätzlich finde ich die Vorstellung ja gar nicht so schlecht, aber... ach, ich weiß nicht... Ich werde es nach meiner Rückkehr entscheiden."

„Tu das!", erwiderte Sabine. „Also, wenn Ja, dann würdest du zum Ende des Jahres umziehen. Stimmt's? ...O Gott, was wird wohl bis dahin mit Markus und mir sein? Obwohl ich ihn am liebsten nicht mehr wiedersehen würde, schiebe ich den Gedanken an eine Trennung ganz weit weg. Ich möchte diese Zeit hier nur für mich haben und genießen."

„Ich weiß. Und deshalb wollte ich dir von Karl-Heinz Vorschlag auch erst erzählen, wenn ich mich entschieden habe. Aber jetzt ist es raus."

„Es ist doch in Ordnung. Vielleicht kann ich ja in deine alte Wohnung ziehen, wenn du dich für ihn entscheidest. Dann könnte Markus in Nackenheim bleiben." Sabine war begeistert von ihrem spontanen Einfall. „Ja, tatsächlich! Das ist doch eine

grandiose Idee!" Vergnügt lachte sie ihre Freundin an. „Was sagst du dazu?"
„Ja, das wäre eine Möglichkeit. Aber… reden wir darüber in fünf Wochen noch einmal?"
Sabine nickte erleichtert. Es war ihr, als hätte sie eben ein dickes Problem gelöst.
„Wir knacken heute die fünfzig Kilometergrenze, weißt du das eigentlich?", beendete Andrea das Thema. „Wir haben also noch siebenhundertfünfzig Kilometer lang Zeit, um uns über unsere Zukunft Gedanken zu machen."
Als sie eine Weile später auf einem Baumstamm saßen und in das dick belegte *bocadillo* bissen, seufzte Sabine laut: „Jetzt geht es mir wieder viel besser! Das Erzählen und Laufen haben meinen Kopf frei gemacht."
„Ja, heute macht das Wandern richtigen Spaß! Irgendwie passt alles. Die Gegend ist herrlich, das Wetter genial und unser Pausenbrot lecker. Wir sind vogelfrei und ganz allein. Was wollen wir mehr!"
„Ich kann gar nicht glauben, dass so viele Pilger unterwegs sind. Bis jetzt sind doch höchstens drei oder vier an uns vorbeigelaufen."
„Warte mal ab, heute Abend in der Herberge gibt's bestimmt wieder Gedrängel."
„Wir werden schon ein Bett finden. Wenn wir so weiter laufen, müssten wir schon zwischen zwei und drei in Zubiri sein. Das ist ja wohl früh genug."
Am frühen Nachmittag erreichten sie die Brücke, die in die Stadt hinein führte. Der klare Bach darunter plätscherte verführerisch munter über dicke Kieselsteine. Die Freundinnen lachten sich an und kraxelten einvernehmlich die Böschung hinunter. Sie zogen Schuhe und Strümpfe aus und kühlten ihre müden, heiß gelaufenen Füße im kalten Nass.
Ein Pilger mit einem riesigen Cowboyhut winkte ihnen von der Brücke aus zu und fotografierte sie.
Immer mehr Pilger liefen in die Stadt hinein.
„Ich glaube, wir sollten uns auch mal auf Herbergssuche machen", meinte Sabine mit bedenklich hochgezogener Stirn, als eine größere Gruppe die Brücke passierte.

„So eine Hektik gefällt mir aber gar nicht", maulte Andrea, als sie sich die Strümpfe und Schuhe wieder anzog.
Vor zwei privaten Herbergen stand bereits ein großes Schild: „*completo!*"
„Och nee!! Hoffentlich finden wir hier noch ein Quartier. Ich will heute nicht mehr weiter laufen", stöhnte Sabine.
Einige hundert Meter weiter fanden sie, was sie suchten: In einem alten Schulgebäude, das die Gemeinde während der Ferien als Schlafstätte für Pilger zur Verfügung stellte, waren noch Betten frei.
Am Hoftor klebten Informationszettel. „Schwimmbad in fünfhundert Meter Entfernung", las Sabine und wandte sich gleich Andrea zu: „Was hältst du davon?"
„Sehr viel!"
Das Freibad war fast leer. Nur eine junge Familie plantschte mit ihren kleinen Kindern im Babybecken.
Die Freundinnen liefen barfuß über das feuchte Gras. Sie ließen sich in das angenehm temperierte Wasser gleiten und genossen es, die strapazierten Gelenke mit langen Schwimmzügen zu strecken. Später legten sie sich in die bereit stehenden bequemen Liegestühle und ließen sich von der warmen Sonne trocknen.
Andrea räkelte sich wohlig: „Das Leben kann sooo schön sein!"
Dem hatte auch Sabine nichts entgegenzusetzen.

Als sie nach einem guten Pilgermenü am Abend in die Herberge zurückkamen, lag der „dicke Schnarcher" von gestern im unteren Teil von Andreas Etagenbett. Ringsum hatte er mehrere prall gefüllte Taschen und Tüten aufgebaut. Ein großer Rucksack und ein roter Seesack lehnten am Pfosten.
„Das ist ja der helle Wahnsinn!", betrachtete Andrea kopfschüttelnd die Utensilien und überlegte, wie sie am besten in ihr Bett hinaufsteigen könnte.
Der Dicke drehte sich um. Erstaunt blickte er sie an und murmelte müde ein zerknirschtes: „Hallo!"
„Hallo", grüßte Andrea, „ist das alles dein Gepäck?"
„O yes, yes, alles mein."

„Willst du damit etwa bis Santiago laufen?", fragte sie verwundert und neugierig zugleich.
„Ja, ja. Ich habe schwer zu tragen. Ich weiß." Er richtete sich langsam auf. „Aber ich habe viel Zeit. Ich fahre mit die Bus, wenn es nicht mehr geht. Was soll ich machen. Ich brauche alles", sagte er langsam und mit einem für Andrea undefinierbaren Akzent.
„Okay. Dann schlaf mal gut", grinste sie amüsiert und kletterte hinauf in ihr Bett.
„Irgendwie wirkt er hilflos", flüsterte sie ihrer Freundin zu.
„Schade. Aber mit so viel Gepäck wird er es schwer haben, an sein Ziel zu kommen", erwiderte Sabine schläfrig.

06. Pilgergesichter

„So, da sind wir wieder auf dem Camino!", verkündete Andrea unternehmungslustig, als sie an einem gelben Pfeil vorbeilief. „Und heute waren wir nicht die Letzten, die aufgebrochen sind!"
„Na ja, die Schnarcher haben uns ja auch regelrecht aus dem Bett getrieben. Aber nach dem guten Kaffee bin ich jetzt nicht mehr müde", erwiderte Sabine.
Der Bademeister hatte ihnen gestern ein kleines Hotel empfohlen, das auch Frühstück für Pilger anbot. Der Umweg dorthin hatte sich gelohnt.
Die Luft war angenehm kühl, und die Freundinnen wanderten beschwingt durch die waldreiche Hügellandschaft.
Zwei Stunden später war es allerdings vorbei mit der angenehmen Morgenfrische. Die Temperatur stieg von Minute zu Minute.
Da kam ihnen der kleine Bachlauf gerade recht. Sie machten Pause unter einer Brücke und kühlten die Füße im kalten Wasser. Wieder wurden sie von anderen *peregrinos* fotografiert, die ihnen freundlich ein „*buen camino*" zuriefen.

„Wir sind scheinbar sehr fotogen, wenn wir unsere Füße baden", meinte Andrea, „mich wundert nur, dass die alle lieber weitergehen, als sich hier abzukühlen."
„Freu dich drüber. Stelle dir vor, die kämen alle hier herunter. Dann wär's mit unserer Ruhe aber schnell vorbei."
Als sie nach dieser erfrischenden Pause wieder aus dem Schatten der Brücke hervorkamen, brannte die Augustsonne heiß vom wolkenlosen, blauen Himmel.
Zu allem Übel führte der Camino jetzt über Betonwege und Asphaltstraßen. Die Vorstadtstraßen von Pamplona wollten kein Ende nehmen.
Unter den Sonnenhüten sammelte sich der Schweiß. Kleine Perlen tropften auf ihre Nasen.
„Was gäb' ich jetzt für eine kalte Dusche!", stöhnte Andrea.
„Ja, bei der Hitze kann man es eigentlich nur im Wald aushalten", pflichtete Sabine ihr bei.
„Ach ja, was war es heute Morgen so schön einsam und schattig! Aber plötzlich, schwupps, sind wir wieder mitten drin in dieser Hitze und in der Zivilisation."

Als sie Pamplona endlich erreicht hatten, steuerten sie direkt auf eine behaglich anmutende Herberge zu.
„Wir sind leider total besetzt", bedauerte die deutsche *hospitalera*, die auf einer Bank neben dem Hauseingang saß.
„Gibt es nicht noch ein Notquartier?", bettelte Andrea, „wir würden so gerne hier bei Ihnen übernachten."
„Da müsste ich mal überlegen." Sie kratzte sich an der Stirn, während sie angestrengt nachdachte: „Ich hab's! Ihr könnt im Büro auf dem Fußboden schlafen, wenn euch das nichts ausmacht. Ich lege euch zwei Matten hin. Da hättet ihr sogar ein Zweibettzimmer!" Sie lachte. „Allerdings muss ich euch um halb sechs wecken, weil wir ab sechs Uhr dort das Frühstück servieren. Wenn das für euch okay ist, dürft ihr hier bleiben. Für echte Pilgerinnen finden wir doch immer noch ein Plätzchen."
Andrea sah Sabine mit einem breiten Grinsen an: „Ich denke ja, oder?"
„Okay, wir bleiben", entschied auch Sabine.

„Sagen Sie mal, was meinen Sie mit ‚echte' Pilgerinnen?", wunderte sich Andrea.
„Ich sehe das an euren Augen. Touristen gucken anders", antwortete die resolute Frau mit Bestimmtheit.
Die Freundinnen grinsten sich an. „Ach ja?"

Zwei Stunden später verließen sie die Herberge zu einem Bummel durch die historische Altstadt von Pamplona.
„Mir sträuben sich die Nackenhaare bei der Vorstellung, dass durch diese engen Gassen einmal im Jahr die Stiere getrieben werden", sagte Sabine.
„Ja, das ist schon ein einzigartiger und lebensgefährlicher Brauch. Aber diese Festwoche war zum Glück bereits im Juli und ist nicht jetzt."
Andrea wies mit ihrer Hand an eine Hausfront: „Sieh dir das mal an! Hier hängen die Stromkabel wie Wäscheleinen herum!"
Ein Gewirr von vielen Kabeln baumelte von den Hauswänden herunter, andere waren quer über die Gasse gespannt. In Deutschland unvorstellbar.
Nachdem sie sich ausgiebig über diesen vermeintlichen spanischen Leichtsinn ausgetauscht hatten, statteten sie der wuchtigen Catedral de Santa Maria einen Besuch ab. Sie besichtigten das goldene Portal und die lichten, schönen Kreuzgänge, bevor sie weiter unter den Arkaden des Plaza del Castillo spazieren gingen. Hier saßen die Menschen in den zahlreichen Cafés und Restaurants bei *pintxos* (andernorts *tapas*) und Rotwein, um die Abendsonne und den Feierabend zu genießen. Kinder sprangen umher und junge Pärchen schoben Kinderwagen über den großen Platz.
Andrea drehte sich um. Hatte da jemand ihren Namen gerufen? Michael, Hubert und Sebastian saßen unter einem großen Sonnenschirm beisammen und winkten den Frauen zu.
„Na, das ist aber eine schöne Überraschung!", strahlte Michael die Freundinnen an.
„Wir haben nicht erwartet, euch noch hier in Pamplona zu treffen", sagte Andrea, „sondern euch schon ein paar Kilometer weiter vermutet."

„Wir wollten uns diese schöne Stadt in Ruhe ansehen", erwiderte Michael, „möchtet ihr euch zu uns setzen?"
„Ja gerne!"
„Auf dem Camino trifft man sich immer mehrmals", meinte Hubert. „Als ich vor zehn Jahren gemeinsam mit meiner Frau von Burgos nach Santiago gepilgert bin, ist es uns auch so ergangen."
„Wollte deine Frau jetzt nicht wieder mitgehen?", fragte Sabine erstaunt.
„Nein, sie hat Rückenprobleme und traut sich die lange Wanderung mit dem Rucksack nicht mehr zu. Außerdem hat sie erst vor ein paar Monaten gemeinsam mit Sebastians Frau ein kleines Geschäft eröffnet."
Sebastian ergänzte: „…Ja, und die beiden sagen, dass dieser Stoff- und Wollladen jetzt ihr Jakobsweg sei."
„Vielleicht gar nicht schlecht, dieser Vergleich", überlegte Sabine, „die einen bewegen die Füße und die anderen die Hände, um den Kopf frei zu bekommen."
Die Kellnerin kam, und sie bestellten das angebotene Pilgermenü: *sopa de verdura, filete con patatas fritas* und *helado o fruta*.
Während sie das köstliche Essen und den *vino tinto* genossen, fragte Sabine die Männer lachend, ob jemand bei ihr und Andrea schon den typischen Pilgerblick erkennen könnte.
Es beruhigte sie, dass das nicht der Fall war. Sie fühlte sich nämlich nicht wie eine Pilgerin. Das heißt, eigentlich wusste sie ja gar nichts über die Gefühle einer Pilgerin. Aber schon allein das Wort hörte sich in ihren Ohren so altmodisch und fromm an, dass sie sich damit nicht identifizieren konnte.
Hubert erzählte von einem Film mit Fritz Wepper, in dem dieser als Vater gemeinsam mit seiner Tochter den Jakobsweg läuft. Unterwegs sagt er zu seiner Tochter: „Manche gehen den Weg, um Gott zu finden und finden sich selbst. Andere gehen ihn, um sich selbst zu finden und finden zu Gott."
„Vielleicht ist das so. Und vielleicht finden wir ja auch etwas auf diesem Weg", erwiderte Sabine nachdenklich, „auch wenn ich eigentlich nur weggelaufen bin."

Sie sah verstohlen zu Andrea, die sich angeregt mit Michael unterhielt.

Plötzlich wurde ihre Unterhaltung von zwei Musikern unterbrochen, die sich mit ihren Instrumenten auf dem Platz niedergelassen hatten. Flotte spanische Folklore lud zum Zuhören und Mitklatschen ein.

Die Zeit verging wie im Fluge.

Sebastian sah plötzlich auf die Uhr und meinte: „Wenn ihr um zehn Uhr in der Herberge sein müsst, dann solltet ihr schnell laufen. Es ist bereits zehn Minuten vor zehn! Wir schlafen heute Nacht in einer kleinen Pension und haben länger Ausgang."

Sabine und Andrea schreckten hoch. Jetzt aber schnell!! Sie legten das Geld für Essen und Trinken auf den Tisch und winkten kurz mit einem *„buen camino"* in die Runde.

Das „Macht's gut!", „Bis dann!" und „Gute Nacht!" verhallte hinter ihnen, während sie im Dauerlauf durch die dunklen Straßen von Pamplona eilten.

Als sie schnaufend das Refugio erreichten, saßen die Herbergseltern auf der Hausbank.

Noch drei Minuten bis zehn Uhr!

„Na, das hat ja gerade noch mal geklappt!", begrüßte der *hospitalero* sie lachend.

Als sie endlich in ihrem „Zweibettzimmer" auf den Matten lagen, wurden sie von Erschöpfung und Müdigkeit übermannt und fielen sofort in einen tiefen Schlaf.

Sabine steht vor der Wiege, in der der kleine Felix selig schlummert und schaut ihn voller Liebe an. Wie süß er ist. Die kleinen Fäuste liegen neben dem Köpfchen, und das Gesicht arbeitet im Schlaf. Der Mund verzieht sich manchmal zu einem Grinsen, das Stupsnäschen kräuselt sich und die Lippen formen sich zu einem kleinen Kussmäulchen zusammen. Die feinen hellen Härchen auf seinem Kopf haben einen leicht rötlichen Schimmer, aber seine Augen sind schon jetzt ganz dunkel, wie die von Markus.

Markus kommt ins Zimmer und stellt sich neben sie. Er legt seinen Arm um ihre Schulter, und sie schmiegt sich an ihn. Glücklich sehen sie sich an und küssen sich.

„Ist er nicht wunderschön, unser Sohn?", fragt sie.

„Schön schon, aber hoffentlich schreit er heute Nacht nicht wieder so viel", antwortet er.
„Dann hol ich ihn in mein Bett und leg ihn an meine Brust. Dann kann er nuckeln so viel er will und schläft gleich wieder ein."
„Ich muss morgen früh schon um sechs Uhr aufstehen. Komm, wir nutzen die Zeit, die uns bleibt." Er küsst sie auf die Nasenspitze und lässt seine Hand auf ihre Pobacke gleiten.
Sie kuschelt sich an ihn und genießt sein Streicheln, während sie eng aneinander geschmiegt in ihr Schlafzimmer gehen.
„Ich liebe dich."
„Ich liebe dich auch."
„Felix schreit!"
„Ich höre es."
„Vielleicht beruhigt er sich ja wieder."
„Hoffentlich!"
Zärtlich fährt er mit einer Hand über ihre Brüste und sagt lachend: „Ich kann mein Glück kaum fassen!"
„Tja, dann musst du die Zeit nutzen, denn in ein paar Monaten ist das Glück wieder unfassbar geschrumpft und verschwindet in deiner Hand."
„Weiß Felix das auch schon?"
„Wahrscheinlich schon, denn er schreit immer noch."
„Dann hole ihn lieber her, damit er sich beruhigt."
„Vielleicht klappt's ja morgen mit uns zwei."
„Ich versuche dann schon mal zu schlafen. Gute Nacht, meine Süße."
„Gute Nacht, mein Schatz."
Sie holt Felix, der immer noch schreit und sich nicht beruhigen will.
Sabine erwachte. Durch das leicht geöffnete Fenster drang das Weinen eines Säuglings. Sie stand auf, um das Fenster zu schließen.

07. Sternschnuppen

Es dämmerte noch, als die Freundinnen durch die aufwachende Stadt liefen. In der einen Stunde, die sie brauchten, um Pamplona zu durchqueren, wurde der Autoverkehr auf den Straßen von Minute zu Minute größer und die Fuß- und Radwege füllten sich mit Menschen, die zu ihrer Arbeitsstelle, zur Universität oder Schule eilten.

Sie waren froh, als sie das hektische Treiben hinter sich lassen konnten, und der gelbe Pfeil sie auf einem ebenen Schotterweg weiterführte.

„Was hat denn Michael gestern Abend noch so erzählt?", konnte Sabine ihre Neugierde nicht verkneifen. „Ihr beide habt euch so angeregt unterhalten, dass ich ganz neugierig bin."

„Och, eigentlich nichts Besonderes. Wir haben uns zuerst eine ganze Zeitlang über Musik unterhalten. Er spielt Klavier und Orgel und vertritt manchmal den Organisten in seiner Kirchengemeinde. Sebastian und er sind auch schon seit vielen Jahren miteinander befreundet. Sie sind übrigens beide siebenundvierzig. Zwei Jahre jünger als wir."

„Aha. Und sonst? Ist er verheiratet?"

„Keine Ahnung, aber ich glaube schon. Wieso fragst du?"

„Ach, nur so."

„Nachdem ich von Magdalena erzählt hatte, hat er von seinem kleinen Sohn gesprochen. Aber irgendetwas ist mit dem Kind scheinbar nicht in Ordnung. Er hat gesagt, das wäre eine sehr traurige Geschichte mit seinem Jungen. Weiter kam er nicht mehr. Dann mussten wir uns leider ganz schnell verabschieden."

„Hm, schade", bedauerte Sabine. Dann überlegte sie einen Moment und sagte: „Ich finde, er hat ein bisschen Ähnlichkeit mit Benjamin. Du solltest auf dich aufpassen."

„Was soll das denn jetzt heißen?", entgegnete Andrea gereizt. Sie war offensichtlich sauer über diesen Vergleich.

„Ich mein ja nur so vom Typ her. Groß, blond, blaue Augen."

„Da sehe ich aber nicht viel Ähnlichkeit. Michael hat dunkelblonde, leicht gewellte Haare, ein viel markanteres Gesicht und einen Dreitagebart."

„Und ist sympathischer. Nur schade, dass die gut aussehenden Männer entweder verheiratet oder Arschlöcher sind."
„Jetzt reicht es aber! Lass uns lieber da vorne in der Kirche eine kleine Verschnaufpause machen, bevor wir auf den Alto steigen müssen."
Sie stiegen die kleine Anhöhe zur Kirche hinauf. Die Tür war verschlossen. Auf dem Vorplatz lud eine Bank im Schatten zum Rasten ein.
Jetzt war es Andrea, die das Thema wieder aufnahm. „Mir ist aufgefallen, dass Michael manchmal total abwesend mit seinen Gedanken ist. Hast du das auch schon mal bemerkt?" fragte sie.
„Jetzt, wo du das sagst... Ich habe ihn mal etwas gefragt, das war am ersten Abend in Roncesvalles. Da hatte er auch Löcher in die Luft gestarrt und ist zusammengezuckt, als ich ihn angesprochen habe."
„Komisch. Gestern Abend gab es eine ähnliche Situation. Ich habe ihn gefragt, ob alles in Ordnung sei. Aber er hat es gar nicht zur Kenntnis genommen. Irgendetwas scheint ihn sehr zu beschäftigen. Vielleicht hängt das ja mit seinem Sohn zusammen. Auf jeden Fall ist er selbst auch längere Zeit krank gewesen. Das hat er in einem Nebensatz erwähnt. Ich habe ihn aber nicht weiter danach gefragt."
„Na ja, dann will er wohl auch nicht darüber sprechen."

Es war schon wieder recht warm geworden, als sie in der Ferne den großen Windpark auf dem Bergrücken des Perdón erblickten. Seit den Pyrenäen war der Aufstieg zum Alto de Perdón der erste größere Anstieg.
Der Schotterweg wurde sehr schmal, und es gab keinen Schatten. Rechts und links wuchsen nur niedrige Sträucher, die die Felder abgrenzten. Der Rucksack drückte auf die Schultern.
Oben angekommen, bot sich den Pilgern eine wunderschöne Aussicht über Pamplona bis zu den Pyrenäen. Im Süden blickten sie über eine idyllische Hügellandschaft. Rundum war der Blick frei in eine herrliche Gegend. Der Aufstieg hatte sich gelohnt! Auf der Höhe wehte ein leichter Wind, der die Hitze einigermaßen erträglich machte.

Ab hier war die Landschaft Navarras von Weinanbau und Landwirtschaft geprägt.

Die Freundinnen stellten sich vor das große Pilgerdenkmal und baten einen der vielen Wanderer, sie zu fotografieren. Als sie sich gerade lachend an eine der rostigen Pilgerfiguren klammerten, gesellte sich ein weiterer Fotograf dazu und machte mehrere Fotos von ihnen.

Mit einem freudigen „Hallo" erkannten und begrüßten Sabine und Andrea den Fotografen. Es war Sebastian. Er war mit Hubert allein hier oben. Michael war bereits vorgegangen. Er wollte ein Stück allein laufen und in der nächsten Bar, die sich am Weg bot, auf die Freunde warten.

Gemeinsam machten sich die vier an den beschwerlichen Abstieg, der sehr steil abwärts über Geröllfelder führte.

Sabine war froh, dass Andrea ihr wieder einen Wanderstock abgegeben hatte, mit dem sie sich vor dem Abrutschen schützen konnte. Vor ihnen im Tal lagen gelbe Weizenfelder vor grünen Hügeln.

Unten angekommen, setzte Sabine ihre Wasserflasche an den Mund. „Oh je, mein Trinkwasser geht zur Neige", stellte sie bedauernd fest. „Diesen kleinen, lauwarmen Rest muss ich mir jetzt aber genau einteilen."

„Das geht dir nicht alleine so", betrachtete Andrea ihre fast leere Flasche.

Der Schotterweg zog sich noch eine hitzige Stunde lang bis zu einem kleinen Dorf dahin. Hier gab es endlich die ersehnte Einkehrmöglichkeit. An einem der leuchtend rot gestrichenen Holztische, die unter einem schattigen Dach aus grünem Weinlaub standen, wartete Michael bereits auf seine Freunde.

Sabine bemerkte ein freudiges Lächeln in seinem Gesicht, als er Andrea begrüßte.

Die Frauen tranken eine riesengroße, kalte Cola und genossen dazu köstliche *pintxos*. Langsam kehrte ihre Energie zurück.

Sie hatten noch ungefähr eineinhalb Stunden Fußweg bis zur Wallfahrtskirche Santa Maria de Eunate vor sich.

Andrea hatte über diese kleine Kirche, die einsam inmitten von Feldern stand, schon so viel gelesen, dass sie diesen Umweg unbedingt machen wollte. Der Weg würde bei der heutigen

Sonneneinstrahlung sicher kein „Honigschlecken" sein. Außerdem mussten sie ab da noch mal fast eine Stunde bis Obanos laufen, wo es eine Herberge gab.

Die drei Männer hatten sich vorgenommen, ab hier in drei Stunden bis Puente la Reina zu wandern. Mit einer herzlichen Umarmung und „*buen camino*" verabschiedeten sie sich deshalb bald von den Freundinnen.

Die liefen weiter über eine schmale, asphaltierte Straße, vorbei an riesigen Maisfeldern. Wieder gab es keinen Schatten, kein Haus, kein Baum, kein Auto und keinen Menschen zu sehen. Selbst in dem kleinen Dorf Muruzábal war alles wie ausgestorben. Alle Fensterläden waren geschlossen. Die Spanier hielten Siesta. Auch die Türen der kleinen Dorfkirche, in der sie für ein paar Minuten Abkühlung suchen wollten, waren zu.

Sabines kleiner, innerer Schweinehund, der lange Zeit geschlafen hatte, meldete sich: „Mein Gott, bist du bescheuert! Bei dieser Hitze auch noch einen Umweg zu laufen, anstatt gleich nach Obanos in die Herberge zu gehen! Warum lässt du deine Freundin nicht allein in diese blöde Wallfahrtskirche rennen?"

Genau in diesem Moment sagte Andrea: „Nur noch drei Kilometer! Die schaffen wir auch noch! Wir trinken jetzt am Dorfbrunnen frisches Wasser und schütten es uns über den Kopf und das Hemd, und dann geht es weiter."

Sabine sagte nichts.

Wie eine Fata Morgana erschien irgendwann in der Ferne der Umriss der kleinen, achteckigen Kirche, die auf einem leichten Hügel stand. Die Luft über den Feldern flirrte in der Hitze. Die schmale Straße zog sich endlos lang dahin. Schweigend trotteten sie langsam nebeneinander her. Es wehte ein lauwarmer Wind.

Die Kirche Santa Maria de Eunate gehört zu den eindrucksvollsten und schönsten Bauwerken auf dem Jakobsweg. Einsam stand sie vor ihnen. Die Freundinnen mussten nur noch eine Straße überqueren.

„Wenn die Kirche verschlossen ist, schrei ich ganz laut ‚Scheiße'!", sagte Sabine.

„Ich auch!", antwortete Andrea.

Und dann standen sie vor diesem viel beschriebenen Bauwerk und sahen, dass das große, alte, eiserne Tor, das Bestandteil einer runden Mauer um die Kirche war, fest mit einem großen Schloss verriegelt war!
Sie blickten sich an, guckten nach rechts und nach links. Weit und breit war keine Menschenseele zu sehen.
Dann schrien sie sich ihren ganzen Frust wie aus einem Munde aus der Seele: „Scheiße!!!"
Ihr Schrei hallte laut über die Maisfelder bis nach Santiago zu Jakobus und dann wieder zurück nach Eunate, wo Veronique ihn hörte und von Jakobus den Auftrag erhielt, die beiden schreienden *peregrinas* einzuladen. So erzählte es jedenfalls einige Stunden später die vergnügte ältere Dame.
Andrea und Sabine liefen nach ihrem Schrei rund um die Kirche. Vielleicht gab es ja einen zweiten Eingang. Aber da war nichts.
Sie liefen zu dem kleinen Backsteinhaus, das neben der Kirche stand. Vielleicht gab es hier ja einen Schlüssel für die Kirche.
Andrea wollte gerade den Klopfer bedienen, als die Tür geöffnet wurde und eine hübsche Frau mit einem Gesicht voller Lachfalten, vor ihr stand. Sie erklärte ihnen, dass die Kirche heute geschlossen sei.
„Mein Mann hat den Schlüssel. Er ist für die Kirche zuständig und kommt erst heute Abend nach Hause. Wenn ihr wollt, könnt ihr aber bei mir schlafen und euch morgen früh die Kirche ansehen. Ich kann auch für euch kochen."
Die Freundinnen blickten sich an und ihre Antworten überschlugen sich: „Das wäre ja super!"
„Haben wir ein Glück!"
„Das Angebot nehmen wir gerne an!"
„Danke! Das ist sehr nett von Ihnen!"
Die sympathische Frau stellte sich als Veronique vor und zeigte ihnen die beiden Duschen und das Schlaflager, das auf dem Dachboden untergebracht war. Helle Regale, in denen sich bunte Patchworkdecken stapelten, standen an den Wänden. Zehn Matratzen lagen auf den rustikalen Holzdielen.
Sabine und Andrea waren die einzigen Gäste. Sie hatten die beiden Duschräume für sich allein. Niemand stand vor der Tür

und wartete darauf, dass sie fertig wurden. Solch einen Luxus mussten sie genießen! Das warme Wasser tat den müden Körpern einfach nur gut und war Entspannung pur.
Danach gönnten sie sich einen erholsamen Mittagsschlaf.
Andrea stellte später fest: „Es ist einfach erstaunlich, wie schnell wir uns immer wieder erholen. Das habe ich mir nicht so vorgestellt. Ich bin einfach begeistert!"
Während sie schliefen, zogen Klaus und Vera, ein deutsches Ehepaar, ebenfalls in die Herberge ein.

Veronique hatte für alle ein leckeres Menü gekocht: Eine leichte Gemüsesuppe, eine große Schüssel gemischten Salat, dünne, gebratene Rindersteaks und dazu ein Kartoffelgratin mit viel Speck und Zwiebeln, das dick mit Käse überbacken war. Die Krönung dieses herrlichen Essens war eine Mousse au chocolat. Einfach köstlich!
Auch Veroniques Mann René saß mit am Tisch. Er war recht schweigsam und verließ gleich nach dem Essen das Haus, kam aber bereits nach wenigen Minuten wieder zurück.
Er sah seine Frau an und sagte etwas auf Spanisch zu ihr, was niemand von den Gästen verstand.
Daraufhin stand Veronique auf und verkündete, dass sie für ihre Gäste eine Überraschung hätte. Dazu wäre es aber unbedingt nötig, alles stehen und liegen zu lassen und sofort aus dem Haus zu gehen. Das Geschirr könnten sie später spülen. Ach ja, danach bekäme jeder zur Belohnung eine Dose Bier von ihr.
Sie erntete lachenden Beifall. Voll neugieriger Erwartung erhob sich die kleine Gesellschaft.
Draußen war es dämmrig geworden. Die Abendsonne versank langsam in einem kräftig roten Himmel. Die hügelige Landschaft erschien in einem atemberaubenden Licht.
Auf einem kleinen runden Tisch vor dem Haus standen sechs brennende Kerzen. René gab jedem eine davon in die Hand.
Er forderte seine Gäste auf, ihm zu folgen. In einer kleinen Prozession liefen sie so hinter einander her zu der kleinen Wallfahrtskirche.

Das alte eiserne Tor in der Ummauerung war weit geöffnet. Hinter der Mauer führte ein Bogengang um die Kirche. Die kugeligen Kieselsteine auf diesem Rundweg lagen dicht aneinander gedrängt.
René öffnete die Kirchentür. Leise meditative Musik drang aus dem Innenraum. Auf dem mit bunten Sommerblumen geschmückten Altar brannten mehrere dicke Kerzen vor einer beeindruckend schönen Marienfigur.
Die rote Abendsonne leuchtete durch die schmalen Fenster aus Alabaster und tauchte den schlichten Raum in ein diffuses Licht.
Langsam setzten sich die Anwesenden in die Bankreihen und lauschten andächtig schweigend der Musik.
Andrea und Sabine sahen sich an.
Friede, Geborgenheit und ein Gefühl, das man vielleicht als Ehrfurcht bezeichnen konnte, erfüllte sie.
Sie spürten die besondere Ausstrahlung, die von diesem Ort ausging und die schwer zu beschreiben war.
In der wundersamen Stille war nur die leise Musik zu hören.
Die Menschen versanken in Meditation.
Nach einer geraumen Zeit stand Veronique auf und sprach leise und langsam einige Worte an die Gottesmutter, der dieser Ort geweiht war. Sie dankte und bat um einen guten Pilgerweg für ihre Gäste. Dann gab sie das Wort weiter an alle, die etwas sagen wollten. Und wie von selbst, stand jeder der Anwesenden auf und sprach ein kurzes Gebet.
In Sabines Innern veränderte sich etwas. Sie fühlte sich in dieser kleinen Gemeinschaft zum ersten Mal nicht fehl am Platz. Ein warmes Gefühl der Zugehörigkeit durchflutete sie. Sie gehörte dazu. Ja, sie war eine *peregrina*, eine Pilgerin, eine Frau, die unterwegs und auf der Suche war…
Überglücklich stand sie auf: „Ich bin dankbar, hier zu sein, und ich bitte die Gottesmutter für uns alle um einen guten Weg und darum, dass wir finden, was wir suchen."
Wie selbstverständlich und ohne ihr Zutun waren die Worte aus ihrem Mund geflossen. Langsam setzte sie sich wieder hin, um gemeinsam mit den anderen das Ave Maria zu beten.
Es war dunkler geworden in der kleinen Kirche.

Langsam, so wie sie ihn betreten hatten, verließen sie den geheimnisvollen Raum.

Vor der Tür fragte Veronique, ob jemand barfuß auf den kugeligen Kieselsteinen um die Kirche laufen möchte. Einmal vorwärts und einmal rückwärts, so verlange es der Brauch, mit dem besondere Kraft und Energie aufgenommen werden könne. „Ich selbst vertrage das aber nicht. Ich bekomme Herzbeschwerden davon", sagte sie.

Keiner von ihnen hatte das Bedürfnis, diese Kraftfelder auszuprobieren; denn in der Kirche hatten sie alle reichlich Energie getankt.

Sabine hatte den Eindruck, dass nicht nur sie selbst, sondern auch die anderen von dem Erlebten ein wenig benommen und sehr beeindruckt waren. Schweigend gingen sie ins Haus zurück, um gemeinsam die Küchenarbeit zu erledigen.

Später setzten sie sich auf die beiden Bänke vor dem Haus und tranken das Bier, das Veronique ihnen als Schlaftrunk servierte.

Es war ein Sommerabend wie im Bilderbuch. Der Mond schien hell, und der Himmel war mit tausenden Sternen übersät. Einige lösten sich und fielen als Sternschnuppen hinab. Gebannt blickten die Menschen hoch zu dem Naturschauspiel und jeder von ihnen schickte seine Sehnsüchte und Wünsche ins Universum. Nur das Zirpen der Zikaden war zu hören.

Nach einer Weile hakte Vera ihren Mann unter und flüsterte: „So friedlich stelle ich mir das Paradies vor."

„Um dorthin zu kommen, müssen wir aber erst einmal unser Leben leben", antwortete Klaus leise.

„Tja, aber leider ist die Wirklichkeit nicht so unproblematisch wie das Pilgerleben hier auf dem Camino", seufzte Vera und zog ihren Arm zurück.

„Ja, leider", pflichtete Klaus ihr nachdenklich bei. Dann flüsterte er ihr etwas ins Ohr und drückte sie kurz an sich. Wohlwollend schaute er in die Runde. „Irgendwie ist wohl jeder von uns auf der Suche nach einem Halt und etwas, das seinen Anstrengungen im stressigen Alltag einen Sinn gibt."

„Die Frage nach dem ‚Warum' kann uns wohl niemand beantworten", brummelte Sabine vor sich hin.

Klaus lächelte sie an und wandte sich dann wieder seiner Frau zu: „Immerhin haben wir die Fähigkeit zu lieben! Und das bestärkt mich in meinem Glauben an einen guten Gott, der unsere Geschicke lenkt."
Verwundert fragte Sabine: „Glaubst du, er hätte unser Leben vorbestimmt?"
„Nein, das glaube ich nicht; denn wir Menschen haben ja einen freien Willen, mit dem wir selbst Entscheidungen treffen können. Inwieweit diese aber wirklich frei sind, weiß ich auch nicht."
„Es ist schwer vorstellbar, dass es einen guten Gott gibt, der all das Schreckliche geplant hat, das in der Welt passiert", entrüstete sich Sabine.
„Ach, weißt du, viel Unglück bereiten die Menschen sich selbst, weil sie sich von Gott abwenden. Die Religionen haben immer versucht, ihren Gläubigen Orientierungshilfen und Erklärungen für das Unerklärliche in der Welt zu geben. Für das Schöne genauso wie für das Schreckliche. Sie stärken die Menschen in ihrem Glauben an einen guten Gott und helfen ihnen in ihrem Kampf gegen das Böse."
„Da bin ich aber ganz anderer Meinung!" Sabine sah ihr Gegenüber ein wenig herausfordernd an. „Ich finde, gerade die christlichen Kirchen hinken sehr unserer heutigen Zeit hinterher. Darum distanzieren sich doch so viele, vor allem junge Menschen von der Religion! Sie fühlen sich unverstanden, denn die Kirchen haben es versäumt, mit den Wissenschaften zu wachsen und sich zu verändern. Die Menschen wollen dort abgeholt werden, wo sie heute stehen und nicht dort, wo sie vor einigen hundert Jahren gestanden haben. Die modernen Technologien verdrängen die Religionen. Die Menschen wollen ihr Leben selbst planen und gestalten."
„Die Natur lässt sich aber nicht planen", sagte Klaus, „und auch ein Menschenleben ist abhängig von dem, was ohne sein Zutun passiert. Es gibt zwischen Himmel und Erde so viele Dinge, die wir mit unserem beschränkten Sehvermögen gar nicht begreifen und überschauen können. Jeder von uns ist wie eine kleine Ameise in einem großen, vermeintlichen Chaos, das er nicht übersehen kann. Und doch findet dieses kleine Tier

seinen Weg durch das Labyrinth und erfüllt seine Aufgaben in der Gemeinschaft des ganzen Ameisenvolkes. Und nur weil jedes Tier seinen Platz ausfüllt, funktioniert das ganze Durcheinander."

„Meinst du, dass wir der Welt einfach ihren Lauf lassen müssen?"

„Ja! Wir können nur unseren eigenen, winzigen Platz ausfüllen im Vertrauen darauf, dass für Gott unser vermeintliches Chaos gar kein Chaos ist, weil er es überschaut und lenkt."

„Aber wir können doch nicht blind und tatenlos alles hinnehmen!"

„Nein, das sollen wir ja auch nicht. Wir müssen versuchen, im Gleichgewicht zu bleiben, in unserer Mitte, bei uns, in unserem Herzen, bei Gott. Wir müssen ihn suchen. In uns. Denn wir sind seine Kinder, wir sind ein Teil der Evolution, und er ist in jedem von uns. Wir müssen in uns hineinhorchen, damit wir unseren Weg zu uns selbst und damit zu Gott finden."

„Ich glaube, viele Menschen haben verlernt, auf ihre innere Stimme zu hören. Sie horchen mehr auf das, was ihnen durch die Presse, die Politiker und die Werbung suggeriert wird."

„Da hast du Recht. Aber ich weiß auch, dass viele Menschen von Grund auf skeptisch und wissbegierig sind. Sie wollen die Dinge um sich herum verstehen und beherrschen können. Und, schaut euch hier auf dem Camino um: Auch die junge Generation glaubt nicht alles, was die modernen Medien ausspucken. Jeder Mensch, ob jung oder alt, sucht auf seine ihm eigene Art und Weise nach dem Woher und Wohin, dem Warum und Wofür. Und diese Sinnsuche scheint mir auch der Grund dafür zu sein, dass der Jakobsweg in den letzten Jahren immer mehr Anhänger bekommen hat."

„Vielleicht...", Sabine zögerte nachdenklich, „schön wär's."

Klaus blickte zu seiner Frau. Vera war aufgestanden.

„Ich bin müde und möchte nach oben gehen", sagte sie, „ich wünsche euch allen eine gute Nacht."

„Dann komme ich mit." Klaus erhob sich ebenfalls.

„Ich werde über unser Gespräch nachdenken", versprach Sabine.

Klaus faltete die Hände vor der Brust, hob sie an die Stirn und verbeugte sich: „Namaste!", sagte er.
„Was heißt das?", fragte Sabine erstaunt.
„Das ist ein Gruß aus dem Yoga und bedeutet so viel wie: Ich grüße den Gott in dir."

08. Festtage

Die Sonne hielt sich heute Morgen glücklicherweise ziemlich bedeckt. Da machte das Wandern Spaß! Die leicht hügeligen Feldwege bis Puente la Reina verlangten keine große Anstrengung.
Hier waren die Türen der ehemaligen Templerkirche geöffnet. Sabine wusste inzwischen, dass Andrea an jede Kirchentür fasste. Allerdings waren viele verschlossen.
Ihre Augen mussten sich erst an den dunklen Innenraum dieser alten Kirche gewöhnen. Aber außer den wunderbaren Intarsien auf dem dunklen Holzfußboden fand sie hier nichts Bemerkenswertes.
„Alles ist hier so düster und das Kreuz ist gruselig", sagte sie zu Andrea, „ich gehe lieber wieder raus in die Sonne."
Sabine sah sich um. Plakate an Hauswänden und Laternenpfählen wiesen auf ein bevorstehendes Fest hin, bei dem Stiere durch die Straßen der Stadt getrieben wurden. Einige der alten Gassen waren bereits mit rotweißen Bändern abgesperrt. Aus der Ferne drang lautes Rufen und Klatschen zu ihr.
Gemeinsam kamen sie an einen Platz, der von vielen Menschen umstellt war. Die Menge spornte Kinder an, die offensichtlich einen Stierkampf nachspielten. Die weißen, mit roten Bordüren verzierten Kleider der Mädchen und die ebenso schmucken Anzüge der Jungen waren ein hübscher Hingucker. Man spürte die Begeisterung, mit der die Zehnjährigen bei der Sache waren.
Die Jungen hüpften auf hölzernen Steckenpferden, deren schwarze Stierköpfe gefährlich drein blickten. Mehrere Mädchen schwenkten rote Tücher vor ihnen hin und her. Es war ein

Gewusel und Durcheinander, das keine Spielregeln erkennen ließ, jedenfalls nicht für die beiden Freundinnen.
„Ich sehe nur, dass alle einen Mordsspaß haben", stellte Andrea fest.
„Ja, in Mainz würden wir jetzt ‚Helau' rufen", lachte Sabine.
Amüsiert schauten sie den Kindern eine Weile zu.

Über die berühmte Brücke, die der Stadt ihren Namen gegeben hatte, verließen sie die alten Gassen.
Feldwege und Pfade führten nun beständig bergauf.
Drei Stunden lang wanderten sie gemächlich nebeneinander her. Ein kurzer, steiler Pass brachte sie in ein mittelalterlich anmutendes Dorf. Inzwischen hatte auch die Sonne die Wolkendecke wieder erfolgreich verdrängt.
Im Schatten eines Baumes breitete Sabine eine weiße Serviette auf der Bank aus, um ihre Schätze darauf zu legen: Knuspriges Baguette, kräftigen Käse, fruchtige Tomaten und saftige Pfirsiche. Das frische kalte Wasser holten sie sich direkt aus dem Brunnen, der neben der Bank stand.
Andrea räkelte sich und seufzte genüsslich: „Ist es nicht herrlich unkompliziert und einfach, dieses Leben hier auf der Wanderschaft?"
„Ja, und ich vermisse nichts", stimmte Sabine ihr zu.
Nach der Pause ging es weiter durch Weinberge und Getreidefelder. Immer wieder blieben sie stehen, um die reizvollen Ausblicke in die schöne Hügellandschaft zu fotografieren oder Weintrauben zu naschen.
Plötzlich kam aus einem kleinen Seitenweg ein schwarzgelockter Mann auf sie zu und streckte ihnen seine Hände entgegen, um ihnen Feigen zu schenken.
„*Buen camino*", sagte er und verschwand wieder.
„Was war denn das?" wunderte sich Sabine.
„Das war bestimmt ein Engel", lachte Andrea und schaute sich um, „denn er ist genauso schnell wieder verschwunden, wie er aufgetaucht ist."
„Jetzt sagst du bestimmt auch noch, dass er auf uns aufpasst", vermutete Sabine.

„Genau! Wäre doch nicht schlecht, in dieser einsamen Gegend."
Es war heiß geworden. Die Rucksäcke drückten auf die Schultern. Nach fast sechsstündiger Wanderung und zweiundzwanzig Kilometern beschlossen die Freundinnen, sich in einer Herberge einzuquartieren.
In der Eingangshalle herrschte Trubel: Eine Gruppe Radsportler war gerade eingetroffen und mindestens zehn Jugendliche tummelten sich vor den drei Computern, die in kleinen Nischen standen.
Einen Moment überlegten die Frauen, ob sie ihren Kindern heute auch eine kurze Mail schicken sollten. Aber beim Anblick des Gewusels entschieden sie sich für eine kurze SMS als Lebenszeichen. Ihre Zeit war zu kostbar, um sie wartend zu verplempern.
Nach dem sich täglich wiederholenden Procedere, das aus Duschen und Handwäsche, einem kurzen, erholsamen Schlummer, einem Bummel durch den Ort und einem leckeren Pilgermenü bestand, sanken sie dankbar und müde auf ihren Betten in einen tiefen Schlaf.
Sabine steht vor einer rotweißen Absperrung an der Straße und sieht angestrengt in die Ferne. Bunt kostümierte Kinder laufen an ihr vorbei.
„Sie kommen!", ruft sie aufgeregt. Neben ihr steht der zehnjährige Felix. Er ist als Cowboy verkleidet und lässt den Colt, der an seinem Gürtel hängt, keinen Moment aus der Hand. Markus steht hinter ihr und hat seine Hände auf ihre Schultern gelegt.
Auf der Straße vor ihnen läuft eine Gruppe größerer Schüler, die als Vampire verkleidet sind.
Alle rufen laut: „Helau!" und winken mit den Armen.
Jungen in weißen Anzügen mit roten Bordüren reiten auf schwarzen Steckenpferden.
Dann kommen die Schneeflöckchen. Sabine sucht angestrengt nach ihrer Tochter. Die Mädchen tragen weiße Kleider mit langen Ärmeln und weit ausladenden Röcken, die über und über mit kleinen Wattebäuschchen bedeckt sind. Ihre hübschen

Gesichter sind weiß geschminkt und von lockigen Perücken eingerahmt.
„Siehst du Tanja?", fragt sie Markus.
Im gleichen Moment stürmt ein kleines Mädchen auf sie zu, drückt ihr einen Kuss auf den Mund und verschwindet ganz schnell wieder in der Gruppe.
Sie bemerkt, dass Felix neben ihr unruhig wird. Als sie zu ihm hinschaut, richtet er den Colt gegen seinen Vater: „Hände hoch oder ich schieße!", schreit er laut. Entsetzt sieht sie ihren Sohn an. Im gleichen Moment spürt sie Markus Arm um ihre Taille und schwebt mit ihm in die Luft. Ein herrliches Gefühl von Freiheit breitet sich in ihr aus.
Sie blickt zu ihm auf und sieht in sein Gesicht. Etwas erstaunt stellt sie fest: Er ist ein Vampir! Sie ist überrascht, dass sie das nicht schon früher gemerkt hat, aber es beunruhigt sie nicht. Sie fühlt sich sicher und wohl in seinen Armen.
Aus lichter Höhe bewundern sie gemeinsam den Jugendmaskenzug, der durch die Mainzer Innenstadt zieht. Ihr Glücksgefühl ist unbeschreiblich.
Langsam schweben sie weiter. Fasziniert betrachtet sie die Türme des Mainzer Doms aus der Nähe und die Menschen, die am Rheinufer entlang bummeln.
Sie gelangen zum Schloss und landen in einem prächtigen Prunksaal. Riesige Kronleuchter hängen von der Decke, deren herrliche Stuckarbeiten vergoldet sind. Im flackernden Licht der Kerzen erkennt sie die wundervollen Intarsien auf dem dunklen Holzfußboden. Livrierte Diener eilen umher.
Sie blickt an die Wände und versucht, die Gesichter der gemalten Portraits, die aus dicken Goldrahmen in den Saal blicken, zu erkennen. War das nicht Dr. Martin, der Arzt? Sie kennt ihn, aber sie weiß nicht, woher.
Markus zieht sie weg.
Sie hört Musik. Zart und schmeichelnd klingt die wunderbare Musik eines Menuettes.
Ist das nicht Mozart, der da am Spinett sitzt?
Markus führt sie zum Tanz. Hat er sich umgezogen? Über seinem weißen Rüschenhemd trägt er ein schwarzes Cape und

seine langen Beine stecken in einer hautengen, dunklen Hose.
Seine stark gegelten Haare sind glatt nach hinten frisiert.
Sie selbst trägt ein rotes Ballkleid aus glänzender Seide, dessen Volants in Stufen über einen weiten, wippenden Reifrock fallen.
Eine Haarsträhne hat sich gelöst und ruht auf ihrem Dekolleté.
Sie spürt, wie die lockige Haarpracht beim Tanzen sanft ihre bloßen Schultern und ihren Rücken streichelt.
Plötzlich sind da viele Gäste in festlichen Abendroben.
Glücklich wiegt sie sich in Markus' Armen zum Takt der Musik, bis Markus sie von sich schiebt.
Etwas hilflos steht sie in einer langen Reihe den fremden Männern und Frauen gegenüber. Sie sucht Markus. Immer, wenn sie ihn erblickt hat, verschwindet er ebenso schnell wieder vor ihren Augen.
Eine Polonaise beginnt. Sie will nicht mit den anderen Vampiren tanzen. Sie fürchtet sich vor ihnen. Inbrünstig wartet sie darauf, dass Markus ihre Hand nimmt und sie für einen kurzen Moment umarmt.
Da ist er wieder, welch ein Glück! Sie spürt seine Hand auf ihrem Rücken. Nach ein paar Schritten dirigiert er sie aus der Reihe der Tanzenden. Arm in Arm steigen sie eine breite Treppe hinauf. Er öffnet eine knarrende Tür und schiebt sie sanft vor sich her in das Zimmer.
Sie kennt diesen Raum. Es ist ihr gemeinsames Schlafzimmer aus dem Haus, das sie bis vor zwei Jahren bewohnten.
‚Ich liebe ihn', denkt sie und sinkt hingebungsvoll auf das Bett.
Er beugt sich über sie, um sie zu küssen. Eine Ekel erregende Alkoholfahne strömt ihr entgegen. Erschreckt und angewidert dreht sie den Kopf zur Seite. Sie spürt seine Zähne an ihrem Hals und schlägt die Augen auf.

Irgendwo flüsterten Stimmen und raschelte etwas. Kleine Lichtkegel huschten durchs halbdunkle Zimmer, zwei Gestalten tuschelten miteinander, liefen hin und her, falteten Sachen und drückten sie in einen Rucksack.

Sabine befühlte ihren Hals. Der Reißverschluss ihres Schlafsacks kratzte. Sie dachte an Markus und beschloss, dass es besser sei, aufzustehen.

09. Kämpfe

„Ich habe Hunger und Kaffeedurst", verkündete Andrea, „den Automatenkaffee und das abgepackte Biskuitgebäck habe ich längst verdaut."
„Aber hier ist weit und breit nur schöne Gegend und keinerlei Zivilisation. Da müssen wir wohl noch eine Stunde bis Estella laufen."
„Ach, du je! Hoffentlich schafft mein Magen das."
„Das wird schon. Aber schau mal", Sabine wies mit der Hand auf ein kleines, fensterloses Gebäude mit einem Giebelkreuz. „Was steht denn da auf dem Hügel? Ich lese mal im Reiseführer nach, was dieses alte Gemäuer hier in der Einsamkeit zu bedeuten hat."
„Gehen wir hin?"
„Ja, das würde ich mir gerne aus der Nähe ansehen."
Die Freundinnen stiegen auf die Anhöhe. Die Ermita de San Miguel war eine Kapelle, die einst zu einem Kloster aus dem 10. Jahrhundert gehörte.
Durch die schmalen Lichtschlitze fiel nur wenig Sonnenlicht in den Innenraum. Die festgetretene Erde war hart wie Beton. Über dem steinernen Altartisch hing ein massives Holzkreuz von der Decke herab.
Auf dem behauenen Findling hatten Pilger alles Mögliche abgelegt: Zigarettenschachteln, Blumen, Muscheln, Steine, Blumen und Gräser. Wünsche, Versprechen und Bitten, hin gekritzelt auf Bierdeckel oder kleine Notizzettel, verteilten sich in diesem Chaos und wurden durch Steine am Wegflattern gehindert.
Andrea und Sabine standen vor all diesen Sachen und schauten auf das große Kreuz.
Sie dachten an die vielen Pilger, die in den vergangenen tausend Jahren ebenso in dieser Kapelle gestanden hatten, um Schutz zu suchen oder für irgendetwas zu bitten oder zu danken. Es war, als riefen sie für einen Moment die Seelen all ihrer Vorgänger zusammen. Als versammelten sie sich hier zwischen den alten Mauern wie Zugvögel an einem Platz, um da-

nach wieder fortzufliegen. Jeder in seine Richtung, und jeder auf seinem Weg.

Nach zweistündiger Wanderung durch eine reizvolle, aber unbesiedelte Hügellandschaft knurrten ihre Mägen um die Wette. In Estella öffneten gerade Bars und Cafés ihre Pforten.
Zwei große Tassen Milchkaffee und ein dick belegtes *bocadillo* waren ihre Rettung und eine gute Grundlage, um eine Stunde später am Weinbrunnen in Irache ein Gläschen Rotwein zu genießen.
Dieser Brunnen, der Wein und Wasser für die Pilger spendete, war inmitten eines prunkvollen Wappens an der Hauswand angebracht und gehörte zum dortigen Kloster.
Die Freundinnen setzten sich auf eine Bank und schlürften genüsslich den köstlichen *vino tinto*.
„Ein Glück, dass wir so gut gegessen haben, sonst würde mir der Wein sofort in den Kopf steigen", meinte Sabine lachend.
„Das glaube ich nicht", entgegnete Andrea, „bei der körperlichen Anstrengung, die wir heute noch vor uns haben, brauchen wir das als entkrampfende Medizin."
„Na gut, dann ‚zum Wohl'!", prosteten sie sich zu.
Das anschließende Wäldchen war schnell durchwandert. Die gelben Pfeile führten sie weiter durch Wein- und Getreidelandschaften. Schattige Baumgruppen wurden immer seltener.
In der Mittagszeit gelangten sie nach einem kurzen Aufstieg nach Villamayor de Monjardin, einem kleinen Ort, über dem die Ruine einer alten Wehrburg thronte.
Eine unvorhergesehene, wunderbare Überraschung wartete hier auf sie. Ein winziges Freibad, in dem man mit fünf Zügen das Becken durchqueren konnte. Aber für ein erfrischendes Untertauchen im kalten Nass reichte das völlig aus. Diese kurze Abkühlung machte Mut für das vor ihnen liegende Stück zwölf Kilometer langer, schattenloser Einsamkeit.
Die Frauen füllten ihre Flaschen noch einmal mit kaltem Wasser und machten sich auf den Weg.
Der Himmel war wolkenlos und von einer tiefblauen Farbe. Die Sonne schickte ungehindert ihre heißen Strahlen auf den schattenlosen Camino und die beiden einsamen Pilgerinnen.

Büsche und Bäume leuchteten ihnen in sattgrünen Farben leider nur von weit entfernten Hügeln entgegen.
„Da vorne ist ein Baum in einem Seitenweg", seufzte Sabine nach einer Stunde anstrengenden Wanderns.
„Nichts wie hin!", Andreas Schritte wurden schneller.
Von der Weggabelung aus sahen sie zehn Pilger oder mehr, die sich auf dem kleinen, schattigen Fleckchen unter dem einzigen Baum dicht aneinander drängelten.
„Wir werden sicher noch einmal einem Baum oder Strauch begegnen, was meinst du? Gehen wir weiter?", fragte Sabine.
„Da bleibt uns wohl nichts anderes übrig."
Einsilbig trotteten sie nebeneinander her zwischen gelben Getreide- und Stoppelfeldern, die in der Sonne leuchteten. Dazwischen gab es trostlos brach liegendes Ackerland, dem rote Mohnblumen wie zur Aufheiterung hier und da einen hübschen Farbtupfer verliehen.
„Eigentlich ein schöner Anblick, aber ein Baum wäre mir lieber", stöhnte Sabine.
„Hätten wir uns doch bloß einen Moment zu den anderen Pilgern in den Schatten gedrängelt", bedauerte Andrea.
Die Sonne brannte unbarmherzig, der Schweiß rann in Strömen, die Rucksäcke wurden immer schwerer, der Schotterweg schien endlos.
„Ich bin ja schon froh, dass es hier nicht auch noch bergauf geht!", versuchte Sabine zaghaft der Schinderei etwas Positives abzugewinnen.
Andrea summte die Filmmelodie „Spiel mir das Lied vom Tod".
Sabine malte sich aus, wie es wäre, wenn einer von ihnen jetzt zusammenklappen würde. Sie lachten albern bei der Vorstellung, hier ohnmächtig auf dem Feld zu liegen.
Man konnte diese Schwarzmalerei auch Galgenhumor nennen.
Wo waren überhaupt die anderen Pilger? Die, die ihnen den Baum streitig gemacht hatten? Und all die anderen, die sich abends in den Herbergen tummelten? Kein Mensch war weit und breit zu sehen. Vielleicht waren die alle schon in Los Arcos? Schließlich liefen die meisten ja morgens viel früher los und viele machten nur wenige Pausen.

„Ich sehe einen Strauch!", langsam, fast genüsslich formulierte Sabine diesen Satz, und ihre Beine bewegten sich mit der Kraft der Vorfreude schneller.
Und dann die herbe Enttäuschung: Der Strauch war ein Dornbusch!!
„Das glaub ich jetzt nicht!", beschwerte sich Andrea.
Es gab nur einen schmalen, schattigen Streifen hinter dem kargen Grün. Aus der Erde sprossen massenhaft kleine Ableger: Winzige Dornbüschchen.
„Ei, wie niedlich!"
„Aua!"
Andrea schleppte einen dicken Stein vom Feldrand und ließ ihn auf die stacheligen Minis fallen. Sie setzten sich dicht nebeneinander darauf und teilten sich das kleine Fleckchen Schatten, das ihnen wenigstens für ein paar Minuten Schutz vor der Sonne spendete. Das Wasser in den Trinkflaschen war lauwarm.
„Lecker!", grinste Sabine, nachdem sie einen großen Schluck genommen hatte, „aber wenigstens haben wir noch genug davon."
„Mir tut der Hintern weh!", Andrea stand auf und massierte ihr Hinterteil.
„Ja, bequem ist das hier nicht. Komm, wir gehen weiter."
Kaum waren sie ein paar Schritte gelaufen, wurden sie von einem Pilger überholt. Er lief in einem Tempo an ihnen vorbei, als wäre er auf der Flucht. Wie konnte man bei der Affenhitze bloß so rennen? Die Freundinnen sahen sich lachend an und tauften ihn „Speedy Gonzales".
Der Weg wollte kein Ende nehmen. Bei jedem Schritt entstand eine dicke Staubwolke unter ihren Füßen, die die nackten Beine bis zu den Knien mit einer immer dunkler werdenden Staubschicht bedeckte.
Bäume und Sträucher wuchsen nach wie vor nur in weiter Ferne.
Wieder malten sie sich Horrorgeschichten aus und versuchten ihre Schwäche mit Albernheiten zu übertrumpfen. Das Lachen tat gut.
Sabine dachte kurz an ihren nächtlichen Traum. Sollte sie Andrea davon erzählen? Nein, das würde ihnen beiden jetzt auch

nichts nützen, entschied sie und sagte: „Wäre schön, wenn wir jetzt fliegen könnten, was meinst du?"
„O ja, dann wären wir ruckzuck im Schwimmbad von Los Arcos und müssten uns nicht länger durch diese heiße Einöde quälen."
Als endlich das Ortseingangsschild von Los Arcos zu sehen war, stießen sie einen erleichterten Freudenschrei aus. Ein freundliches Städtchen mit schönen, alten Häusern erwartete sie. Am schönsten aber war der Schatten zwischen den Gebäuden.
In der Casa de Austria, einer Herberge der Sankt Jakobs Bruderschaft, wurden sie freundlich aufgenommen.
Die Frauen belegten zwei Betten mit ihren Rucksäcken, verstauten ihre Badesachen in zwei Plastiktüten und machten sich auf den Weg ins nahe gelegene Schwimmbad.
Eine Viertelstunde später standen sie unter einer erfrischenden Dusche und atmeten tief ein und aus. War das eine Wohltat! Herrlich!!!
Mit ganz langsamen Bewegungen schwammen sie nebeneinander durchs Wasser, mal auf dem Bauch, mal auf dem Rücken. Als sie nach kurzer Zeit aus dem Pool stiegen, machte sich ihre Erschöpfung bemerkbar.
„Brrr, mir ist plötzlich richtig kalt!" Andrea klapperte mit den Zähnen.
„Und mir ist schwindelig! Warte bitte auf mich", bat Sabine, bevor sie die letzte Sprosse der Leiter erklommen hatte.
„Ach, du Gott! Hak' dich bei mir ein, bevor du wieder zurück ins Wasser fällst."
Andrea reichte der Freundin ihren Arm. So wankten sie vorsichtig auf ein sonniges Wiesenplätzchen zu. Müde sanken sie auf ihre Handtücher. Nur wenige Minuten später hörte man ein leises Schnarchen...
Sabine sieht einen Engel, der mit einem Drachen kämpft. Der heilige Michael im Kampf gegen den Teufel?
Sie will in sein Gesicht sehen, aber er bedeckt es mit einem Schild. Er duckt sich vor dem Feuer speienden Ungeheuer und hält sein Schwert hoch. Dann richtet er sich auf und stößt es gegen den Drachen.

Wie eine Fontäne spritzt ihr das Blut entgegen. Sie spürt die Tropfen auf ihrer Haut.
Der Kämpfer nimmt das Schild zur Seite und einen Moment lang sieht sie Markus' angstverzerrtes Gesicht.
Erschreckt fuhr sie hoch.
„Holla, mach langsam", hörte sie Andrea sagen, die vergnügt ihre nassen Hände über sie ausschüttelte, „ich wollte dich mit einer kleinen Erfrischung aufwecken und fragen, ob du auch Hunger hast."
Sabine nahm ihren Kopf in die Hände und rieb sich die Augen.
„Naja, wie man's nimmt. Ich habe geträumt, dass mir Blut ins Gesicht spritzt."
„Ach herrjeh, das tut mir leid. Hattest du wieder einen dieser Albträume?"
„Ja, von Markus, der mit einem Drachen kämpft." Sie schüttelte ihren Kopf, als könnte sie so das Bild verjagen.
Andrea setzte sich neben sie ins Gras und legte einen Arm um die Freundin. „Hmm", summte sie leise.
„Muss ich ein schlechtes Gewissen haben, weil es mir hier so gut geht?"
„Aber Sabine!!" Andrea zeigte ihr Unverständnis. „So etwas darfst du nicht einmal denken! Du weißt, dass du Markus jetzt nicht helfen kannst. Ich bin davon überzeugt, dass es sogar sehr gut für ihn ist, dass du hier bist. Außerdem solltest du dich an den Grund deines Hierseins erinnern. Du wolltest bewusst Abstand schaffen! Markus hat Therapeuten und Psychologen, die ihn jetzt an die Hand nehmen. Alles andere hängt von ihm ganz alleine ab. Von seiner Sucht kann er sich nur selbst befreien. Aber das weißt du doch!"
„Ich weiß, ich weiß. Du hast ja Recht. Aber ich träume hier so oft von ihm. Und dieser kurze Traum hat mich gerade ziemlich aus der Fassung gebracht."
„Das verstehe ich ja!", Andrea zog ihre Freundin noch einmal kurz an sich. Dann stand sie auf. „Aber jetzt packen wir unsere Siebensachen zusammen und gehen etwas Leckeres essen. Was hältst du davon? Ich habe einen Riesenhunger."
Sabine war dankbar für Andreas direkte Art. Damit schaffte sie es immer wieder, sie von ihren quälenden Gedanken wegzuzie-

hen und in die Gegenwart zu holen. Ja, sie wollte endlich ganz h i e r ankommen! Jetzt waren sie immerhin schon eine ganze Woche unterwegs und hatten fast einhundertfünfzig Kilometer geschafft. Wie lange sollte sie denn noch von ihren Träumen verfolgt werden? Warum konnte sie Markus nicht endlich loslassen?

Auf dem Marktplatz vor der barocken Kirche fanden sie ein nettes Restaurant, das ein Pilgermenü anbot. Während sie einen knackigen Salat und ein knusprig gegrilltes Hähnchen verspeisten, beobachteten sie die vorbeigehenden Leute, von denen die meisten auch Pilger waren.
„Ja, da schau her! Ist das nicht der ‚dicke Schnarcher mit dem roten Sack', der da vorne ankommt?", fragte Andrea.
„Ja, könnte er sein", antwortete Sabine und musste über Andreas Namensgebung lachen.
Im selben Moment schaute der Dicke zu ihnen hinüber und kam erfreut auf sie zu. Er begrüßte sie herzlich.
„Bist du etwa mit deinem ganzen Gepäck schon bis hierher gelaufen?", fragte Andrea den Ankömmling ungläubig.
„Nein, nein, ich habe in Pamplona eine große Karton voll mit Sachen gepackt und postlagernd nach Santiago geschickt. Wenn ich nach Hause fliege, hol ich es dort wieder ab. Diese Tipp hab ich von ein andere *peregrina*. Die war sehr nett. Hat mir geholfen meine viele Sache zu sortieren. Jetzt habe ich nur noch zehn Kilo auf mein Rücken. Das ist genug."
„Willst du dich zu uns setzen?", fragte Andrea.
„O ja, gerne."
„Ich heiße übrigens Andrea", stellte sie sich vor, „und du?"
„Mein Name ist Bernard, und ich komme aus die Niederlande."
„Du sprichst aber gutes Deutsch", sagte Sabine und stellte sich ebenfalls vor.
„Ja, nur in Roncesvalles hast du kein Wort verstanden."
„Ach, wegen die Schnarcherei, meinst du?", lachte Bernard, „ja, da hast du mich aus mein Tiefschlaf geholt."
Bernard erzählte, dass er von Zubiri bis Pamplona den Bus genommen habe und auch heute nicht durch die Getreidefelder bis Los Arcos gelaufen sei. Er hatte bereits dicke Blasen an den

Füssen. Er sei sehr niedergeschlagen gewesen, aber die nette *peregrina* Corinna habe ihm wieder Mut gemacht.
„Jetzt geht es mir schon viel besser. Aber ich müss viel nachdenken", sagte er, „und darum ich gehe jetzt in die Kirche. Ich habe mich gefreut, euch zu sehen. Ihr bringt mich zum Lachen. Das ist gut für mich."
Dann verabschiedete er sich und verschwand in der Kirche.
„Er wirkt ein bisschen traurig, findest du nicht?", fragte Sabine.
„Ja, irgendetwas schleppt er wohl auch mit sich herum", vermutete Andrea.
„Wie Michael. Ich bin ja gespannt, ob wir die drei Bayern noch einmal treffen werden."
„Ja, ich auch", sagte Andrea, „und ich würde auch gerne wissen, was Michael mit sich herumträgt, über das er nicht sprechen will."
„Tut mir leid, dass ich ihn vor ein paar Tagen mit Benjamin verglichen habe."
„Ist schon gut. Ich weiß ja, dass deine Witze manchmal voll ins Schwarze treffen." Andrea nahm einen Schluck Espresso, stellte die leere Tasse entschlossen zurück auf den Tisch und sagte: „So! Und jetzt möchte ich auch den Pilgergottesdienst besuchen. Ich habe nämlich das Bedürfnis, einmal richtig ‚Danke' zu sagen für unsere Zeit hier."

10. Bekanntschaften

Im Obstkorb lag nur noch eine Birne. Andrea legte sie gleich auf ihren Teller, als sie sich am Frühstücksbuffet bediente.
„Guck nicht so neidisch", grinste sie ihre Freundin an, „du bekommst auch eine Hälfte. Wir sind mal wieder zu spät dran. Aber ich habe so gut geschlafen wie schon lange nicht mehr. Dieses Frühstücksbuffet ist ja wohl einfach eine Wucht."
Auf dem Tisch standen dunkles Brot, Marmelade, Wurst und Käse. Lauter gute Sachen, mit denen die Hospitaleros der Casa de Austria ihre Pilger verwöhnten.

Klaus und Vera, die sie in Eunate kennengelernt hatten, standen plötzlich an ihrem Tisch. Die Wiedersehensfreude war groß, und die Begrüßung entsprechend herzlich.
Das Paar war am frühen Morgen bereits in bester Laune und verbreitete Lebensfreude pur. Die beiden hatten ihre letzte Etappe vor sich und erzählten, dass sie sich in Logroño nach einem schönen Hotel umsehen wollten, um ihre Pilgerreise ein bisschen luxuriös ausklingen zu lassen.
Und da sich die vier *peregrinos* so gut miteinander unterhielten, liefen sie auch gemeinsam aus der Stadt hinaus und über Schotterstraßen durch die weite und recht ebene Landschaft. Immer wieder verschwand Klaus in den Weinbergen, um die Frauen mit dunklen, süßen Trauben zu verwöhnen.
Vera erzählte ganz unbefangen davon, wie wichtig diese Auszeit für sie und Klaus gewesen sei. Sie freue sich wieder auf Zuhause und auf einen Neuanfang in ihrer Beziehung.
„Wir hatten eine schlimme Zeit hinter uns", berichtete sie, „haben kaum noch miteinander geredet und wenn, dann endete es im Streit. Irgendwie hatten wir uns in den letzten Jahren wohl auseinander gelebt. Es hat sich so eingeschlichen. Jeder hat sich so sehr in seine Arbeit gestürzt, dass für Gemeinsamkeiten kein Platz mehr blieb. Klaus kam manchmal Nächte lang nicht nach Hause. Das hat mich natürlich misstrauisch und eifersüchtig gemacht. Ich war fest davon überzeugt, dass er eine andere hat. Eines Tages haben unsere Kinder uns dann mit ihrer Offenheit geschockt. Sie meinten, dass es Zuhause ja nicht mehr zum Aushalten wäre. Wenn wir uns nicht mehr verstehen würden, dann sollten wir auch den Mut haben, uns zu trennen. Das saß! Das könnt ihr mir glauben! Peng!" Vera machte eine kräftige Handbewegung mit der Faust.
„Aber wir haben trotzdem noch eine ganze Zeitlang gebraucht, bis wir uns eingestanden haben, dass wir in unserer Beziehung nicht mehr glücklich waren. Klaus hatte dann die Idee mit dem Jakobsweg. Wir sind mit Bauchschmerzen von Zuhause gestartet und jeder hatte Angst, dass der Partner ihm gestehen würde, er habe sich verliebt oder wolle aus sonstigen Gründen nicht mehr mit dem anderen zusammen sein. Wir sind in den ersten zwei Wochen fast immer getrennt gelaufen und haben uns erst

abends in einer verabredeten Herberge wieder getroffen. Und irgendwie ist es dann passiert! Ganz langsam haben wir uns und unsere Liebe wiedergefunden. Das ist mehr, als wir erwartet haben. Ist das nicht herrlich?" Vera strahlte vor Glück, als sie ihren kurzen Bericht beendet hatte.

„Ja, das ist wirklich herrlich!", freute sich Andrea, die an Veras Seite lief.

Sabine wanderte dicht hinter ihnen her und hatte gespannt zugehört. Wie ein Quell hatte Vera ihre Geschichte herausgesprudelt und nun spritzte sie mit ihrer Freude und Erleichterung nur so um sich.

„Schön für euch!". Ein Funken Neid schlich sich in Sabines Seele.

Nach zwei Stunden gemeinsamen Wanderns verabschiedeten sich die Freundinnen mit einem herzlichen *„buen camino"* von dem glücklichen Paar.

Eine Bank mit Panoramablick lud sie zu einer Pause ein. Sie genossen den schönen Blick auf das im Tal liegende Torres del Rio.

„Ich konnte ihr zum Schluss nicht mehr zuhören", unterbrach Sabine die Stille. Ihre Stimme klang heiser. Andrea sah die Tränen in ihren Augen.

„Hast du an eure Ehe gedacht?", fragte sie teilnahmsvoll.

„Ach ja, wahrscheinlich hätten wir auch mehr miteinander reden müssen, und zwar von Anfang an", seufzte sie nachdenklich und kramte eine Banane aus ihrem Rucksack. „Aber als die Kinder klein waren, haben sie Markus sofort überfallen, wenn er abends heim kam. Voller Begeisterung hat er mit ihnen gespielt, auch wenn er müde war. Wenn sie dann endlich im Bett lagen, war er so kaputt, dass er nur noch seine Ruhe haben wollte. Da wurde dann die Glotze angeschaltet. Über meine kleinen Alltagssorgen konnte ich nicht mit ihm reden. Damit wollte er nicht konfrontiert werden. ‚Probleme habe ich in der Firma schon genug', hat er immer gesagt und ‚du wirst schon eine Lösung finden. Sonst sprich doch mal mit Andrea darüber'." Sabine nahm einen Schluck aus ihrer Wasserflasche.

„Das hast du mir nie erzählt!", erwiderte Andrea. Ihre Stimme klang ein wenig vorwurfsvoll.

„Stimmt! Heute glaube ich, dass er manchmal neidisch auf unsere Freundschaft war; vielleicht sogar eifersüchtig. Aber damals habe ich das nicht so empfunden. Sein Desinteresse hat mir wehgetan; aber gesagt hab ich ihm das nie. Ich wollte keinen Streit. So war er eben, und ich liebte ihn. Später, als er in Eisenach arbeitete und nur noch an den Wochenenden nach Hause kam, haben wir zwar täglich miteinander telefoniert, aber auch nicht wirklich über uns gesprochen. Alles war so selbstverständlich. Verstehst du? Irgendwann hatte ich das Gefühl, dass wir in zwei verschiedenen Welten leben. Er lebte für seinen Beruf und ich für die Kinder. Und die Wochenenden waren zu kurz und zu wertvoll, um sie mit Problemen zu behaften. Ich habe mich immer so auf die gemeinsamen zwei oder drei Tage gefreut, dass alles andere unwichtig war. Am Wochenende waren wir eine heile Familie."
„Und an den Werktagen warst du – genauso wie ich - eine alleinerziehende, berufstätige Mutter, die alle Erziehungs- und Organisationsprobleme allein bewältigt hat", ergänzte Andrea ihre Freundin.
„Ich war nicht glücklich mit dieser Situation und Markus wahrscheinlich auch nicht. Aber keiner von uns hat es dem anderen gesagt. Ähnlich wie bei Vera und Klaus. Sein Einsatz in Eisenach hat sich nach den ersten zwei Jahren ja auch immer nur um ein Vierteljahr verlängert. Aber so kam ein Viertel zum nächsten. Ich habe mir Durchhalteparolen aufgesagt, weil ich glaubte, dass Markus in seinem Beruf aufging. Er hat mir immer gesagt, dass ihm die Arbeit dort Spaß macht. Aber vielleicht stimmte es ja gar nicht. Vielleicht hat er sich allein gefühlt, abgenabelt von mir und den Kindern. Ich weiß auch nicht, ab wann er seine Probleme im Suff ertränkt hat. Wahrscheinlich kam einiges zusammen. Wenn er abends allein im Hotelzimmer saß oder mit Kollegen zusammen war, dann wurde aus Gesellschaft gebechert oder um Stress abzubauen oder einschlafen zu können. Ich glaube, es gibt nicht nur einen einzigen Grund. Aber das weiß niemand genau. Weißt du, bei uns stand immer irgendwo eine offene Flasche Wein herum", erinnerte sich Sabine, „und Markus war nie ein Kostverächter. Wenn es irgendetwas zu feiern gab, hat er fast immer zu viel getrunken.

Aber das waren Ausnahmen und deshalb habe ich nicht im Traum daran gedacht, dass das mal zu einem Problem werden könnte!"
Ihr Blick schweifte weit ab in die Ferne, und sie redete fast wie zu sich selbst: „Zum Beispiel, als wir unser Haus gebaut haben: Es war eine tolle gemeinsame Zeit! Wir hatten viel Spaß dabei, unsere eigenen vier Wände hochzuziehen. Aber er hatte immer eine Flasche Bier neben sich stehen!"
„Ach, das war ja lange vor Eisenach! Damals konnte er noch rechtzeitig mit dem Trinken aufhören!", wandte Andrea ein.
„Sag mal, ging Felix beim Umzug in euer Haus eigentlich schon in die Schule? Ich erinnere mich gar nicht mehr so genau."
„Nein, Felix ist im Sommer drauf eingeschult worden. Ich habe damals gleichzeitig eine halbe Stelle in der Grundschule erhalten. Erinnerst du dich jetzt? Es hat alles gepasst. Ich glaube, es war unsere glücklichste Zeit. Und für unsere Kinder war Markus damals der beste Papa der Welt."
„Ich erinnere mich. Auch Magdalena ist voll auf ihn abgefahren, weißt du noch? Wenn er mit den Kindern etwas unternommen hat, hat er ihr oft Verantwortung übertragen, weil sie drei Jahre älter war als Felix. Das hat ihr gefallen. Als er nach Eisenach versetzt worden ist, war sie richtig traurig."
„Ja, ich weiß. Da wohnten wir schon zwei Jahre im eigenen Haus. Als das neue Autowerk eröffnet wurde, brauchte man dort seine Erfahrungen als Maschinenbauingenieur. Zuerst hieß es, das sei nur ein vorübergehender Einsatz für maximal zwei Jahre, und daraus sind dann fast zwölf Jahre geworden. Ich denke manchmal, dass Markus nach ein paar Jahren in Eisenach gar nicht mehr zurück wollte, weil seine Probleme mit dem Alkohol größer geworden waren. Da konnte er sich jeden Abend volllaufen lassen, ohne dass jemand etwas gemerkt hat. Zuhause wäre es mir bestimmt früher aufgefallen. Und dazu hätte er dann noch täglich die Auseinandersetzung mit zwei pubertierenden Kindern gehabt, das wäre bestimmt nicht lange gut gegangen." Sabine stand auf und griff nach ihrem Rucksack. „Komm, wir gehen weiter, damit wir wenigstens noch bis Viana kommen, bevor es wieder so heiß wird."

„Hast Recht. Wir können uns auch unterwegs noch weiter unterhalten."
Aber Sabine hatte all die Dinge Revue passieren lassen, die ihr durch den Kopf gegangen waren, und sie war dankbar, dass die Freundin das leidige Thema nicht wieder aufgriff.

Kurze Zeit später steuerte sie schnurstracks auf eine Kirche zu, deren achteckiger Grundriss der Kapelle in Eunate nachgebaut war. Sie trat ein und fröstelte. Statt einer schönen Marienstatue hing hier ein Kreuz über dem steinernen Altartisch, dessen leidender Korpus sie erschreckte. Sie verließ die Kirche wortlos. Nein, das war nicht ihr Ding.
Warum mussten die Christen eigentlich immer und überall so schreckliche Kruzifixe hinhängen, die das Leid so herausstellten? Warum glorifizierten sie nicht lieber den auferstandenen, strahlenden Christus? Der würde wenigstens Mut, Kraft und Hoffnung signalisieren! Ostern war doch für die Katholiken der wichtigste kirchliche Feiertag. Aber in kaum einer Kirche gab es eine Abbildung des Auferstandenen. Warum nur? Vielleicht, weil Auferstehung nicht ohne vorheriges Leid geht? Oder weil der Auferstandene nicht „greifbar" ist? Weil man an ihn glauben muss?
„Dort drüben ist ein Brunnen", unterbrach Andrea Sabines Gedanken, „wir müssen uns unbedingt noch mit Wasser versorgen, denn in den nächsten zweieinhalb Stunden kommen wir laut Wanderführer nicht mehr an einer Wasserstelle vorbei."
Der ruhige Camino mit seinen wunderschönen Ausblicken, die sanften Hügel, Weinberge und Getreidefelder und vor allem der sehr steinige Pfad, der sie nach einem langen Aufstieg entlang der Straße langsam wieder bergab führte, verlangten volle Aufmerksamkeit und versöhnten Sabine mit ihren Gedanken. Sie war froh, das alles genießen zu können. Das Reden und Laufen hatte ihren Kopf wieder frei gemacht für das Hier und Jetzt.
Als die Mittagshitze am größten und Viana bereits in Sichtweite war, wies ein riesiges Plakat auf ein Erlebnisbad hin: Sprudelnd blaues Wasser, planschende Kinder und bunte Sonnen-

schirme auf grünen Liegewiesen! Wenn das kein Wink des Schicksals war!
Drei Stunden verbrachten sie in den verschiedenen Schwimmbecken, ließen ihre müden Rücken im Whirlpool von dem sanft quirlenden Wasser streicheln und ihre Schultern von einem Wasserfall massieren, um sich dann im Schatten großer Bäume auszuruhen. Einfach herrlich!
Sie beobachteten amüsiert die Kinder, die in einiger Entfernung auf der großen Wiese spielten und ab und zu jauchzend durch ein Planschbecken rannten, dass das Wasser nur so spritzte. Ein bunt geschmückter Tisch war gedeckt, Luftballons und Girlanden wehten leicht im Wind. Das sah ganz nach einer fröhlichen Geburtstagsparty aus.
Es war bereits halb sechs, als die Freundinnen endlich aufbrachen, um in Viana nach einer Herberge zu suchen. Die asphaltierte Straße war von der Hitze aufgeweicht. Zum Glück war es nicht weit bis in die schöne Altstadt, in der es jede Menge Übernachtungsmöglichkeiten geben würde. Dachten sie…
Aber von allen Herbergen und Hotels leuchtete ihnen ein Schild mit der Aufschrift „*completo*!" entgegen. In der ganzen Stadt gab es kein einziges freies Bett mehr!
„Was meinst du?", fragte Andrea, „schaffen wir noch zehn Kilometer bis Logroño? "
„Uns wird wohl nichts anderes übrig bleiben!"

Von Viana nach Logroño verlief der Jakobsweg fast ausschließlich an der Straße entlang. Nur kurze Abschnitte führten über asphaltierte Wanderwege. Danach lenkten die gelben Pfeile ihre Schritte auf eine schmale Straße, vorbei an einem großen Industriegebiet mit hässlichen Hallen. Es war ein mühsames Fortkommen durch ein unschönes Gelände, das einmal mehr ihre ganze Kraft erforderte.
Als sie endlich die Brücke über den Ebro erreicht hatten, die in die Stadt führte, kam ihnen ein jugendlicher Pilger entgegengelaufen. Im Vorbeigehen rief er ihnen zu, dass alle Herbergen in Logroño belegt seien.
Die Freundinnen sahen sich an.

„Dann suchen wir uns eben eine kleine Pension!" Andreas Optimismus war unschlagbar. „Ich laufe jedenfalls keinen Meter mehr weiter!"
Sie waren sich einig, dass sie auf jeden Fall die Stadt heute nicht mehr verlassen würden. Irgendwo mussten sie jetzt ein Bett finden.
Ungewollt waren sie auch heute wieder dreißig Kilometer gelaufen! Das war mehr als genug!! Ihre Füße „qualmten", und die Beine waren schwer wie Blei.
„Ich frage jetzt die Frau da vorne", sagte Sabine und lief auf eine Spanierin zu.
Die Frau erklärte ihr den Weg zu einer privaten Pilgerherberge. Andrea war begeistert: „Ein Bett!! Wie wunderbar! Wir bekommen ein Bett! Wer sagt denn, dass wir zu spät kommen und nicht hätten schwimmen gehen dürfen?"
Erleichtert machten sie sich auf den Weg durch die Stadt.
Die neue Herberge war im Erdgeschoß eines großen Mehrfamilienhauses. Als sie den Schlafsaal betraten, leuchteten ihnen die roten Bettgestelle einladend entgegen. Der Fußboden glänzte, und die Duschen waren modern und sauber.
Heute waren die Freundinnen die Ersten, die in ihren Betten lagen und schliefen.

Sabine sieht ihre beiden Kinder. Sie schmücken den Garten mit bunten Luftballons und Girlanden. Es ist Tanjas achtzehnter Geburtstag, und am Abend soll eine Party steigen.
Sabine geht in die Küche, um Salat zuzubereiten. Markus kommt herein und fragt, ob noch Spiritus im Haus wäre. Er wolle damit die Grillkohle anzünden.
„Nein, ich habe Grillanzünder gekauft", antwortet Sabine.
„Ich brauche aber Spiritus!", schimpft Markus verärgert und verschwindet wieder.
Sie geht in den Keller, um die Grillanzünder zu holen. Etliche Mineralwasserkästen stehen hier übereinandergestapelt wie in einem Getränkemarkt mitten im Raum.
Plötzlich bemerkt sie, dass sie knöcheltief im Wasser steht. Leere Plastikflaschen schwimmen um ihre Beine. Wo kommt nur das Wasser her? Verwundert sieht sie sich um und sucht nach der Ursache.

Ein undefinierbarer Geruch steigt ihr in die Nase. Wieso riecht es hier so komisch? Sie nimmt eine Flasche hoch und schnuppert an der Öffnung. Himbeeren oder Birnen? Dann fällt es ihr wie Schuppen von den Augen: Das ist kein Wasser, sondern Obstbrand, und sie steht mittendrin.
Sie watet durch den Schnaps und steht plötzlich in ihrem Schlafzimmer. Markus liegt im Bett.
„Ich glaub, ich hab Fieber", nuschelt er, „ich bin so müde. Tut mir leid, dass wir heute Abend nicht ins Theater gehen können."
„Du hast getrunken!", schreit sie ihn an.
„Nein, ich hab Medizin gegen die Erkältung eingenommen."
„Du hast keine Erkältung!"
„Mir geht es nicht gut. Bitte, bleib bei mir", bettelt er und erfasst ihre Hand.
„Nein! Ich gehe!" Sie reißt ihre Hand los.
„Bitte, bitte nicht!", jammert er und umklammert ihren Arm.
Sie versucht verzweifelt den Arm wegzuziehen, aber sein Griff ist zu fest. Sie kann sich nicht von ihm lösen. Er ist zu stark.
Panik erfasst sie.
Sie wälzt sich hin und her.
Ihr Herz klopfte bis zum Hals, als sie aus ihrem Traum erwachte. Ihr rechter Arm lag unter dem Körper. Sie drehte sich auf den Rücken und massierte ihren Arm, bis das taube Gefühl verschwand.

11. Kraftfelder

„Ich bin heute Morgen total müde", stöhnte Sabine, „und meine Beine sind schwer wie Blei." Sie hielt in beiden Händen eine große Kaffeetasse und hatte ein frisches Croissant vor sich auf dem Teller liegen. „Außerdem habe ich heute Nacht mit den Füßen im Schnaps gestanden!"
Belustigt sah Andrea sie an: „Und, hat es geholfen? Oder war Markus wieder dabei?" Sie grinste.

„Nee, der lag im Bett und hat gezittert!" Sabine grinste zwar zurück, aber ihre Stimme klang verärgert: „Diese Träumerei nervt mich! Ich will, dass das endlich aufhört!"
„Das kann ich mir vorstellen. Was hältst du davon, wenn wir hier im Café sitzen bleiben bis die Geschäfte öffnen und dann einen Bummel machen? Das lenkt dich bestimmt von deinem Traum ab. Außerdem bin ich auch ziemlich schlapp. Wir sollten heute nur eine kurze Etappe wandern."
„Gute Idee!"
Nach drei Tassen Kaffee verließen sie das kleine Café und spazierten langsam unter den Arkaden der alten Häuser an den Schaufenstern vorbei. Sie bewunderten die spanische Mode in den hübschen, kleinen Läden und betraten ein Kaufhaus.
„Komm, wir gehen in die Hutabteilung", schlug Andrea vor. Große und kleine, elegante und sportliche Modelle warteten in glänzenden Metallregalen auf ihre Käuferinnen. Ein paar besonders ausgefallene Stücke, mit aufwändigem Blumenschmuck, Schleifen oder Bändern dekoriert, saßen auf hübschen Puppenköpfen.
Die Freundinnen waren entzückt. Sabine lief schnurstracks auf einen grasgrünen Hut zu, der durch seine knallroten Mohnblumen auffiel. Es war einfach zu verlockend!
Fröhlich stülpte sie sich den Filz über ihre roten Locken. Herrlich! Zu ihrem Wanderoutfit sah dieses Modell einfach super aus! Belustigt drehte sie sich vor einem Spiegel hin und her.
Andrea gesellte sich zu ihr. Sie trug ein schwarzes Ungetüm auf dem Kopf, das einem Storchennest ähnelte. In der Mitte saß ein gelber Vogel auf einem Zweig, dessen rosa Blüten über die Krempe ragten. Das Prachtstück wurde mit einem gelben Seidenband unter dem Kinn geknotet.
Die Freundinnen kokettierten abwechselnd vor dem Spiegel und krümmten sich vor Lachen. Die Tränen kullerten ihnen dabei über die Wangen.
Durch ihr Gelächter wurde eine Verkäuferin auf sie aufmerksam. Sie fragte freundlich, ob sie helfen könne.
„No, no, muchas gracias", beeilten sie sich zu sagen.
Nachdem die Dame keine Anstalten machte wieder zu verschwinden, schlichen sie verschämt grinsend zu den Regalen,

um sich unter den strengen Blicken der Spanierin des edlen Kopfschmuckes zu entledigen.

Sabine hatte ihren Hut bereits wieder an seinen Platz gebracht, als sie sich suchend nach ihrer Freundin umsah.

Andrea war zum Spiegel zurückgegangen und bemühte sich verzweifelt, den Knoten unter ihrem Kinn zu lösen. Als sie Sabine kommen sah, verzog sie das Gesicht zu einer Grimasse, um sich das Lachen zu verkneifen. Die Verkäuferin war ebenfalls im Anmarsch, um bei der Lösung des Problems zu helfen. Sabine kam ihr jedoch zuvor.

Andrea stotterte: „*Perdón y muchas gracias!*", und reichte der Wartenden das herrliche Modell.

Dann beeilten sie sich, die Stätte ihres fröhlichen Wirkens unauffällig und mit aufrechtem Gang zu verlassen.

Erst draußen ließen sie ihrem Spaß wieder alle Freiheiten und zogen albern kichernd Arm in Arm durch Logroño, um die gelben Pfeile zu suchen, die sie aus der Stadt hinausführten.

Ihre Müdigkeit war verflogen, und die Beine gewöhnten sich zögernd ans Laufen.

Hinter der Stadt ging es über einen Schotterweg leicht bergauf mit Sicht auf die parallel verlaufende Fernstraße. An dem kilometerlangen Maschendrahtzaun zwischen Pilgerweg und Straße hatten *peregrinos* Kreuze aus Zweigen, Gräsern und Blumen befestigt. Es mussten Tausende sein.

In dem alten Städtchen Navarrete machten Andrea und Sabine unter alten Platanen eine Rast. Sie legten ein frisches Baguette, eine Dose Thunfisch, Tomaten, frische Paprika, Äpfel und eine große Flasche Cola zwischen sich auf eine Bank.

Bevor Sabine zulangte, nahm sie ihr Handy aus der Tasche und wählte eine Nummer.

„Wen rufst du denn an?", fragte Andrea erstaunt.

„Ich will wissen, ob Tanja oder Felix schon bei Markus waren", gab Sabine Auskunft.

„Was soll das? Du wolltest doch abschalten und deine Lieben sich selbst überlassen."

„Ich will einfach nur wissen, ob alles okay ist. Vielleicht träume ich dann ja nicht mehr. Das Loslassen funktioniert bei mir eben nicht so schnell, wie ich dachte."
Tanja meldete sich am anderen Ende der Leitung.
„Warst du schon bei Papa?", hörte Andrea ihre Freundin fragen.
....
„Ach so. Frühestens in zwei Wochen? Na gut, dann kann man nichts machen."
....
„Ja, aber melde dich dann bitte gleich bei mir."
....
„Okay. Danke. Tschüss! Grüß Felix und Eva."
....
„Ja, mache ich."
Andrea schüttelte verständnislos den Kopf.
Sabine verstaute das Handy und richtete Andrea die Grüße von Tanja aus.
Nachdem sie sich gestärkt hatten, verließen beide die kleine Altstadt mit ihren schönen, alten Häusern und Bogengängen. Der Camino lenkte ihre Schritte weiter durch die Weinfelder der Rioja.
Der Himmel war bedeckt und die Sonne nicht so heiß wie in den vergangenen Tagen. Erholsam für die Wanderinnen.

Als sie in dem kleinen Weinort Ventosa an einer gemütlichen Herberge vorbeikamen, beschlossen sie, ihren Weg für heute zu beenden. Zwanzig Kilometer waren mehr als genug!
Der freundliche, deutsch sprechende *hospitalero* trug ihre Rucksäcke hoch in die Schlafräume. Seine Frau drückte jedem ein Glas Saftschorle in die Hand und zeigte ihnen den Innenhof, in dem bunte Kübelpflanzen um die Wette blühten. Auf einer kleinen Rasenfläche luden Liegestühle zum Ausruhen ein. Wäschestücke flatterten auf der Leine.
Das ganze Anwesen strahlte Sauberkeit und Geborgenheit aus.
Die Freundinnen waren begeistert.
Die *hospitalera* erklärte ihnen, dass die Kraftfelder dem Camino sein besonderes Charisma geben. An manchen Orten seien

diese stark zu spüren. Sie war fest davon überzeugt, dass ihre Herberge auch auf einem solchen Kraftfeld steht.
Andrea und Sabine waren froh und dankbar, sich hier ausruhen zu können!
Nach einer leckeren Paella und dem obligatorischen Glas *vino tinto* am Abend legten sie sich schlafen. In dem kleinen Schlafsaal mit nur sechs Betten hatte Sabine endlich eine gute und traumlose Nacht.

12. Wohnstätten

„Steckt den Wanderführer wieder weg, achtet auf die gelben Pfeile und geht nach eurem Herzen", empfahl die Herbergsmutter beim Abschied.
„Na gut", erwiderte Andrea und verstaute der kleine Buch in ihrem Rucksack, „dann laufen wir mal einfach los."
Bereits an der nächsten Kreuzung mit drei Abzweigungen war kein gelber Pfeil mehr zu sehen.
„Also, gehen wir jetzt nur nach unserem Gefühl?", fragte Sabine.
„Nicht ganz. Die Sonne steht noch im Osten. Wir müssen den Weg in Richtung Südwesten nehmen. Der kann nicht falsch sein", war Andrea sich sicher.
Der Feldweg durch die Weinberge war uneben, die vertrockneten Grasbüschel waren hoch gewachsen, die Trauben am Feldrand schmeckten süß und saftig.
Nach zwei Stunden kreuzten andere Pilger ihren Weg.
„Na siehst du", meinte Andrea fröhlich, „so geht's auch!"
„'Man sieht nur mit dem Herzen gut', sagte der kleine Prinz", zitierte Sabine gut gelaunt.

Der heutige Pilgertag war gespickt mit vielen Erkenntnissen und Erlebnissen:
Sabine sah die erste Kapelle eines Klarissenklosters in ihrem Leben. Das Absperrgitter in der Kirche irritierte sie. Andrea erklärte ihr, dass die Nonnen dieses Ordens ihr Leben betend

hinter Gittern und abgeschnitten von der Außenwelt verbrachten. Eine nicht nachvollziehbare Vorstellung für die Freundinnen.

In einer Tapasbar hing ein großer Kalender an der Wand. Erstaunt stellten sie fest, dass sie seit zehn Tagen unterwegs wagen. Heute war Samstag, der zweiundzwanzigste August. Für sie hatte das Datum seine Wichtigkeit verloren.

Auf einem Sandweg durch die Weinberge der Rioja wurden sie von fünf Reitern in einem rücksichtslosen Galopp überholt. Der rote Staub wirbelte in großen Wolken hinter ihnen her und bedeckte die beiden Wanderinnen. Sogar zwischen den Zähnen knirschte es.
„So eine Unverschämtheit!", entrüstete sich Andrea und wischte mit den Fingern über ihr Gesicht. Der rote Staub klebte fest auf der schweißnassen Haut.
Erst eine Stunde später gelangten sie an einen Brunnen. Sie zogen ihre Shirts aus, schaufelten das Wasser mit beiden Händen und wuschen sich ab. Schmutzige Bäche flossen von ihren Armen in das Becken.

In einem anderen Ort zog eine Menschenmenge singend durch die Straßen, begleitet von einer Gruppe weiß-rot gekleideter junger Leute, die immer wieder stehen blieben und zur Blasmusik eine Art Reigen tanzten. Andrea und Sabine ließen sich anstecken und überholten die Prozession im Tanzschritt.
Einige Spanier klatschten lachend Beifall. Von ihnen erfuhren sie, dass der Grund für dieses Fest der Umzug einer Marienstatue vom Bildstock in die Kirche war.
„So viel Spaß und Lebensfreude bei einer Prozession könnte ich mir in Deutschland nicht vorstellen", meinte Sabine.

Hinter dem Ort begann eine wüstensandfarbige Stoppelfeldlandschaft, und die Sonne hatte einmal mehr wieder freie Bahn. Irgendwann stach ihnen aus diesem gelbroten Einerlei ein sattgrüner Rasen in die Augen. Er gehörte zu einem Golfplatz, auf dem zwei einsame Golfer ihre Runden drehten. Vor dem sich

anschließenden Hotel stand ein Reisebus, dem gerade eine Gruppe Senioren entstieg. Vielleicht zum Kaffeeklatsch?
Gelbe Pfeile gab es hier nicht. Okay, also liefen sie ohne die markanten Wegweiser weiter und kamen in ein riesiges Neubaugebiet.
Die zum Teil aufwändig gestalteten, modernen Appartementblocks, großzügigen Villen und Reihenhäuser schienen nicht bewohnt zu sein. Zwischen den Pflastersteinen wuchsen Wildkräuter, die Vorgärten waren zu gewuchert und die Häuser verwahrlost.
Sie entdeckten nur wenige Häuser, die lebendig schienen. Vereinzelt hingen Gardinen an den Fenstern, waren Hecken geschnitten und Blumen gepflanzt.
Was war passiert? Waren hier Spekulanten am Werk? Eine Folge der Bankenkrise? Alles nur Vermutungen!
Die moderne Geisterstadt ging in einen alten Stadtteil über, der den Charakter eines Armenviertels hatte. An den kleinen, uralten Häusern bröckelte der Putz von den Fassaden und die Farbe von den Fensterrahmen. Auch hier wucherte das Unkraut ungehindert vor den verfallenen Gebäuden und auf den holperigen Straßen. Ein abgemagerter Hund streunte durch die Gassen und wühlte in den Müllbergen.
Ein alter Mann in zerlumpter Kleidung wünschte den Frauen einen „*buen camino*" und zeigte ihnen dabei freundlich lachend seinen zahnlosen Mund.
Als sie diese makaber anmutenden Ortsteile fast hinter sich gelassen hatten, strahlte ihnen ein dicker gelber Pfeil von einer Seitenstraße aus entgegen. Ein Schild wies auf eine nahe Pilgerherberge hin. Aber nein, hier wollten sie nicht bleiben, auch wenn sie das Gefühl hatten, für heute genug gelaufen zu sein.

Als sie nach einer weiteren Stunde endlich Santo Domingo de la Calzada erreichten, waren sie zweiunddreißig Kilometer gelaufen und froh, noch zwei Notbetten in einem Kloster zu bekommen.
Sie stiegen die alte Holztreppe hinauf in das Quartier unter dem Dach. In einem kleinen Raum standen ungefähr zwanzig Pritschen so dicht nebeneinander, dass man nur seitwärts laufen

konnte. Der Rucksack ließ sich mit etwas gutem Willen gerade noch so dazwischen quetschen.

Sie übersahen die Schimmelpilze an den Wänden des Badezimmers, indem sie sich mit geschlossenen Augen unter die Dusche stellten, und das warme Wasser über den müden Rücken laufen ließen.

Nichts war wichtiger als das Wasser, um den Staub abzuwaschen und eine Matratze, um die müden Glieder auszustrecken und in einen kurzen Erholungsschlaf zu fallen.

In der Kirche ist es dunkel. Sabine strengt sich an, um etwas zu erkennen. Sie hört ein Geräusch und dreht sich um.

Hinter den hölzernen Gitterstäben erkennt sie Markus. Er hat eine Schnapsflasche in der Hand und streckt sie ihr durch eine Öffnung entgegen. Sie will ihm die Flasche abnehmen.

Doch plötzlich steht ein Mann im dunklen Anzug neben ihr. Er zerrt Markus hinter dem Gitter hervor und stößt ihn vor sich her zum Ausgang.

Sabine folgt den beiden.

Der Fremde dreht sich zu ihr um. Sie erkennt Markus' früheren Chef. Er zieht sie am Arm hinaus ins Freie.

Die Kirchentür fällt laut hinter ihnen ins Schloss.

Plötzlich steht sie allein auf der Straße.

Sie sieht Markus in seinem verchromten Oldtimer sitzen. Er hat das Verdeck heruntergeklappt und chauffiert den weißen Mustang zu einem grünen Rasen. Sabine erkennt ihren eigenen Garten.

Markus fährt mit dem Auto über die Grünfläche. Währenddessen verlassen Möbelpacker ihr Haus. Sie verstauen Umzugskartons, Möbel und Teppiche in einem großen Reisebus. Sabine sieht, wie ihr Klavier in den Bus gehievt wird. Sie läuft hin, um dagegen zu protestieren. Jemand drängt sie zurück. Es ist Carsten Schneider, der Filialleiter ihrer Hausbank.

Sie gestikuliert mit den Armen in der Luft, um Markus zu signalisieren, dass er schnell mit dem Auto wegfahren soll. Aber er kapiert nichts. Im Gegenteil. Er fährt mit dem Cabrio auf sie zu, um sie einsteigen zu lassen.

Sofort ist Schneider da. Er öffnet die Fahrertür und zieht Markus mit solcher Kraft aus dem Wagen, dass er vor ihren Füßen landet.
Schneider verschwindet laut hupend mit dem Mustang und hinterlässt eine große rote Staubwolke.
Lautes Glockengeläut weckte Sabine aus ihrem kurzen Schlaf auf. Sie war nass geschwitzt und hatte das Gefühl, sich den Staub aus dem Gesicht wischen zu müssen. Wann nur würde sie endlich aufhören, solch wirres Zeug zu träumen?
Sie sah zu Andrea, die neben ihr tief und fest schlief. Beneidenswert! Die Freundin war von Anfang an mit allen Sinnen hier auf dem Jakobsweg gewesen, während sie sich selbst fühlte, als sei sie auf der Flucht. Ja, aber wovor oder vor wem? Vor Markus? Vor den Kindern? Vor sich selbst? Vor ihrem schlechten Gewissen? Vor der Wahrheit? Vor einer Entscheidung? Vor deren Realisierung?
Sie wollte endlich ihre Ruhe haben, die Gedanken an Markus los lassen und ihren Pilgerweg laufen. Warum schaffte sie das nicht?
Sie kämpfte gegen ihren aufkommenden Frust an, während ihre Gedanken fünf Jahre zurück wanderten.

Markus arbeitete noch in Eisenach, als sie durch seinen Freund und Kollegen Jens von seinen massiven Alkoholproblemen erfuhr. Das heißt, wenn sie ehrlich zu sich war, wusste sie es damals bereits. Aber sie hatte die Anzeichen dafür ignoriert und die Auseinandersetzungen mit Markus gemieden.
Die Wochenenden, an denen Markus zuhause war, gingen vorbei. Er war reizbar und vergesslich geworden, unkonzentriert und desinteressiert. Sie wollte es einfach nicht wahrhaben, dass er alkoholsüchtig war, und er selbst wies das Problem ganz weit von sich.
Sie war allein Zuhause, als Jens anrief.
Felix leistete gerade seine Wehrpflicht bei der Bundeswehr ab, und Tanja war mit der Vorbereitung ihrer Abiturfeier beschäftigt.
Was Jens ihr damals am Telefon erzählte, hatte sie unsanft auf den Boden der Tatsachen fallen lassen.

Markus war bereits von seinem Arbeitgeber mehrere Male wegen Unzuverlässigkeit und fehlerhafter Arbeit abgemahnt worden. Einige Wochen zuvor hatte man ihm mit einer Kündigung gedroht, wenn er nicht endlich einen Entzug machen würde.

Er war zur Entgiftung in ein Eisenacher Krankenhaus gegangen und hatte Jens gebeten, Sabine davon zu unterrichten.

Sie war aus allen Wolken gefallen und fühlte sich hintergangen. Warum hatte Markus ihr das nicht selbst erzählt? Hatte er nur noch so wenig Vertrauen zu ihr?

Oder hatten ihn Scham und Stolz daran gehindert?

Jens war der Meinung gewesen, dass Markus der Entgiftung nur unter dem Druck der Firma zugestimmt hatte. Er selbst betrachte sich nicht als Suchtkranker. Deshalb glaube er auch, entgegen aller fachärztlichen Beratung, dass nach dem Krankenhausaufenthalt eine kurze ambulante Therapie und ein paar Abende bei den Anonymen Alkoholikern ausreichend seien, um sein Problem in den Griff zu bekommen.

Markus wurde nach ein paar Monaten wieder rückfällig. Er besuchte den Therapeuten nicht mehr und auch nicht die Gruppenabende der Anonymen.

Sie hatte schon lange alle alkoholischen Getränke entsorgt. Es gab weder Wein noch Bier in ihrem Haushalt. Aber trotzdem fand sie immer wieder leere Wein- oder Wodkaflaschen, wenn Markus am Sonntagabend wieder nach Eisenach unterwegs war. Er hatte sie im Schreibtisch, unter dem Sofa oder in seiner Werkzeugkiste versteckt.

Am Wochenende gönnte er sich in der Regel nur so viel Alkohol, dass er Entzugserscheinungen wie Zittern oder Schweißausbrüche einigermaßen im Griff hatte.

Während der Arbeitszeit schien es ähnlich zu laufen, so dass er weiter seine Mitarbeiter und Projekte leiten konnte.

Heute wusste Sabine, dass es nur dem großzügigen Verhalten seines Chefs zu verdanken gewesen war, dass Markus noch so lange seinen Job behalten hatte. Er war schon mehr als zwanzig Jahre in der Firma tätig gewesen.

Doch dann kam das unvermeidliche Ende seiner beruflichen Karriere: Fast genau auf den Tag zwei Jahre nach der ersten

Kündigungsandrohung blieb Markus zuhause und fuhr nicht am Sonntagabend wie gewohnt nach Eisenach zurück.
Man hatte ihn fristlos entlassen. Er war arbeitslos.
Sabine war dankbar für jeden Tag, an dem Markus keinen Rausch hatte und irgendeiner Tätigkeit nachgehen konnte.
Aber das finanzielle Desaster war nicht aufzuhalten. Der Schuldenberg drückte von Monat zu Monat schwerer.
Es war so beschämend, als der Anruf der Bank kam…
Vor ihren Kollegen und Freunden wäre sie am liebsten im Erdboden versunken. Es tat weh, als sie vor zwei Jahren ihr Eigenheim verkaufen mussten. Zum Glück waren die Kinder damals schon ausgezogen. Aber sie verloren das Zuhause, in dem sie aufgewachsen waren.
Markus geliebten Oldtimer holte sich die Bank.
Ja, damals hatte sie oft daran gedacht, sich von ihrem Mann zu trennen. Aber sie hatte es nicht geschafft. Sie liebte ihn, und er hatte wieder Kontakt mit einem Therapeuten aufgenommen. Sie glaubte seinen Versprechungen und schöpfte erneut Hoffnung.
Gemeinsam waren sie nach Nackenheim gezogen, in den Nachbarort, in dem sie nicht so bekannt waren. Die Dreizimmerwohnung sollte einen Neuanfang symbolisieren.
Doch dann kam alles ganz anders….

Sabine setzte sich aufrecht hin und sah zu ihrer Freundin, die gerade aufgestanden war.
„Ich würde mir jetzt gerne die Stadt ansehen", sagte Andrea.
„Das ist eine gute Idee", freute sich Sabine. Sie hatte plötzlich das erleichternde Gefühl, ein wichtiges Kapitel in ihrem Leben aufgearbeitet zu haben und loslassen zu können.
Als sie eine halbe Stunde später mit Andrea auf einem Seitenaltar in der Kathedrale das dort gehaltene Paar weißer Hühner in einem Käfig sah, sagte sie zu ihrer Freundin: „So habe ich mich manchmal in meiner Ehe gefühlt. Wie in einem Käfig gefangen gehalten."
„Dann wird es Zeit, dass du dir ein Schlupfloch suchst", erwiderte Andrea ungerührt.
„Ich bin dabei."

Die Hühner werden übrigens aufgrund einer Legende, die sich im 16. Jahrhundert zugetragen haben soll, in der Kirche gehalten und alle drei Wochen ausgetauscht.

13. Erwartungen

Um 6.00 Uhr ging das Licht an und aus einem Lautsprecher dröhnte ein kurzer Choral.
Andrea sprang gleich aus dem Bett, das heißt, sie wollte, aber der Platz reichte nicht. Schwungvoll landete sie mit den Füßen im Nebenbett und plumpste gleich wieder auf ihre Matratze zurück. Prompt wurde sie von einem Lachanfall geschüttelt. Ihr schallendes Gelächter weckte auch die letzten Schläfer auf.
Die hübsche Bettnachbarin nahm es mit Humor und forderte lachend einen Kaffee als Entschädigung. Sie kannte ein Café, das zu dieser frühen Uhrzeit bereits Frühstück servierte.
Corinna war eine attraktive junge Frau, die die Blicke auf sich zog. Andrea meinte, sie würde bestimmt auch auf dem Laufsteg eine gute Figur machen.
Eine Stunde später verabschiedeten sich die Freundinnen wieder von der netten Pilgerbekanntschaft. Mit mehreren *cafés con leche* und *croissants* im Bauch verließen sie gut gelaunt die Stadt.
In der angenehmen Kühle des frühen Tages wanderten sie über breite schotterige Feldwege durch die leicht hügelige Getreidelandschaft bergauf nach Grañón.
Als sie zwei Stunden später den Ort erreichten, fielen ihre Blicke auf ein großes Hinweisschild: A Santiago 576 km!
Sabine rechnete: „Wenn das stimmt, dann sind wir inzwischen zweihundertvierundzwanzig Kilometer gelaufen. Da müssen wir uns aber noch ganz schön ranhalten, wenn wir in drei Wochen in Santiago sein wollen."
„Ich denke schon, dass wir das schaffen können", meinte Andrea optimistisch.

„Aber heute laufen wir trotzdem nur bis zum Mittag und machen uns dann einen faulen Sonntag. Den haben wir uns mehr als verdient!"
„Einverstanden! Aber jetzt möchte ich mir gerne die Kirche des alten Pilgerhospizes ansehen."
Andrea lief auf die Kirche zu und öffnete die Tür. Leise Meditationsmusik klang den Eintretenden entgegen. Zwei dicke Sträuße aus herrlichen Sommerblumen leuchteten ihnen entgegen. Blauer Rittersporn und weiße Margeriten wetteiferten mit gelben und roten Dahlien, blauen Kornblumen und dunkelroten Löwenmäulchen. Zarte Gräser und Blätter lockerten die bunte Pracht auf und rankten über den Rand der hohen Bodenvasen, die vor einem dunklen Holzaltar standen. Ebenso farbenfrohe kleine Sträuße schmückten die Seitenaltäre. Ihr dezenter Blütenduft erfüllte den ganzen Kirchenraum.
Sabine setzte sich in eine Bank. Sie schloss die Augen und hörte der Musik zu. Die beruhigenden Klänge des Largo lösten in ihr einen wohligen Schauer aus. Sie spürte, wie ihr Körper sich mit neuer Energie füllte und ließ sich hineinfallen in dieses gute Gefühl. Ihr Herz klopfte ein paar Sekunden lang fast unangenehm stark, um dann genau so plötzlich wieder in einen normalen Rhythmus zu fallen. Sie fühlte, wie sich Ruhe und Geborgenheit in ihr ausbreiteten. In ihrem Herzen herrschten Friede und Harmonie. Sie war erfüllt von tiefer Dankbarkeit und Glück.
Tränen drängten sich unter ihren geschlossenen Lidern hervor und liefen langsam über ihre Wangen. Sie bemerkte es nicht. Sie war in einer Meditation versunken, und es war, als bliebe die Zeit für sie stehen.
Leise betete sie: „Mein Gott, hilf mir, diese Dankbarkeit zu bewahren."
Langsam öffnete sie die Augen und sah zu Andrea hinüber. „Dies ist ein wunderschöner Ort", hauchte sie leise und umarmte die Freundin. Auch sie hatte feucht glänzende Augen.
Nachdem sie die Kirche verlassen hatten, setzten sie sich in der kleinen Bar gegenüber unter einen Sonnenschirm, um die Gefühle ausklingen zu lassen und etwas Erfrischendes zu trinken.

Sabine suchte nach Worten, um ihrer Freundin das soeben Erlebte mitzuteilen, als Andreas Handy leise summte.
Sie stand auf, lief lesend auf und ab und tippte eine kurze Nachricht zurück, bevor sie sich wieder setzte.
„Das war Karl-Heinz."
„Und? Hatte er dir etwas Wichtiges mitzuteilen?"
„Nein. Ich glaube, er wollte sich nur mal in Erinnerung bringen, und hat mir geschrieben, dass er in Gedanken jeden Tag bei mir ist."
„Und du? Denkst du auch oft an ihn?"
„Am Anfang ja. Aber je länger wir unterwegs sind, umso seltener denke ich an ihn und sein Angebot."
„Dann kam seine SMS ja gerade zur rechten Zeit."
„Quatsch!", reagierte Andrea unverhältnismäßig barsch.
„Entschuldigung, ich wollte dir nicht zu nahe treten."
„Ist schon gut", sagte Andrea, nahm ihren Sonnenhut ab und raufte mit beiden Händen durch ihre kurzen Haare, wie sie es oft machte, wenn sie verunsichert war. „Ich weiß ja, dass das alles lieb gemeint ist. Aber warum müssen Männer eigentlich immer so drängeln?"
„Er hat doch jetzt gar nicht gedrängelt, sondern dir nur einen lieben Gruß geschickt."
„Ich fühle mich dadurch aber an seine Bitte erinnert, und das ist Drängelei! Und das kann ich auf den Tod nicht ausstehen! Und hier auf dem Jakobsweg schon gar nicht!"
„Hast du ihm das geschrieben?"
„Geschrieben?", Andrea lachte kurz auf, „nein! Geschrieben habe ich nur: ‚Danke. Gruß Andrea.' Soll er sich denken, was er will!"
„Vielleicht freut er sich, dass du ihm überhaupt sofort geantwortet hast", bohrte Sabine weiter.
„Dann ist es ja gut so."
„Es ist schon seltsam, wie oft wir Dinge tun, nur weil wir glauben, der andere erwartet sie von uns, und wir wollen ihn nicht enttäuschen."
Andrea war sichtlich genervt: „So ein Stuss! Ich habe ihm nicht geantwortet, weil ich irgendwelche Erwartungen von ihm erfüllen wollte. Außerdem glaube ich, dass es schnurzpiepegal ist,

was der andere erwartet, solange man das tut, was man selbst für richtig hält."

„Ich weiß schon, dass ich manchmal Dinge tue, weil andere sie von mir erwarten und ich nicht ‚Nein' sagen kann. Aber warum fällt mir das so schwer?" Nachdenklich trank Sabine einen großen Schluck Orangensaft.

„Weil du deine Ruhe haben willst, zum Beispiel? Weil du sonst ein schlechtes Gewissen hättest?"

„Vielleicht."

„Wichtig ist doch, was ich von mir selbst erwarte. Das muss ich erst einmal klären, und das hat etwas mit einem gesunden Selbstwertgefühl zu tun. Niemand kann für einen anderen Menschen die Verantwortung übernehmen, und niemand darf das von einem anderen Menschen erwarten."

„Da bin ich ganz deiner Meinung. Aber wenn man jemanden liebt, gelten andere Gesetze."

„Das stimmt nicht! Soll ich dich jetzt bedauern? Du armes Opferlamm? Schon mal was von Nächstenliebe gehört? Die hat nichts mit Selbstaufopferung zu tun! In der Bibel steht: Liebe deinen Nächsten wie dich selbst! Das heißt, du musst dich zuerst einmal selbst lieben und annehmen. Musst dir selbst verzeihen können, bevor du einen anderen Menschen wirklich lieben kannst! Das ist die vollkommene Liebe!" Andreas Stimme war immer eindringlicher geworden.

Sabine war sprachlos. Sie verstand die Erregung ihrer Freundin nicht und fühlte sich angegriffen: „Sag mal, spinnst du jetzt? Willst du behaupten, ich hätte Markus nicht wirklich geliebt?"

„Doch, doch, Markus schon, aber irgendwann hast du nicht mehr an dich selbst gedacht! Für dich war Markus der gut aussehende Held, der tolle Typ, den du vergöttert hast und um den dich alle beneidet haben. Der Mann, der das große Geld nach Hause gebracht hat, damit du dir deine heile Welt aufbauen konntest! Und deshalb hast du immer für ihn die Kartoffeln aus dem Feuer geholt und hast dir die Finger verbrannt, anstatt ihm selbst die Chance zu geben, sich die Finger zu verbrennen! Du hast alles getan, um ihm die Verantwortung abzunehmen und nicht zugeben zu müssen, dass dein Held gar keiner war!" Andrea hatte immer lauter gesprochen und hielt erschrocken inne,

als sie zu ihrer Freundin hinüber sah, die ihr mit gesenktem Kopf zuhörte.
Für eine Minute herrschte eine betroffene Stille zwischen ihnen.
Sabine hob den Kopf: „So deutlich hast du mir deine Meinung schon lange nicht mehr gesagt! Auch wenn ich es nicht fair finde, dass du den Spieß so umgedreht hast, um nicht von dir selbst sprechen zu müssen. Aber das ist eine andere Sache." Sabine hob abwehrend die Hände, als Andrea etwas einwenden wollte, und redete langsam weiter: „Vielleicht ist ja sogar etwas dran an deiner Version. Aber du hast nie in einer Ehe gelebt, deshalb finde ich deine Meinung ein bisschen anmaßend. Ich werde trotzdem darüber nachdenken. Auf jeden Fall hat Markus jetzt seine Chance und ich meine. Weißt du, soeben in der Kirche hatte ich ein so wunderschönes Gefühl der Dankbarkeit in mir, und ich habe darum gebetet, es bei mir behalten zu können."
„Tut mir leid, wenn ich es dir zerstört habe."
„Nein, das hast du nicht! Dankbar hier zu sein, bin ich immer noch."
„Mir ging es in der Kirche ähnlich." Beschwichtigend legte Andrea ihre Hand auf Sabines Arm. „Bist du mir böse?"
„Nein, obwohl ich gerne wüsste, warum du plötzlich so schroff geworden bist."
Andrea antwortete nicht.
Stattdessen stand sie auf und schulterte ihren Rucksack: „Komm, wir gehen weiter, damit wir noch zehn Kilometer laufen können, bevor es wieder heiß wird."

Der Camino führte sie durch die ersten Getreidefelder, die zur Meseta gehörten, dem großen Getreideanbaugebiet Spaniens, das bis León reicht.
In Gedanken versunken liefen die beiden Frauen lange Zeit hintereinander her.
Abseits der Straße, umgeben von Wiesen und Feldern, stand ein eingeschossiges Bauernhaus. Ein kleines Schild wies darauf hin, dass hier eine private Herberge war.

Das ganze Anwesen war ein paradiesisches Plätzchen für müde Pilger. Die spanische Familie, bestehend aus Vater, Mutter, Sohn und Tochter, begrüßte die beiden *peregrinas* herzlich und verwöhnte sie mit frischem Obst und Getränken.
Die Schlafräume waren geräumig, die Matratzen n i c h t durchgelegen, die Bäder neu und sauber, der Garten mit seinen Obstbäumen und darunter befindlichen Liegestühlen eine herrliche Oase zum Relaxen.
Die alten Porzellanwaschbecken und Waschbretter boten ihnen einen nostalgischen Spaß beim Wäschewaschen, und die an langen Wäscheleinen flatternden Shirts und Slips hatten etwas Besänftigendes.
Das köstliche Abendessen mit zartem Fleisch, frischem Gemüse und Früchten aus dem Bauerngarten war ein Genuss, und die Gesellschaft einer vierköpfigen Frauengruppe, mit der sie sich die Herberge teilten, schenkte ihnen einen interessanten Abend.

„Mein Gott, was geht's uns gut!", seufzte Andrea vor dem Einschlafen.
„Ja, und ich habe das Gefühl, endlich auf meinem Weg angekommen zu sein!" Sabine kuschelte sich zufrieden in ihren Schlafsack und schloss die Augen. Und mit diesem Gefühl verschwanden endlich ihre Albträume.

14. Räuber

Heute Morgen war das Pilgern eine wahre Lust. Nach einem ausgedehnten Frühstück waren sie unterwegs auf den Schotterwegen, die sie entlang einer wenig befahrenen Straße, durch ein wunderschönes grünes Bachtal und viele kleine Dörfer führten. Der Himmel war bewölkt und die Sonne gnädig.
Nach vierstündiger Wanderung verputzten sie in einer gemütlichen Bar ein dickes Schinken-Käse-Bocadillo und überlegten, ob es nicht sinnvoll sei, das gute Wanderwetter auszunutzen und heute noch die Oca-Berge zu überqueren, um im Kloster San Juan de Ortega zu übernachten.

Andrea blätterte im Wanderführer und las vor: „In Villafranca Montes de Oca schöpften die Pilger früher Kraft für die lange und gefährliche Überquerung der Oca-Berge, in deren Wäldern Räuber und Banditen ihr Unwesen trieben." (Für derart wichtige Informationen musste das kleine Buch immer wieder herhalten; obwohl sie sich ansonsten bemühten, nur nach den gelben Pfeilen zu laufen.)
„Uiuiuiuiuiuiui auauauauau", sang Sabine einen Karnevalssong und lachte: „Na dann, nix wie hin! Kraft haben wir jetzt ja geschöpft."
Ob es am Wetter, am gestrigen erholsamen Sonntag oder daran lag, dass sie sich an das Wandern und die Rucksäcke auf ihren Rücken inzwischen gewöhnt hatten, war eigentlich egal. Tatsache war, dass sie sich noch fit für den vor ihnen liegenden dreieinhalbstündigen Weg fühlten.
Nicht weit hinter dem Ortsausgang begann der steile Anstieg in den Wald. Eine Stunde lang liefen sie über einen schmalen Pfad durch ein märchenhaft anmutendes Gebiet mit moosbehangenen Eichen und dichtem Farnkraut.
Dann verwandelte sich der schmale Pfad in eine sehr breite Brandschneise. Die rote Erde war ausgetrocknet und die steinharten Spurrillen breiter Fahrzeuge wurden zur Stolperfalle. Am Wegrand wuchsen Heidelbeer- und Buchsbaumsträucher so dicht neben- und ineinander, dass es unmöglich war, den harten, holperigen Weg zu verlassen, um im Schatten der Bäume zu wandern.
„Da haben wir uns ja mal wieder was eingehandelt", jammerte Sabine, „und ausgerechnet jetzt hat die Sonne auch noch die Wolken vertrieben und brezelt wieder vom Himmel herunter. Ich fass' es nicht!"
„Außer uns ist hier wohl auch niemand unterwegs in dieser gefährlichen Gegend", vermutete Andrea. Und nach einer Weile: „Ach, da fällt mir ein Witz ein! Was ruft eine Nonne, wenn sie durch so einen einsamen Wald geht?"
„Weiß ich nicht."
„Nein, das ruft sie nicht." Andrea legte die Hände als Sprachrohr um ihren Mund und rief mit lauter Stimme: „Räuber!",

dann noch lauter und eindringlicher: „Räuber!", und dann leise, mit schmeichelnder Stimme: „Räuberchen!"
Sie blieb stehen und lachte: „Sollen wir mal zusammen rufen?"
Sabine sah sich um und kicherte vergnügt: „Es ist niemand zu sehen. Also los!"
„Räuber! – Räuber! – Räuberchen!"
Ihr letzter Ruf war noch nicht ganz verklungen, als plötzlich drei Montainbikefahrer auftauchten. Die Freundinnen sahen die Männer kommen und brachen sofort in ein schallendes Gelächter aus. Die Radler blickten ein wenig irritiert, als sie vorbeifuhren. Die Frauen standen am Wegrand und bogen sich vor Lachen. Immer wieder hielten sie ihre von Lachsalven erschütterten Bäuche fest. Tränen kullerten über ihre Gesichter.
„Hat nur noch gefehlt, dass sie gefragt hätten, ob wir sie gerufen haben!", prustete Andrea, als die Radfahrer außer Sichtweite waren.
„Und, was hättest du dann gesagt?", kicherte Sabine.
Lachend stolperten sie weiter. Sie konnten sich kaum beruhigen.
Von nun an ging's bergab. Zwar hatten sie den Gipfel des Berges überquert, und der Weg führte gemächlich ins Tal, aber er war immer noch eine holperige, von harten Furchen durchzogene Schneise. Erst am Fuße des Berges mündete die Stolperstrecke in eine schmale, geteerte Straße.
Die Sonne hatte den Asphalt butterweich werden lassen, so dass die Schuhsohlen einsackten. Der gleichmäßig wabernde Straßenbelag war ein krasser Gegensatz zu den steinharten Erdklumpen des vorangegangenen Weges. Die ersten Schritte auf dem weichen Grund waren eine Wohltat für die geschundenen Füße. Als würden sie in Watte gepackt.
Ihre Begeisterung für diese heiße, stinkende Teerstraße war allerdings nicht von langer Dauer.
Als das Kloster San Juan de Ortega endlich hinter einer Wegbiegung zu sehen war, waren sie mehr als glücklich. Siebeneinhalb Stunden Fußmarsch hinterließen ihre Spuren; denn diese vierunddreißig Kilometer waren wirklich kein „Pappenstiel".

Nachdem sie sich geduscht und ausgeruht hatten, besuchten die Freundinnen den Pilgergottesdienst in der Iglesia de San Nicolás, in der sich das Grabmal San Juan de Ortegas unter einem Baldachin befindet. Er hat im 11. Jahrhundert diese Kirche gebaut und hier Pilger betreut.

Pfarrer Don José Maria Alonso hat sich bis zu seinem Tod im Jahre 2008 nach dem Vorbild des Ordensgründers ebenfalls liebevoll um Pilger gekümmert. Der charismatische Pfarrer und seine Knoblauchsuppe sind weltbekannt geworden.

Heute servierten seine Mitbrüder nach dem Gottesdienst ebenfalls diese warme Mahlzeit für die Pilger.

Nach dem Essen und unterhaltsamen Pilgergesprächen fielen Andrea und Sabine todmüde auf die knarrenden Stockbetten und schliefen trotz geschätzter vierzig Schnarcher im großen Schlafsaal tief und fest.

15. Irrtümer

„Wo habe ich denn bloß meine Schuhe hingestellt?" Ratlos stand Sabine vor dem großen Regal und suchte zum x-ten Mal Reihe für Reihe ab.

Andrea, die ihre Wanderschuhe gerade zuschnürte, richtete sich auf.

„Also, meine standen hier", sie deutete mit dem Finger auf einen freien Platz in der unteren Reihe. „Hattest du deine nicht daneben gestellt?"

„Ja, das dachte ich auch, aber da stehen sie nicht. Hier stehen zwar welche, die genauso aussehen wie meine, aber die sind mindestens drei Nummern größer."

„Keine Panik! Komm, wir gehen noch einmal zusammen alle Ablagebretter durch. Ich kann mir nicht vorstellen, dass jemand die falschen Schuhe anzieht. Das muss man doch merken!"

Mit Akribie durchsuchten die Freundinnen das fast leergeräumten Regal und betrachteten die noch darauf stehenden Wanderschuhe Stück für Stück. Andrea kniete sich auf den Fußboden, um auch unter der niedrigen Bank nachsehen zu können.

„So ein verdammter Mist!" Sabines gute Laune war auf den Nullpunkt gesunken. „Dass ausgerechnet mir so was passieren muss! Hätte die oder der sich nicht andere Schuhe aussuchen können? Waren doch genug da!" Sie setzte sich auf die Bank und machte ein langes Gesicht.
Andrea hockte sich daneben. „Was willst du jetzt machen?"
„Blöde Frage! Als wenn ich viele Möglichkeiten hätte", antwortete Sabine gereizt, während sie die Seitentasche ihres Rucksackes öffnete. „Ich ziehe meine Sandalen an und fahre von der nächsten Busstation aus nach Burgos. Dort werde ich mir dann ja wohl neue Wanderschuhe kaufen müssen."
„Jetzt sei doch nicht so pessimistisch!", versuchte Andrea ihre Freundin zu beruhigen, „vielleicht treffen wir den Schuhvertauscher ja unterwegs."
„Glaubst du an blaue Mäuse?", Sabine drückte die Klettverschlüsse ihrer Sandalen zu und gab sich selbst die Antwort: „Etwa nicht? Siehst du, ich auch nicht!"
Dann nahm sie den Reiseführer aus ihrer Jackentasche und versuchte es mit Optimismus: „Ich hab doch gleich gesagt, dass ich auch mal mit dem Bus fahren will. Deshalb hat mir jetzt so ein Eumel die Schuhe geklaut. Eigentlich doch gar nicht so schlecht, wenn ich es mir recht überlege." Sie streckte die Beine weit nach vorne aus und lehnte sich gegen das Schuhregal, während sie eifrig in dem kleinen Buch blätterte. „Du kannst ja ruhig das ganze Stück laufen, wenn du willst. Ich mach es mir heute gemütlich! Bei dieser Vorstellung geht es mir schon viel besser. Außerdem habe ich sowieso keine Lust, heute schon wieder dreißig Kilometer zu latschen. So weit ist es nämlich bis Burgos."
„Lass mich auch mal lesen", bat Andrea, und griff nach dem Buch.
„Moment! Schau mal hier!", Sabine wies mit dem Finger auf eine kleine Abbildung, „wenn ich diesen Plan richtig lese, müssen wir vier Stunden bis zur nächsten Bushaltestelle laufen! Und unterwegs gibt es noch einen beschwerlichen Aufstieg auf die Hochebene Matagrande. Na, man gönnt sich ja sonst nix!" Sie reichte Andrea den Führer.

„Ojemine! Das hört sich ja wirklich nicht gut an. In deinen ausgelatschten Sandalen kannst du auf keinen Fall über die Hochebene kraxeln."
Sabine stand auf. „Dafür hatte ich sie ja auch nicht vorgesehen. Ich gehe noch einmal hoch in den Schlafraum und frage, ob jemand meine Schuhe hat. Ist zwar unwahrscheinlich, aber man kann ja nie wissen."
Nach einer Weile kam sie kopfschüttelnd zurück. In jeder Hand hatte sie einen dampfenden Pappbecher.
„Ich war in beiden Schlafsälen. Aber niemand hat falsche Schuhe. Da habe ich uns mal einen Automatenkaffee mitgebracht."
Andrea stand auf, schulterte ihren Rucksack und nahm den Becher dankend entgegen. „Komm, wir gehen nach draußen und schauen mal nach den gelben Pfeilen. Bis Agés ist es nur eine knappe Stunde."
Gemeinsam verließen sie das Kloster und bummelten langsam und Kaffee schlürfend über den Vorhof.
„Ja, und dort gibt es eine Bar und Frühstück, habe ich gelesen. So ein Schreck bekommt mir nicht gut auf nüchternem Magen. Ich brauche unbedingt etwas zu essen. Vielleicht kann ich von Agés aus ja ein Taxi nach Burgos nehmen", hoffte Sabine.

Der schöne Waldweg, der sie nach Agés führte, war auch in Sandalen bequem zu laufen. Die Bar lag direkt am Camino.
Viele *peregrinos* saßen dort beim Frühstück. Sabine schöpfte neue Hoffnung. Sie bat Andrea, sich um zwei Sitzplätze und das Frühstück zu kümmern.
Dann lief sie im Zickzackkurs von Tisch zu Tisch und nahm alle Pilgerfüße in Augenschein. Ohne Erfolg. Ihre Schuhe waren nicht dabei.
„Leider, leider, sind meine Schuhe wohl doch schon weiter gelaufen!", klagte sie enttäuscht, als sie sich zu Andrea an den Tisch setzte.
„Die Wirtin hat sich schon amüsiert, als sie gesehen hat, wie du den Leuten auf die Füße starrst. Sie ist sehr nett und spricht gut Englisch. Ich habe ihr von deinem Missgeschick erzählt. Du kannst sie ja gleich nach einem Taxi fragen, wenn sie die *bo-*

cadillos bringt. Ich habe dir übrigens eines mit Schinken und Ei bestellt."
„Sehr gut. Und einen großen Pott Kaffee hoffentlich auch."
„Selbstverständlich!"
„Hast du dir schon überlegt, was du machst? Ich meine, ob du allein bis Burgos laufen willst?"
„Nein, nein, wenn, dann fahre ich mit dir. Ich habe keine Lust, allein auf die einsame Hochebene zu steigen."
„Außerdem sollen die letzten zehn Kilometer durch das Industriegebiet sowieso äußerst scheußlich sein. Da verpassen wir nichts."
Die Spanierin brachte das Frühstück an den Tisch und fragte Sabine, ob die Suche nach ihren Wanderschuhen erfolgreich gewesen sei. Nachdem sie einen Blick auf die alten Sandalen geworfen hatte, entschied sie, dass Sabine damit auf keinen Fall über die Passhöhe laufen könne. Sie überflog mit ihrer Hand Sabines roten Lockenkopf und eine Hymne des Entzückens quoll aus ihrem Mund, bevor sie Hilfe versprach. Noch bevor jemand ihren Redeschwall unterbrechen konnte, drehte sie sich auf dem Absatz um und lief gestikulierend und laut „Filipo" rufend ins Haus zurück.
Sabine und Andrea hatten nur die Hälfte von dem verstanden, was die *señora* gesagt hatte. Aber so viel war sicher: Sie wollte ihnen helfen, nach Burgos zu kommen.
„Jetzt bin ich aber gespannt, was sie sich ausgedacht hat", meinte Sabine neugierig und biss herzhaft in das knusprige Brot.
„Das ist ja einfach unglaublich!", begeisterte sich Andrea, „die hat uns schon eine Antwort gegeben, bevor wir sie überhaupt gefragt haben!"
Die *señora* hatte alle Hände voll zu tun, um die vielen *peregrinos* mit Kaffee und Broten zu versorgen und verschwand immer wieder für längere Zeit im Haus. Zwischendurch rief sie den Frauen ein freundliches: „*Momento! Uno momento!*" zu und arbeitete weiter.
Nach und nach verließen die gesättigten Pilger das Lokal, die Freundinnen saßen weiter wartend am Tisch. Inzwischen waren sie bei ihrem dritten Milchkaffee angelangt.

Die Wirtin hatten sie schon längere Zeit nicht mehr gesehen.
Das junge Mädchen, das das Geschirr hinter der Theke spülte, konnte ihnen nur sagen, dass die *señora a*uf der Suche nach Filipo sei. Filipo sei ihr *hijo*.
„Hier in der Sonne wird es schon wieder heiß. Ich glaube, ich muss mich umsetzen." Andrea legte schützend beide Hände auf ihren Kopf. „Wie spät ist es eigentlich?"
„Geschätzte zehn oder halb elf, würde ich sagen."
„Moment, ich glaub, sie ist wieder da. Ich höre sie!"
Strahlend kam die Wirtin an ihren Tisch und kündigte an, dass ihr Sohn Filipo recht bald nach Burgos fahren und sie mitnehmen würde.
Das „bald" dauerte so lange wie das Trinken eines halben Liter Orangensaftes und das Verzehren eines Mandelkuchens. Die große Flasche Wasser tranken sie nicht mehr ganz leer, denn Filipo kam mit einem alten Opel Kadett, um sie abzuholen.
Filipo war höchstens achtzehn.
Er fuhr sehr langsam und vorsichtig durch die Dorfstraßen. Auf der Landstraße allerdings drückte er aufs Gaspedal und zeigte in den Kurven, dass sein Auto diese auch ohne vorheriges Abbremsen meistern konnte.
Leider verstand er weder englisch noch deutsch und anscheinend auch nicht ihr spanisch. Zumindest sprach er kein Wort und beantwortete auch keine Fragen. Er zuckte nur mit den Schultern.
Vielleicht war er taub? Aber warum hatte er dann das Radio so laut aufgedreht? Entweder war er schwerhörig oder schüchtern. Ja, so musste es wohl sein! Andrea, die auf dem Beifahrersitz saß, machte sich ihre Gedanken. Ab und zu drehte sie sich grinsend zu Sabine um. Die rutschte amüsiert auf der hinteren Bank hin und her. Der Anschnallgurt war kaputt.
Filipo fuhr auf die Autobahn.
„Großer Gott!", dachte Sabine.
Filipo und sein Auto gaben sich alle Mühe, das Tempolimit von einhundert Stundenkilometern nicht zu unterschreiten.
Der Motor bedankte sich so laut er konnte. Der Auspuff röhrte und die Karosserie schepperte. Es war heiß. Filipo drehte das Fenster in der Fahrertür runter und forderte die Frauen mit

einer Handbewegung auf, es ihm gleich zu tun. Der Wind fegte durchs Auto, der Lärm war nicht mehr zu überbieten.
Lässig vor sich hin pfeifend, den Ellenbogen im geöffneten Fenster, verließ Filipo bald die Autobahn und meisterte den regen Stadtverkehr bravourös.
Am Eingang in die Altstadt machte er eine Vollbremsung an einer Bushaltestelle. Er holte die Rucksäcke aus dem Kofferraum und stellte sie auf dem Gehweg ab. Dann verabschiedete er sich mit einem kräftigen Händedruck und kurzer Verbeugung und wünschte ihnen einen *„buen camino"*.
Den Zehneuroschein lehnte er zuerst höflich ab, aber als sie ihm trotzdem das Geld durch das geöffnete Seitenfenster zusteckten, freute er sich riesig.

Die Freundinnen quartierten sich in einer großen, neuen Herberge ein. Hier waren zweihundertfünfzig Schlafplätze auf sechs Ebenen untergebracht. Im Dachgeschoss belegten sie zwei obere Stockbetten nebeneinander.
Es waren fast nur jüngere Leute in diesem Saal untergebracht, und die Frauen freuten sich auf eine schnarchfreie Nacht; denn das hatten sie inzwischen festgestellt: Junge Männer schnarchten bei weitem nicht so laut wie alte.
Andrea sah ihn zuerst: Den Mann mit dem Cowboyhut, der mit einem Nummernzettel in der Hand nach seinem Bett suchte. Er fand es. Es stand ihrem Bett gegenüber. An seinem Rucksack baumelten Sabines Wanderschuhe.
„Das glaub ich jetzt nicht!", entfuhr es ihr und dann rief sie: „Sabine! Schau mal zu unserem neuen Bettnachbarn rüber. Es gibt doch blaue Mäuse!"
Sabine, die gerade ihren Schlafsack auf der Matratze ausbreitete, drehte sich um und lehnte sich über das Fußende. Sie traute ihren Augen nicht.
„Hallo du da!", rief sie dem Neuankömmling zu, „könnte es sein, dass das nicht deine Schuhe sind, die da an deinem Rucksack baumeln?"
Der Cowboyhut drehte sich um: „Ja! Wieso? – Sind das etwa deine?" Die Überraschung war ihm anzusehen.
„Sieht ganz so aus!" Sabine kletterte vom Bett hinunter.

Der Mann hatte seinen Rucksack inzwischen gegen das Bett gelehnt und begann, die Schuhriemen zu lösen.
„Ja, dann haben wir ja wohl beide Glück gehabt! Es tut mir furchtbar leid, dass mir das passiert ist!", bedauerte er mit einem Achselzucken und stellte die Schuhe vor Sabine auf den Fußboden. „Ich bin heute Morgen in meinen Wandersandalen losgezogen und habe erst unterwegs bemerkt, dass die Halbhohen nicht meine Schuhe sind. Aber da war es bereits Mittag und zu spät, um zurückzulaufen."
„Und wie bekommst du jetzt deine Schuhe zurück?", fragte Sabine.
„Ich habe bereits im Kloster angerufen. Ein Pater hat morgen in Burgos einen Termin. Er kommt mit dem Auto hierher und bringt meine Schuhe mit. So, und jetzt spiel mal Aschenputtel und probiere die Schuhe an, damit ich auch sehe, dass es deine sind", forderte er sie grinsend auf.
„Das sehe ich auch so, ohne sie anzuprobieren." Sie zögerte einen Moment, schob dann aber doch einen Fuß in ihren Wanderschuh. „Ach, ist das ein gutes Gefühl!", freute sie sich. „Ich hatte schon fest damit gerechnet, dass ich mir neue kaufen muss."
„Nein, nein, aber nicht hier auf dem Jakobsweg! Da findet wieder zusammen, was zusammen gehört. Das ist die Kraft des Camino", behauptete er und fügte hinzu: „Darf ich dich gleich zu einem Drink einladen? So als kleine Entschädigung?"
„O nein, danke! Das ist sehr nett, aber wir haben schon etwas anderes vor", beeilte Sabine sich zu sagen.
„Schade!", meinte er mit einem smarten Lächeln. „Ich hätte gerne mal wieder eine so hübsche Frau an meiner Seite gehabt."
Sabine murmelte: „Danke!", während sie ihre Wanderschuhe unter das Bett stellte. Dann sah sie zu Andrea und fragte: „Gehen wir?"
Als sie die große Treppe hinunter liefen, die auf den Domplatz führte, bemerkte sie ein wenig aufgebracht: „So ein arroganter Schnösel! Der hatte so ein freches Grinsen im Gesicht, als erwarte er, dass ich ihm um den Hals falle, weil er meine Schuhe vertauscht hat!"

„Ich fand ihn ganz lustig", sagte Andrea und hakte sich ein. „Aber schön, dass du abgelehnt hast, und wir jetzt allein ein bisschen Kultur schnuppern können. Bei so einem Stadtbummel stört ein Mann doch nur."
Sie besichtigten die berühmte Kathedrale und das Dommuseum. Schon von außen begeisterten sie die Steinmetzarbeiten und die reich verzierten Portale.
Im Inneren warf die Nachmittagssonne helles Licht durch die bunten, eindrucksvollen Glasfenster. Die Frauen ließen sich viel Zeit für die wunderschönen und beeindruckenden Kostbarkeiten kirchlicher Baukunst.

Einige Stunden später schlenderten sie zurück über den großen Domplatz, um nach dem kulturellen Besichtigungsteil jetzt die kleinen Gassen mit ihren alten Häusern und Geschäften zu inspizieren.
Sabine stieß ihre Freundin kurz mit dem Arm an: „Hast du schon gesehen, wer uns da entgegenkommt?"
„Nein. Wo? – Ach, da... Das ist ja Michael!"
Im gleichen Augenblick sah auch Michael die Frauen auf sich zukommen. Sichtlich überrascht standen sie sich ein paar Sekunden später gegenüber.
„Wo kommst du denn her?", fragte Andrea erstaunt, „wir dachten, ihr wäret längst hinter Burgos."
„Wir sind gestern Abend hier angekommen und haben uns heute den ganzen Tag Zeit für diese herrliche Stadt genommen. Sebastian und Hubert sitzen an der Flaniermeile des Rio Arlanzón und gönnen sich ein Bierchen", erzählte Michael. „Ich freue mich, euch zu sehen, aber leider bin ich jetzt ein bisschen in Eile. Ich muss noch schnell zu einer Bank, bevor sie schließt. Wollen wir heute Abend vielleicht zusammen essen gehen?"
„Ja klar, gerne!", antwortete Andrea sofort, „hast du einen Vorschlag?"
„Am Fluss unten gibt es einige nette Restaurants. Ich schlage vor, dass wir uns um sieben Uhr hier an der Kathedrale treffen und dann gemeinsam dorthin gehen."
„Das ist eine gute Idee!"

Michael eilte mit großen Schritten davon und Andrea hängte sich bei Sabine ein, um mit ihr durch die Einkaufsstraßen zu bummeln.

Am Abend saßen die fünf *peregrinos* unter dem grünen Blätterdach einer riesigen Platane und bestellten eine *morcilla*. Diese deftige Spezialität der Region mit Reis, vielen Zwiebeln, Pfeffer und gebratener Blutwurst musste unbedingt probiert werden. Als Nachtisch wählten sie *queso de Burgos*, einen Frischkäse mit Honig und Nüssen.
Während sie sich angeregt unterhielten, bemerkte Sabine plötzlich, dass ihre Freundin sich ungewöhnlich wenig am Gespräch beteiligte. Sie, die normalerweise locker und selbstbewusst auftrat, wirkte irgendwie unsicher und verkrampft. Sie prostete ihr deshalb mit einem Glas Rotwein zu und fragte leise: „Alles in Ordnung bei dir?"
„Ja natürlich!", lachte sie und nahm einen großen Schluck, bevor sie sich betont unbeschwert wieder in das Gespräch über die Erlebnisse und Geschichten auf dem Jakobsweg einmischte.
Die lustigen Erzählungen der Pilgerfreunde lösten im Laufe des herrlichen Sommerabends auch Andreas Anspannung, und der leckere Wein tat sein Übriges dazu.
Sie saß Michael gegenüber. Wie zufällig trafen sich ihre Blicke immer wieder. Er schien sie unverwandt anzulächeln. Sie sah seine hellen Lachfalten, die sich von der gebräunten Gesichtshaut abhoben und den herben Zug um seine Mundwinkel. Sie sah sein markantes Kinn und den Dreitagebart, in dem sich viele silbergraue Stoppeln breit machten, die bis zu den Schläfen reichten. Im Lampenlicht blitzten hier und da ein paar graue Strähnchen zwischen seinen leicht gewellten, dunklen Haaren auf. Wenn er lachte, verschwand die Strenge aus seinem Gesicht. Sein jungenhaftes Grinsen zog sich dann bis hin zu den Ohren.
Ja, er sah verdammt gut aus. Sie lächelte ihn an.
Irgendwann wurde ihr bewusst, dass sie sich schon eine ganze Weile schweigend anschauten. Sie ließ es geschehen und hätte am liebsten die Zeit angehalten. Das gegenseitige Wahrnehmen

hatte sich in eine intensive Nähe verwandelt, und sie war dabei, in dieser Nähe zu versinken. Er war ihr auf einmal so vertraut. Ja, am liebsten würde sie sich fallen lassen in dieses Gefühl von Nähe und Vertrautheit. Sie spürte die Wärme seiner Hand, die sanft ihre Finger umschloss. Sein leichtes Streicheln löste wohlige Schauer in ihr aus. Seine strahlend blauen Augen sagten mehr als Worte es hätten ausdrücken können.
Doch dann durchfuhr es sie wie ein Ruck: Er ist verheiratet!
Der Schreck löste den lange antrainierten Schutzmechanismus aus, der sie gnadenlos an ihr selbst auferlegtes Liebesverbot erinnerte.
Mit rigoroser Entschlossenheit straffte sie ihren Körper und setzte sich kerzengerade hin. Hastig zog sie ihre Hand weg und zeigte etwas zittrig auf einen kleinen weißen Hund, den eine alte Dame auf der Promenade spazieren führte.
Mit belegter Stimme stotterte sie: „Sso, sso einen kleinen weißen Hund wollte meine Tochter auch immer haben."
Michael war irritiert. Ihre Reaktion war für ihn nicht nachvollziehbar. Sie war von einer Sekunde zur anderen von einer liebenswerten Frau zu einem abweisenden Eisklumpen erstarrt.
„Sei froh, dass du ihr keinen gekauft hast!", erwiderte er, und der Unterton in seiner Stimme drückte seine Erregung und Verunsicherung aus. „Unser Fabian ist von einem Auto überfahren worden, als er seinem jungen Hund nachgelaufen ist."
Er hatte so laut und schneidend gesprochen, dass augenblicklich alle am Tisch verstummten.
Andrea starrte Michael fassungslos an.
„Tut mir leid", murmelte sie leise.
„Wie schrecklich!", entfuhr es Sabine, und dann sprach niemand mehr.
Um die bedrückende Stille zu unterbrechen, fragte sie nach einer Weile: „Wann ist das denn passiert?"
Michael räusperte sich, bevor er antwortete: „Eigentlich wollte ich darüber nicht reden. Aber gut. Jetzt habe ich uns die Stimmung sowieso vermiest, tut mir leid. Es ist etwas mehr als drei Jahre her."
Er rutschte auf seinem Stuhl herum, als müsse er sich erst richtig hinsetzen. Dann nahm er einen großen Schluck Rotwein aus

seinem Glas und begann langsam zu erzählen: „Wir hatten Fabian zu seinem zehnten Geburtstag einen sehnlichen Wunsch erfüllt und einen jungen Cockerspaniel gekauft. Fabian und ich sind zusammen mit dem Hund spazieren gegangen, als ich einen Bekannten getroffen habe. Ich bin kurz stehen geblieben, um ein paar Worte mit ihm zu wechseln. Fabian hielt den Hund an der Leine. Plötzlich raste eine Katze an uns vorbei, und der Hund sprang hinterher. Fabian natürlich mit. Die Leine hatte sich in Windeseile abgerollt. Fabian ließ sich ziehen. Ich habe geschrien, er soll die Leine loslassen und stehen bleiben. Aber er hat nur gelacht. Er hatte seinen Spaß. Ich bin wie wild hinter den beiden hergerannt, habe sie aber leider nicht früh genug eingeholt."

Er machte eine Pause und strich sich mit der Hand über die Augen. „Fabian und der Hund bogen auf der Straßenmitte in eine Seitenstraße ab. Wenige Augenblicke später hörte ich es krachen. Sie sind beide von einem entgegenkommenden Auto erfasst worden. Fabian war sofort tot."

Es herrschte eine betroffene Stille.

Michael nahm ein Taschentuch und schnäuzte sich, bevor er sagte: „So, jetzt wisst ihr es!" Dann trank er sein Glas leer und fügte hinzu: „Ich glaub, ich gehe jetzt besser."

Er stand auf, legte einen Geldschein auf den Tisch, murmelte kurz: „Gute Nacht" und wandte sich ab.

Sebastian war ebenfalls aufgestanden: „Ich komme mit dir. Es ist nicht gut, wenn du jetzt alleine gehst. Hubert, bezahlst du bitte für mich mit?"

„Klar, kein Thema!"

Die Freunde verließen gemeinsam das Restaurant.

Hubert sah zu den beiden Frauen, die ziemlich ratlos mit ihm am Tisch zurückgeblieben waren.

„Michael hat immer noch sehr mit seinen Schuldgefühlen zu kämpfen", versuchte er die Situation zu erklären, „und wir wünschen ihm sehr, dass der Camino ihm hilft, sich selbst zu verzeihen. Er muss einsehen, dass er diesen Unfall nicht verhindern konnte. Es hat so sein sollen. Aus welchem Grunde auch immer."

Eine bedrückende Stimmung machte sich zwischen ihnen breit und lähmte ihre Sprache für ein paar Minuten. Gedankenverloren drehte Hubert sein Glas auf dem Bierdeckel hin und her.
Andrea fasste sich ein Herz: „Was ist mit seiner Frau?"
„Ach Gott, das ist alles sehr tragisch. Sie hat ihm schlimme Vorwürfe gemacht und ihm die Schuld am Tod ihres Kindes gegeben. Das ist ja das Dilemma! Diese Belastung hat ihre Ehe natürlich nicht lange ausgehalten. Sie haben sich vor zwei Jahren getrennt." Er winkte nach der Bedienung. „Ich werde jetzt auch bezahlen und in unsere Unterkunft gehen. Eigentlich schade, dass ein so schöner Abend in so trauriger Stimmung enden muss. Aber so ist das Leben. Heute so und morgen so."
Nachdem sie gemeinsam das Lokal verlassen hatten, liefen sie schweigsam nebeneinander her.
Kurz vor dem Domplatz verabschiedete sich Hubert: „Ich muss hier entlang zu unserer Pension. Morgen wollen wir sehr früh aufstehen. Vielleicht begegnen wir uns ja unterwegs noch einmal."
„Ja, das wäre schön", erwiderte Andrea und ergänzte nach kurzem Zögern: „Grüß Michael bitte von mir und sag ihm, dass es mir leid tut."
„Ja, das mache ich gern", versprach Hubert und winkte ihnen noch einmal zu, bevor er in einer schmalen Seitenstraße verschwand.
Sabine kannte ihre Freundin gut genug, um zu wissen, dass sie ihr keine Fragen stellen durfte. Andrea würde irgendwann von selbst reden, wenn sie mit sich im Reinen wäre.

16. Schutzengel

Die Freundinnen saßen nebeneinander in der voll besetzten Kathedrale. Sie hatten gestern Abend beschlossen, sich dieses musikalische Meisterwerk nicht entgehen zu lassen, das auf großen Plakaten angekündigt wurde: Die „Missa solemnis" von Ludwig van Beethoven.

Nach dem aufregenden Tag gestern hatten beide schlecht geschlafen.
Andrea hoffte, dass dieses musikalische Erlebnis sie auf andere Gedanken bringen würde.
Die Orgel ertönte, und das Domkapitel zog in die Kirche ein.
Beide Frauen ließen sich von der Macht der Musik ergreifen, die ihnen abwechselnd Gänsehaut und wohlige Schauer bescherte.

Es war fast Mittag, als sie Burgos verließen.
Hinter der Stadt warteten die riesigen Getreidefelder der Meseta auf die Pilgerinnen. Bis León sollten jetzt „zermürbende Flachheit und Eintönigkeit" dominieren, so die Auskunft des Wanderführers. Das waren einhundertachtzig lange Kilometer.
„Weißt du", begann Sabine, „ich war während des Gottesdienstes so voller Dankbarkeit und fühle mich jetzt so frei und unbesorgt wie noch nie. Das ist einfach herrlich! Ich bin gespannt auf den jetzt vor uns liegenden Weg."
„Das freut mich für dich", antwortete Andrea etwas geistesabwesend. „Schön, dass du endlich auf deinem Weg angekommen bist."
„Gilt das auch für dich? Seit gestern Abend scheinst du mir ein bisschen verstört."
„Ach ja? Vielleicht bin ich das ja auch, nach dem was Michael erzählt hat. Aber nichts desto trotz war diese Messe einfach gigantisch. Die Musik ist so schön, dass man heulen könnte."
Mehr war nicht aus ihr herauszubekommen und so wanderten sie nebeneinander her, beide noch berauscht von den fulminanten Klängen. Manchmal summte die eine oder andere eine kurze Melodie leise vor sich hin.
Der Camino verlief weiter über ebene Asphalt- und Schotterwege unter einem strahlend blauen Sommerhimmel. Die Getreidefelder waren bereits abgeerntet und unter den Stoppeln sah man die rotbraune Erde. Am Wegrain und auf den brach liegenden Feldern leuchteten auch hier wieder auffällig rote Mohnblumen, die sich wie dicke Farbkleckse abhoben. Soweit das Auge reichte und egal in welche Himmelsrichtung sie

blickten, überall das gleiche Bild, und der Himmel wie eine Käseglocke darüber.
Wenn es doch nur nicht so heiß wäre!!

Als sie sich nach zwanzig Kilometern und fünf sonnigen Wanderstunden in einem Refugio anmeldeten, hatte die Herbergsmutter das letzte freie Bett gerade vergeben. Sie bot ihnen Notbetten in einer Sporthalle an.
Natürlich sagten sie zu, denn der innere Schweinehund wollte keine weiteren fünf oder sogar zehn Kilometer laufen.
Unter ihren Füßen knirschte der Sand, der auf dem Hallenboden lag. Die Matratzen auf den Pritschen waren durchgelegen und fleckig.
Die kurze Überlegung doch noch weiter zu laufen, ließen sie schnell wieder fallen, nachdem sie einen Blick in den Wanderführer geworfen hatten: Die nächste Herberge war so alternativ, dass es dort weder Strom noch fließendes Wasser gab.
Hier gab es immerhin fließendes Wasser, auch wenn es nur lauwarm aus der Duschtasse tröpfelte.
Zum Abendessen gingen sie in das kleine Dorfrestaurant auf der anderen Straßenseite. Beim Betreten fielen ihre Blicke auf Bernard und Corinna, die an einem Tisch beieinander saßen.
Andrea und Sabine setzten sich zu ihnen und erfuhren, dass die attraktive junge Frau mit den hellblonden langen Haaren diejenige war, die Bernard geholfen hatte, seine Sachen auf ein Minimum zu reduzieren.
„Sie ist mein Schutzengel", freute sich Bernard, „denn ohne sie hätte ich schon längst aufgegeben."
Die beiden hatten sich unterwegs bereits mehrere Male zufällig wieder getroffen.
Bernards Füße waren inzwischen zwar frei von Blasen, aber er klagte über schmerzende Gelenke.
„Deshalb ich schaffe nie mehr als fünfzehn Kilometer an ein Tag. Aber unter die warme Sonne schmilzt mein Fett", freute er sich schmunzelnd, „und meine Hose schlackert schon. Unterwegs steige ich immer wieder in ein Bus oder Zug, sonst schaffe ich es nicht. Und manchmal schlafe ich in ein schönes Hotel."

„Ich finde das toll, dass du für dich diese Möglichkeit gefunden hast, den Jakobsweg zu gehen", bestärkte Andrea den Holländer. Er machte auf sie ein bisschen den Eindruck eines erwachsenen Jungen, dem sie am liebsten das Lied vom „Heile Gänsje" gesungen hätte.

„Ja, jeder muss seine Art des Pilgerns finden und seinen Weg so gehen, wie es für ihn stimmig ist", fand auch Corinna.

Im weiteren Gespräch erzählte sie, dass sie in einem Krankenhaus arbeite.

„Und wir haben dich in Gedanken als Model auf einem Laufsteg gesehen", wiederholte Andrea ihre vor Tagen geäußerte Vermutung.

„Ja, ich weiß", lachte die junge Frau, „aber das wäre kein Beruf für mich. Obwohl ich mir während meines Studiums wirklich Geld damit verdient habe. Ich habe für einen Versandhauskatalog mehrere Male Modell gestanden."

„Hast du Medizin studiert?"

„Ja", erwiderte sie und erzählte: „Ich bin übrigens vor gut fünfzehn Jahren den Jakobsweg schon einmal von León bis Santiago gelaufen. Das war direkt nach dem Abi, und ich war mit meinem damaligen Freund unterwegs. Jetzt laufe ich nur bis León, dann kenne ich die ganze Strecke."

„Aha, deshalb weißt du also schon so gut Bescheid über das Pilgern."

Andrea schenkte sich das dritte Glas Rotwein ein und meinte wie zur Entschuldigung: „Diese schmutzige Schlafstätte kann man nur mit ein paar Promille im Blut ertragen. Ich muss die Bakterien abtöten und die Spinnen abwehren, die vielleicht heute Nacht über mich krabbeln. Igittigitt."

„Da habt ihr wirklich Pech", sagte Corinna, „denn die Herberge ist sauber und ordentlich."

„Tja, aber wir überleben das schon. Keine Bange! Was uns nicht umbringt, macht uns nur härter", lachte Sabine.

Corinna erzählte, dass sie zwei Wanderstöcke gefunden habe: „Die lehnten einsam und verlassen an einem Pilgerdenkmal und forderten mich auf, sie mitzunehmen. Es sind zwei gekürzte Besenstiele, ein roter und ein grüner. Wenn wir uns in León

treffen, schenke ich sie dir", versprach sie Sabine, „aber ich habe leider nur noch eine Woche Zeit."
„Dann werden wir versuchen, auch in einer Woche dort zu sein. Hinter León beginnt wieder eine Berglandschaft und dann kann ich deine Stöcke sicherlich gut gebrauchen."
„Ja, ich musste auch meine Meinung revidieren und die Erfahrung machen, dass es besser ist, mit Stöcken zu laufen."
„Also, Prost auf die Stöcke und den Camino mit die schöne Frauen", mischte sich Bernard ein und hob sein Glas.
Es ging lustig und locker zu am heutigen Abend, und nachdem sie gemeinsam die vierte Flasche Rotwein geleert hatten, meinte Andrea, dass sie jetzt die nötige Bettschwere für das Notlager habe.
Mit Hilfe ihrer Taschenlampen suchten die Freundinnen wenig später ihre Pritschen in der großen Halle, die inzwischen voll besetzt war und an ein Flüchtlingsaufnahmelager erinnerte.
Allen Befürchtungen zum Trotz schliefen sie in dieser Nacht jedoch bestens.

17. Freiheit

„*Desayuno*" stand in großen Buchstaben auf einem Pappschild und ein großer Pfeil zeigte nach links auf einen Weg, der in einer Senke verschwand. Ein runder Turm ragte über die Sträucher.
Andrea und Sabine folgten der Ankündigung und freuten sich auf den Morgenkaffee.
Eine hübsche, junge Frau, die der Hippiezeit entsprungen zu sein schien, kam freudestrahlend auf sie zu, als die Pilgerinnen das alternative Anwesen betraten. Freundlich forderte sie die beiden auf, an dem großen runden Holztisch auf der Terrasse Platz zu nehmen. Vier junge Leute saßen dort bereits beim Frühstück.
Der Kaffee war schwarz und kräftig, das Brot knusprig gebacken, die Marmelade hausgemacht. Der Honig vielleicht auch vom eigenen Bienenstock? Lecker!

Von der Terrasse führten drei Stufen auf eine große Wiese. Acht Zelte standen dort unter hohen, alten Bäumen. Dicke Findlinge begrenzten das Terrain.
Sabine sah von ihrem Platz aus dem Wasser zu, das zwischen runden Steinen hervorsprudelte und in einem Bassin aufgestaut wurde. Mehrere Ableitungen mit Wasserhähnen, unter denen Plastikschüsseln standen, zeugten von der hygienischen und hauswirtschaftlichen Verwendung.
Es war, alles in allem ein fast märchenhaft anmutendes Anwesen, zu dem auch die Inneneinrichtung des kleinen Hauses mit Turm passte, die eher an ein Heimatmuseum als an eine Herberge im 21. Jahrhundert erinnerte.
Die kleinen Zimmer waren liebevoll mit alten land- und hauswirtschaftlichen Gebrauchsgegenständen dekoriert, die massiven Holzbetten hatten rot-weiß-karierte Schonbezüge über den Matratzen, und in der Küche standen Blechnäpfe und irdene Schüsseln, in denen große Holzlöffel steckten. Alles war blitzsauber geschrubbt, urgemütlich und einladend.
Fast tat es ihnen leid, nicht hier übernachtet zu haben.
Sabine fragte nach dem Frühstück, wo die Toilette sei. Die junge Frau drückte ihr eine Rolle Klopapier in die Hand und wies auf die Sträucher am Ende des Grundstückes hin: „Go this way and you will see it."
Gespannt, was sie erwarten würde, lief Sabine über den schmalen Schotterweg, der hinter dichten Sträuchern in einem riesigen Stoppelfeld mündete.
Ein Blick nach links: Unzählige Häufchen, abgedeckt mit rosa und weißem Klopapier. Der Blick nach rechts ergab fast das gleiche Bild, allerdings mit einem gravierenden Unterschied: Hier stand inmitten der vielen Häufchen ein Plumpsklo auf dem Feld!
Dieser absolute Knüller bestand aus zwei Säulen von je vier übereinandergesetzten Ziegelsteinen, auf denen eine rote Klobrille thronte. Der passende Deckel dazu war mit weißen und blauen Blumen bemalt!
Sabine hatte ein Gefühl, das irgendwo zwischen Ekel und Belustigung angesiedelt war, und suchte sich notgedrungen ein freies Plätzchen.

Als sie ihre Hände im klaren aber eiskalten Wasser des Pools wusch, war sie sich sicher, dass sie hier niemals hineinsteigen würde. Das Wasser war so eisig, dass ein Untertauchen darin selbst bei der schlimmsten Hitze für sie unvorstellbar war.
Lachend erzählte sie Andrea von der alternativen Entsorgungsanlage.

Der Pilgerweg führte die Freundinnen weiter über die Hochebene durch die landwirtschaftliche Einöde. Nur ab und zu mussten sie kleine Höhenunterschiede überwinden.
Mitten in dieser Einsamkeit stand eine Kirchenruine, in der wieder eine außergewöhnliche Herberge untergebracht war: Die Schlafstätten befanden sich im einzig erhaltenen seitlichen Kirchenschiff. Die Etagenbetten unter der geschwungenen Gewölbedecke waren durch dicke Vorhänge vom Außenbereich abgetrennt. Jedoch war hier kein Mensch zu sehen.
Andrea entdeckte den Grund dafür an einer Wasserstelle. Hier war zu lesen, dass es mangels Wasser keines gab.
Aber mitten in der Ruine stand ein funktionstüchtiger Getränkeautomat, der eiskalte Cola ausspuckte.
Die Freundinnen setzten sich auf eine Bank im Schatten, um eine Weile zu verschnaufen. Sie blickten über die Mauerreste in das herrliche Dunkelblau des Himmels, das der Sonne ungehinderte Freiheit ließ, ihre heißen Strahlen auf die vertrocknete Erde zu senden.
Die letzten Kilometer für heute führten an einer wenig befahrenen Landstraße entlang, deren große Bäume den heiß ersehnten Schatten spendeten.
Die hübschen, alten Häuser von Castrojeriz waren mit Blumen geschmückt, und verliehen dem Städtchen einen einladenden, freundlichen Eindruck.
Hier quartierten sie sich in einer sauberen, privaten Herberge ein und waren die ersten, die in einem Sechsbettzimmer zwei *camas* belegten.
Andrea ließ sich sofort auf eine Matratze fallen und seufzte laut: „Ich bleib jetzt hier liegen. Ich bin sooo müde. Duschen kann ich später."
Sie sagte das, drehte sich auf die Seite und schlief ein.

Sabine kleidete sich aus und stellte sich unter die Dusche. Der warme Wasserstrahl prasselte angenehm auf ihren strapazierten Rücken. Sie schloss die Augen und genoss die Entspannung.
„Mein Gott, geht's mir gut!", dachte sie dabei.
Nichts war mehr selbstverständlich. Alltäglichkeiten wie Duschen, Schlafen und Essen hatten einen anderen Stellenwert bekommen.
Gestern das kalte Wasser und eine schmutzige Unterkunft, heute ein sauberes Zimmer und ein schönes Bad.
All das passierte rein zufällig, ohne ihren Einfluss. Nichts war geplant, und sie und Andrea wussten meistens am Morgen noch nicht, wo sie am Abend schlafen würden. Sie liefen einfach los. Zähne putzen, Schuhe an, Rucksack auf und ab ging's. Seit sechzehn Tagen jeden Morgen dasselbe und trotzdem war kein Tag wie der andere, jeder Tag war spannend und neu.
Sie hatten es geschafft, sich auf ihren Pilgerweg und seine Gegebenheiten einzulassen und versuchten nicht mehr, Äußerlichkeiten einzuordnen, sondern nahmen sie hin wie sie waren.
Sabine rubbelte ihren nassen Körper mit dem Handtuch ab, während ihr diese Gedanken durch den Kopf gingen. Sie war vollkommen frei. Sie musste nicht funktionieren, und es gab nichts, was sie in diesem Moment belastete. Mit den wirren Träumen schienen auch ihre Ängste Reißaus genommen zu haben. Eine Welle der Dankbarkeit durchflutete sie. Sie fühlte sich wie abgenabelt vom Rest der Welt und zentrierte ihre Gedanken auf dieses freiheitliche Bewusstsein, als sie in ihren kuscheligen Schlafsack kroch.

18. Naturereignisse

Noch in der Morgendämmerung hatten die Freundinnen heute die kleine Stadt verlassen. Vier schnarchende Männer hatten ihnen die Nachtruhe dermaßen vermasselt, dass sie frühzeitig aufstanden, weil an Schlaf sowieso nicht mehr zu denken war.

Der Aufstieg zum Alto de Mostelares war kurz, aber sehr steil, und sie waren ein wenig aus der Puste, als sie oben ankamen.
Ein wunderschöner Ausblick über die Tafelberge breitete sich vor ihren Augen aus. Die frühen Sonnenstrahlen tauchten die grauen Wolkenfetzen über den Bergrücken mehr und mehr in ein rötliches Licht.
Andrea und Sabine setzten sich auf eine Bank und beobachteten fasziniert das Naturereignis. Der schmale rote Streifen hinter den Bergen breitete sich immer weiter aus und aus dem frühen Rot wurde Orange. Wie ein Ball kroch die Sonne langsam aus ihrer Morgenröte hervor, bis sie leuchtend gelb am Himmel stand und ihr warmes Licht auf die Erde sandte.
„Es hat so sein müssen, dass wir früh aus den Federn gekrochen sind, sonst hätten wir diesen herrlichen Sonnenaufgang nicht erlebt", sagte Andrea.
„Ja, alles hat seinen Sinn", murmelte Sabine verträumt und reckte sich, um dann nüchtern zu bemerken, dass ihr trotzdem noch ein Pott Kaffee zum vollkommenen Glück fehlen würde. Aber darauf musste sie noch eineinhalb Stunden warten.
In einer kleinen Kirche, die mitten in den Feldern lag und als Pilgerherberge umfunktioniert war, bekamen sie endlich das ersehnte schwarze Getränk. Sie genehmigten sich gleich mehrere Tassen davon. Wohl wissend, dass es Stunden dauern konnte, bis sich wieder eine solche Gelegenheit bot.
Mit jedem Schritt kamen sie jetzt weiter hinein in die Meseta. Stoppelfelder, soweit das Auge reichte. Anfangs zeigten sich am Horizont noch ein paar grüne Hügel, aber irgendwann verschwanden sie, und die Monotonie der Felder hatte wieder gewonnen. Der Himmel schien auf dieser Hochebene näher zu sein als anderswo.
Eine wohltuende Augenweide bot sich den Frauen im nächsten Ort. Sie folgten dem Hinweisschild auf eine Herberge mit Restaurant, denn ihre Mägen knurrten schon wieder gewaltig.
Durch ein uraltes, halb verfallenes Holztor gelangten sie in einen paradiesisch anmutenden Garten. Auf einer saftig grünen Wiese standen riesige Terrakottakübel mit blühenden Sommerblumen, deren bunte Farbenpracht in der Sonne leuchtete. Ein Kiesweg führte zu einem Gartenteich, aus dem munteres Ge-

quake zu hören war. Die große, alte Trauerweide daneben spendete Schatten und neigte ihre dicht belaubten Zweige wie eine Schutzhaube über das Wasser. Libellen flogen über den Teich und ihre zarten Flügel schimmerten vielfarbig im hellen Licht.
Viele Pilger saßen auf der Terrasse und erholten sich in diesem prallen Grün von der eintönigen, gelbroten Landschaft.
Die Freundinnen bestellten Orangensaft und *bocadillos* mit Ei an der Theke und setzten sich an einen kleinen runden Tisch unter einem blühenden Oleanderstrauch.
Sabine legte ihre Beine neben Andrea auf den Stuhl und strich vorsichtig über ihren Knöchel.
„Mein Knöchel schmerzt", jammerte sie, „und ich hätte Lust, hier zu bleiben. Es ist erst zwölf Uhr. Da gibt es bestimmt noch freie Betten."
Ein junger Mann servierte ihnen das Essen und stellte die Getränke auf den Tisch.
Andrea legte den Wanderführer zur Seite, in dem sie geblättert hatte, und biss herzhaft in das dick mit Rührei belegte Brot. Sie kaute und schluckte, bevor sie antwortete: „Das wäre zwar schön, aber ich meine, wir sollten weiter laufen. Es geht nämlich bald an einem Kanal entlang, der mit Bäumen gesäumt ist. Da ist sicherlich auch in der Mittagssonne Schatten. Oder ist es schlimm, mit deinem Knöchel?"
„Nee, nee, das geht schon. Ich creme ihn gleich mit Schmerzgel ein."
„Wir wollen doch in einer Woche in León sein. Wie sollen wir das schaffen, wenn wir wieder nur zwanzig Kilometer laufen?"
Sabine zögerte einen Moment, bevor sie zustimmte: „Okay, dann gehen wir halt noch ein Stück."
Der Wanderführer hatte nicht zu viel versprochen. Die mit dichtem Laub behangenen Pappeln entlang des Bewässerungskanals spendeten Schatten und schützten so vor der Mittagssonne.
Wie aus dem Nichts kam plötzlich ein heftiger Wind auf. Die kräftigen Böen wechselten ständig ihre Richtung. Mal drängten sie die Freundinnen fast vom Weg ab und mal schoben sie sie vor sich her.

Sie nahmen ihre Sonnenhüte in die Hand und hängten sich ein. Gemeinsam stemmten sie sich mit aller Kraft dem Sturm entgegen und stöhnten dabei vor Anstrengung. Sekunden später schob die nächste Böe sie so stark von hinten an, dass sie im Dauerlauf rennen mussten.
Genauso plötzlich wie sie gekommen waren, verschwanden die Sturmböen wieder. Als sie das große, alte Wehr überquerten und Fromista erreichten, war es fast windstill.

Auch heute waren ihnen auf der dreißig Kilometer langen Etappe nur wenig Pilger begegnet. Als sie jedoch in der Stadt über den großen Platz auf die alte, romanische Kirche zuliefen, wimmelte es dort nur so von *peregrinos*.
Corinna war eine von ihnen. Sie fiel auf zwischen all den unscheinbar gekleideten Wanderern. Ihr enges, rotweiß gestreiftes Shirt ließ viel gebräunte Haut und ein hübsches Dekolletee frei, und ihre langen, wohlgeformten Beine guckten aus einem roten Minirock. Sichtlich erfreut über das Wiedersehen, lief sie schnurstracks auf die Freundinnen zu. Die hellblonden Haare hatte sie zu zwei lustigen Zöpfen geflochten, die sie sehr jugendlich aussehen ließen. Nach einer herzlichen Begrüßung machten sich die drei Frauen gemeinsam auf den Weg, um sich in einem *refugio* einzuquartieren.

19. Leidensgefährten

Es war fünf Uhr früh, als sich eine *peregrina* im Schlafsaal leise an ihrem Rucksack zu schaffen machte. Sie gab sich dabei alle Mühe, die anderen Frauen nicht aufzuwecken. Aber leider gelang ihr das nicht. Andrea wurde wach. Laut protestierend brummte sie etwas Unverständliches und drehte sich auf die andere Seite. Sie konnte nicht mehr einschlafen und beschloss frustriert und verärgert, ebenfalls aufzustehen.
Sie zog sich an und kam mit einem lauten „Guten Morgen" aus dem Bad zurück ins Zimmer.
„Was ist denn mit dir los?", fragte Sabine verschlafen.

Andrea lehnte sich an das obere Bett, auf dem die Freundin lag. Der Ärger stand ihr ins Gesicht geschrieben, als sie murrte: „Ich wollte dir nur sagen, dass ich jetzt einen Kaffee trinke und dann gehe." Damit verließ sie den Raum und ihre verdutzt drein blickende Freundin.
„Was soll denn das?", murmelte Sabine verwundert hinter ihr her, „willst du jetzt allein weiter laufen?"
Aber Andrea war schon außer Reichweite, ohne die Frage zu beantworten.
„Lass sie gehen", mischte Corinna sich vom Nachbarbett ein, „die hat vielleicht ihren Tiefpunkt. Den kriegt jeder irgendwann mal hier auf dem langen, beschwerlichen Weg. Du solltest sie einfach in Ruhe lassen. Das geht vorbei. Wenn du willst, können wir beide ja heute zusammen laufen. Du triffst deine Freundin schon wieder. Da mache dir mal keinen Kopf."
„Meinst du, ich sollte sie wirklich allein gehen lassen? Sie wirkte so unglücklich."
„Ja, genau deshalb. Wenn sie nicht im Aufenthaltsraum auf dich wartet, wirst du ihre Entscheidung schon akzeptieren müssen."
Corinna drehte sich auf die andere Seite und zog ihren Schlafsack über die Ohren.
Sabine schlüpfte trotz des gut gemeinten Ratschlages schnell in ihre Wanderhose und verschwand im Bad. Dann stopfte sie ihre Utensilien in den Rucksack und eilte eine Etage tiefer in den Aufenthaltsraum.
Andrea saß dort allein in einer Ecke, hielt einen Pott Kaffee in der Hand und stierte Löcher in die Luft. Sabine setzte sich neben die Freundin.
„Was ist passiert? Möchtest du heute allein gehen?", fragte sie besorgt.
„Ja!" Die Antwort war eindeutig und der Klang ihrer Stimme duldete keinen Widerspruch. „Mir gehen heute Morgen alle auf den Keks. Dieses ständige Gerödel in aller Herrgottsfrühe und kaum eine ruhige Nacht. Das nervt mich total! Ich bin das einfach nicht gewohnt. Schließlich lebe ich allein."
„Aber die Nacht war doch ruhig", wagte Sabine einzuwenden, „hast du trotzdem nicht gut geschlafen?"

„Nein! Ich habe die ganze Nacht wach gelegen, und als ich dann endlich eingeschlafen bin, fing irgendjemand an zu packen. Ich hätte denjenigen erwürgen können", stöhnte Andrea und war den Tränen nahe. „Ach, ich weiß im Moment gar nicht, was das alles soll. Heute ist nicht mein Tag. Sei mir nicht böse, das hat nichts mit dir zu tun. Aber ich möchte gerne ein paar Stunden ganz allein sein. Ich warte irgendwo unterwegs auf dich."
Sie stand auf und schulterte ihren Rucksack.
„Ist in Ordnung", antwortete Sabine immer noch verwundert. „Ich frühstücke erst und laufe dann mit Corinna." Sie nahm die Freundin kurz in den Arm und schaute nachdenklich hinter ihr her, als sie den Raum verließ.
Was war los mit Andrea? Andrea, die Disziplinierte, die sich nie etwas anmerken ließ und immer eisern ihr Ziel verfolgte, war aus dem Gleichgewicht gekommen. Wo war das unerschütterliche Gottvertrauen geblieben, um das sie die Freundin schon so oft beneidet hatte?
Sabine holte sich einen Kaffee an der Theke und dazu zwei abgepackte Magdalenas und dachte nach, während sie auf einem der trockenen Biskuits kaute.
Eine halbe Stunde später wanderte sie mit Corinna über einen Schotterweg, der eine Zeitlang an einer ruhigen Landstraße entlang lief, bevor er abbog und wieder als einsamer Pilgerpfad durch die Felder führte.
Sabine blickte in die Weite und sah, dass der Feldrain von der Straße durch eine Mauer getrennt wurde, über der sich leicht gebeugte menschliche Oberkörper vorwärts bewegten. An ihren Helmen konnte sie erkennen, dass es sich um eine Gruppe Radfahrer handeln musste.
Sie wies Corinna auf das dahingleitende Spektakel hin: „Schau mal, dort drüben am anderen Ende des Feldes fahren Radler hinter der Mauer her. Man kann nur ihre Oberteile sehen, und dadurch sieht es so aus, als würden sie von einer unsichtbaren Hand gezogen."
„Wirklich! Sieht gut aus!", fand Corinna.
„Ja, für uns gleiten sie einfach so dahin, und es sieht aus, als müssten sie sich überhaupt nicht anstrengen, weil wir nur einen

Teil von ihnen sehen", überlegte Sabine. „Es ist fast so wie im richtigen Leben. Niemand sieht, wie man sich abstrampelt, solange man hinter einer Mauer bleibt."
„Das hört sich an, als würdest du aus Erfahrung sprechen. Redest du jetzt von dir?", fragte Corinna.
„Kann schon sein", antwortete Sabine. „Es ist schon ein wenig seltsam, aber ich habe bei diesem Vergleich wirklich gerade an mich und meine Familie gedacht."
„Warum?", fragte Corinna.
Sabine musste nicht lange überlegen: „Weil ich dazu neige, niemandem zu zeigen, wie ich mich abstrampele. Ich habe in den vergangenen fünf Jahren einfach nur funktioniert, ohne an mich selbst zu denken."
„Läufst du deshalb den Jakobsweg? Du kannst mir ruhig davon erzählen, wenn du möchtest", forderte Corinna sie auf.
Sabine hatte aus ihr selbst unerklärlichen Gründen das Bedürfnis, der jungen Frau von ihren Problemen zu erzählen und erwiderte: „Ja, wirklich? Ähm... Weißt du, ich bin seit sechsundzwanzig Jahren verheiratet, und wir waren viele Jahre lang eine glückliche Familie. Markus und ich hatten Berufe, die uns Spaß machten, wir liebten uns und unsere Ehe funktionierte. Wir hatten keine finanziellen Sorgen, ein schönes Haus mit Garten und zwei gesunde, wohlgeratene Kinder." Sie seufzte einmal tief auf, bevor sie fragte: „Tja, magst du wirklich meine Geschichte hören?"
„Erzähl ruhig, ich höre dir gerne zu", ermunterte Corinna sie.
„Ja, also es ging uns wirklich gut. Ein Grund, um dankbar und zufrieden zu sein. Das waren wir auch solange, bis mein Mann alkoholabhängig wurde. Du musst wissen, dass wir damals eine Wochenendehe geführt haben, und ich habe die ersten Anzeichen seiner Sucht einfach nicht gemerkt. Vielleicht habe ich auch manches ignoriert oder verdrängt."
„Und jetzt machst du dir Vorwürfe deswegen?"
Sabine überlegte einen Moment, bevor sie antwortete: „Ich kann mein damaliges Verhalten nicht mehr rückgängig machen, und ich weiß auch nicht, was wäre, wenn ich mich anders verhalten hätte. Es ist müßig, darüber nachzudenken."
„Eine wichtige Erkenntnis. Aber rede weiter. Was ist passiert?"

Sabine fasste das Geschehene kurz und sachlich zusammen. Sie konnte die Dinge plötzlich aus einer anderen Distanz betrachten und ihre Emotionen ausklammern. Es tat ihr gut, so frei darüber sprechen zu können. Als sie in ihrer Erzählung beim Verkauf des Hauses angekommen war, machte sie eine Pause und sah die neue Freundin fragend an.

Corinna hatte aufmerksam zugehört, ohne Sabine zu unterbrechen. „Und die Kinder?", fragte sie jetzt, „wie haben die darauf reagiert?"

Sabine wurde nachdenklich, als sie anfing, von ihren Kindern zu erzählen: „Sie haben ja nicht mehr zu Hause gewohnt, aber sie haben damals ihr Elternhaus verloren." Ein liebevolles Lächeln glitt über ihr Gesicht: „Weißt du, unsere Kinder sind sehr unterschiedlich von ihrem Charakter und Aussehen her. Felix, der Ältere, ist so groß wie sein Vater, hat aber meine rötlichen Haare geerbt und manche sagen, er sähe aus wie Robert Redford in seinen jungen Jahren. Er ist ein sehr charmanter junger Mann, aber er kann sehr aufbrausend sein. Er war, oder besser, er ist sehr enttäuscht von seinem Vater und wird leicht wütend, wenn das Alkoholproblem zur Sprache kommt. Er kann nicht verstehen, dass ich Markus immer noch nicht verlassen habe. Als Felix ein Junge war, hat er seinen Vater sehr bewundert. Papa war sein Vorbild und sein starker Held, und es hat ihn tief getroffen, dass Markus ihm das schöne Bild seiner Kindheit zerrissen hat. Manchmal glaube ich, dass er ihn jetzt nur noch hasst." Sabine machte eine nachdenkliche Pause.

Die beiden Frauen wanderten durch ein kleines Dorf. Auf der Eingangstreppe eines Hauses und den davor stehenden Stühlen verteilt saßen mehrere Generationen im Kreis um einen großen Bottich. Jeder von ihnen hatte eine Schüssel mit Bohnen auf dem Schoß und pulte das Gemüse aus der Schale, um es dann in den Sammelbehälter zu schütten. Bei dieser gemeinsamen Arbeit wurde laut geschwätzt und gelacht.

„*Buen camino*", tönte es aus allen spanischen Kehlen im Chor, als die beiden Frauen vorbeiliefen.

Corinna bemerkte: „Dieser spanische Pilgergruß für einen guten Weg gefällt mir unheimlich gut. Er klingt irgendwie so wohltuend."

„Die ganze Familie wirkt wohltuend, wie eine harmonische Einheit. Meine Kinder wurden durch ihren Vater aus dieser Harmonie herausgerissen. Verstehst du?", für einen Moment hatte Sabine das Gefühl, ihre Beherrschung doch zu verlieren und sah Corinna an. „Auch wenn sie damals schon junge Erwachsene waren, war es sehr schlimm für sie, dass wir ihr Zuhause verkaufen mussten."
Corinna nickte und erwiderte ruhig: „Ich verstehe das sehr gut."
Sabine erzählte weiter: „Meine Kinder haben sich entsprechend ihren Wesenszügen abgestrampelt, um den Verkauf zu verdauen. Felix kannte unser finanzielles Desaster und hat sogar dazu geraten, das Haus zu verkaufen, bevor es versteigert werden muss. Mit seinem Vater hat er damals schon lange nicht mehr gesprochen. ‚Der Scheißkerl macht mich nur wütend', hat er immer gesagt. Erst beim Umzug in unsere Wohnung haben meine beiden Männer zum ersten Mal nach Jahren wieder ein paar Worte miteinander gewechselt. Der Grund war, dass Markus zu der Zeit keinen Alkohol getrunken hat, und ich glaube, Felix wollte es mir nicht noch schwerer machen. Schließlich hatte er eingesehen, dass ich Markus nicht verlassen würde und dass dieser Umzug für uns ein Neuanfang war. Felix war bereits berufstätig und lebte mit seiner Freundin zusammen in Wiesbaden. Er war dabei, sich sein eigenes Leben aufzubauen, was bei Tanja noch nicht der Fall war."
Sabine hielt inne, um sich eine Haarsträhne aus dem Gesicht zu streichen und wieder unter den Sonnenhut zu schieben. Dann fuhr sie fort: „Sie ist ein zartes, ein wenig verträumtes junges Mädchen mit den dunklen Haaren und Augen meines Mannes, aber mit meiner zierlichen Figur. Sie studiert übrigens Innenarchitektur in Darmstadt, während Felix bereits als zukünftiger Steuerberater in Wiesbaden bei einem Wirtschaftsprüfungsunternehmen arbeitet. Tanja kam fast an jedem Wochenende nach Hause, um sich in Mainz mit ihren Freundinnen zu treffen. Sie hat sich fast vollkommen mit mir identifiziert und war so etwas wie meine Vertraute. Ich glaube, dass ich sie manchmal viel zu viel mit meinen Problemen belastet habe. Das war sicherlich nicht immer richtig. Ich weiß…" Sabine sah fragend zu Co-

rinna, aber die schwieg. „Auch jetzt ist es so, dass Tanja den Kontakt mit ihrem Vater aufrechthält. Sie ist eine Romantikerin. Vor dem Verkauf ist sie mit dem Fotoapparat durch Haus und Garten gelaufen, um Erinnerungen festzuhalten. Dabei hat sie etliche Tränen vergossen. Ich habe mir viel Sorgen um sie gemacht. Aber mit der Zeit hat Tanja Gott sei Dank einen ungeahnten Pragmatismus entwickelt. Sie hat sich verliebt und ganz schnell gelernt, ihr eigenes Leben wichtiger zu nehmen als das ihrer Eltern. Darüber bin ich sehr froh. Inzwischen ist das Haus auch für sie kein Thema mehr, sondern nur noch der Zustand ihres Vaters und die tiefe Kluft, die seine Alkoholkrankheit in unsere Familie gerissen hat."

„Wo ist dein Mann denn jetzt eigentlich?", wollte Corinna wissen.

„Er macht eine stationäre Entwöhnungskur."

„Oh, das ist gut! Seit wann?" Corinna war überrascht.

„Seit ungefähr drei Wochen. Tanja will ihn bald besuchen."

„Und Felix?"

„Für den existiert sein Vater überhaupt nicht mehr, seit er wieder getrunken hat. Er besucht mich nur, wenn Markus nicht zu Hause ist. Meistens treffen wir uns in Wiesbaden oder anderswo."

„Wie lange war dein Mann nach eurem Umzug trocken?"

„Ungefähr vier Monate."

„Und dann ist er wieder rückfällig geworden?"

„Ja, und zwar massiver als vorher. Ich hatte den Eindruck, dass er mit jedem Rückfall mehr getrunken hat."

„Und du hast ihn nicht rausgeschmissen? "

„Wie denn bitte?", ein bitteres Lachen begleitete Sabines Stimme. „Das ist gar nicht so einfach, wie du dir das vielleicht vorstellst. Ich habe zwei- oder dreimal bei Andrea geschlafen, weil ich es daheim nicht ausgehalten habe. Aber irgendwann habe ich das wieder gelassen, weil ich Angst vor dem Zustand der Wohnung hatte, wenn ich zurückkam. Außerdem hat er einmal im Treppenhaus randaliert und die Nachbarn angepöbelt. Ich wollte nicht riskieren, dass wir aus der Wohnung rausgeschmissen werden. Ich habe mir für ihn die tollsten Entschuldigungen ausgedacht", sagte sie und wieder klang die

Bitterkeit in ihren Worten mit. „Zweimal ist er von der Polizei aufgegriffen worden und in der Ausnüchterungszelle gelandet. Aber am nächsten Morgen stand er wieder vor der Tür. Wo sollte er denn sonst hin? Sollte ich ihn wie einen Penner vor der Tür stehen lassen oder das Schloss auswechseln, damit er nicht mehr hereinkommt? Das konnte ich nicht. Ich habe ihn doch geliebt."
„Und jetzt? Liebst du ihn immer noch?"
„Ich weiß es nicht." Sabine überlegte einen Moment, bevor sie weiterredete: „Manchmal hasse ich ihn. Und manchmal, wenn er wieder einmal ein paar Tage nett zu mir war, ist sie wieder da, die Hoffnung, die Liebe und die Sehnsucht nach dem alten Markus." Sie schwieg nachdenklich und Corinna unterbrach ihre Gedanken nicht. „Manchmal tut er mir leid, manchmal ist er mir gleichgültig. Ich weiß nicht, was sein wird, wenn er aus der Kur zurückkommt. Ich weiß nur, dass ich auf keinen Fall so weiterleben werde! Die letzten fünf Jahre waren die schlimmsten in meinem Leben! Die Trinkerei hat Markus sehr verändert. Er ist nicht mehr der Mann, den ich einmal geheiratet habe, weißt du. Der Alkohol hat sein Selbstwertgefühl und sein Selbstbewusstsein zerstört, und ich weiß nicht, inwieweit das reparabel ist. Er hat sich mehr und mehr in sich selbst zurückgezogen und sein dauerndes schlechtes Gewissen immer wieder im Alkohol ertränkt. Er wurde entweder aggressiv, wenn ich über unsere Probleme reden wollte, oder fing an zu weinen und badete sich in Selbstmitleid. Mein einst so lebensfroher Mann ist depressiv geworden und kommt aus dem Teufelskreis nicht mehr heraus."
„Und du hast immer wieder versucht nach außen die heile Welt aufrecht zu erhalten?"
„Ja. Ich weiß, dass ich ihm damit nicht geholfen habe. Aber ich wollte wenigstens für eine Art Schadensbegrenzung sorgen, schon um meiner selbst willen."
„Hast du eigentlich auch schon mal mit einem Therapeuten über deine Situation gesprochen?"
„Ja, vor zwei Jahren haben wir gemeinsam einige Male mit einem Therapeuten gesprochen. Allerdings war mir der Mann ziemlich unsympathisch, und ich hatte kein Vertrauen zu dem

Psychologen, während Markus scheinbar gut mit ihm zurechtkam", bekannte sie und fügte seufzend hinzu: „Aber geholfen hat es ihm auch nicht."
„Gab es einen Grund dafür, dass dein Mann wieder zur Flasche gegriffen hat?"
„Ja, ich glaube,… aua… Mist…", Sabine blieb stehen und schlenkerte ihren Fuß hin und her, „ich hab mir gerade den Fuß verknackst."
„Setze dich hier ins Gras an den Wegrand und zieh deinen Schuh aus. Ich schau mir das mal an", forderte Corinna sie auf.
Während Sabine sich an ihrem Schuh zu schaffen machte, kramte Corinna in ihrem Rucksack nach einem Schmerzgel.
„Wie ist denn das passiert?", wollte sie wissen.
„Ich bin auf einen etwas größeren Stein getreten und abgerutscht."
„Ich mach dir jetzt einen dicken kühlenden Verband und dann bekommst du meine Besenstiele zum Laufen. Tut es hier weh, wenn ich drücke?" Corinna untersuchte Sabines Fuß fachmännisch und stellte nach einer Weile fest: „Gut, dass du stabile, hohe Wanderschuhe trägst. Ich hoffe mal, dass sie deinen Fuß gut gestützt haben, und du keine großen Schwierigkeiten mit dem Laufen bekommst."
„Der Knöchel schmerzt sowieso seit ein paar Tagen immer mal wieder."
„Aha. Dann solltest du dir bei nächster Gelegenheit eine Bandage kaufen, damit das Gelenk gestützt wird."
Sabine humpelte ein wenig, als sie sich mit Corinnas bunten Stöcken wieder auf den Weg machte.
Nebeneinander liefen die Frauen weiter über den Schotterweg, der von endlos scheinenden Getreidefeldern umsäumt war.
„Ich kann dich übrigens gut verstehen", nahm Corinna den Gesprächsfaden wieder auf. „Meine Mutter war auch Alkoholikerin. Sie ist vor zwei Monaten gestorben."
Sabine schaute sie überrascht an. „Ist das der Grund, warum du hier bist?"
„Nein, diese Auszeit hatte ich schon länger geplant. Meine Mutter war zum Schluss sehr krank und in einem Pflegeheim. Ich hatte sie zwanzig Jahre lang nicht mehr gesehen. Mein

Vater hat mich kurz vor ihrem Tod angerufen. Sie wollte mich noch einmal sehen und mich um Verzeihung bitten, bevor sie starb."
„Und?"
„Sie hat auf mich gewartet. Einen Tag später ist sie dann gestorben."
„Und? Hast du ihr verziehen?"
„Weißt du, ich war ein Kind, damals in ihren schlimmsten Zeiten", sagte Corinna, und es klang fast wie eine Entschuldigung. „Ich habe mich ständig schuldig gefühlt an ihrem Elend und mir die Verantwortung für sie aufgetragen. Wenn ich aus der Schule kam und sie betrunken auf dem Sofa lag, habe ich aufgeräumt und für meine kleine Schwester Essen gekocht. Ich habe ihre Heulattacken ertragen und ihr mein Mitleid geschenkt, wenn sie über ihr schlimmes Leben geklagt hat. Dabei hätte sie so ein schönes Leben haben können." Corinna hob leicht ihre Schultern an und ließ sie mit einer resignierenden Gebärde wieder fallen. „Aber sie hat es nicht gehabt. Sie hat sich alles vermasselt. Ich habe ihr verziehen, natürlich. Ich habe die Tür meiner Kindheit ganz fest hinter mir verschlossen, als mein Vater mich mit sechzehn zu meiner Tante an den Niederrhein gebracht hat, damit ich mich mehr auf die Schule konzentrieren und das Abitur machen konnte. Diese Tür hat sich ein kleines Stückchen geöffnet, als ich meiner Mutter am Sterbebett zum ersten Mal wieder begegnet bin. Aber da war nur noch Mitleid. Sonst nichts", vertraute sie Sabine leise an. „Weißt du, das Leben geht weiter und die Zeit, die verrinnt, ist das einzige, das die Wunden verheilen lässt. Aber die Narben bleiben für immer."
Die Pilgerfreundin sagte nichts. Eine Weile liefen sie so schweigend nebeneinander her. Nur das gleichmäßige „klock, klock" der Besenstiele war zu hören.
„Wie geht es deinem Fuß?", unterbrach Corinna einige Minuten später das Schweigen.
„Es sticht ein bisschen, ist aber auszuhalten. Deine Besenstiele sind mir eine gute Stütze."
„Du kannst sie eigentlich behalten, denn bis León gibt es keine Steigungen, und ich brauche sie nicht mehr."

„Das ist lieb von dir, danke", freute sich Sabine.
Nach neunzehn Kilometern wartete Andrea vor einer Pilgerherberge auf Sabine und Corinna.
Gut gelaunt umarmte sie die beiden Ankömmlinge.

20. Heulendes Elend

Die Tür zu dem Durchgangszimmer, in dem sie mit acht anderen Pilgern die Nacht verbrachten, knarrte bei jeder Bewegung schrecklich laut. Sie wurde von allen, die mal das stille Örtchen aufsuchen musste, geöffnet und fiel mit einem lauten Knall wieder ins Schloss.
Die zwölf Pilger aus dem Nachbarraum litten entweder allesamt unter Blasenschwäche oder hatten am Abend besonders viel getrunken. Auf jeden Fall konnte Sabine am Fußende ihres Bettes ein nachtaktives Wanderleben beobachten. Dieses ständige Hin und Her zum Klo und wieder zurück bescherte ihr im wahrsten Sinne des Wortes eine knallharte Nacht.
Am Morgen war sie übermüdet und stinksauer. Der schmerzende Knöchel gab das seine dazu. Obwohl, wenn sie ehrlich war, tat der Fuß jetzt kaum noch weh, nachdem Corinna ihr gestern Abend einen dicken Salbenverband angelegt hatte.
Andrea hatte die knarrenden und knallenden Geräusche in der Nacht überschlafen und Corinna war bereits sehr früh losgezogen.
In einem Café gab es frisch gebackene Croissants und einen starken Kaffee. Aber auch das Frühstück konnte Sabine nicht aus ihrem Tief reißen. Eigentlich wollte sie auch gar nicht da raus. Sie suhlte sich in ihrer schlechten Laune.
„Mir ging es gestern ähnlich", versuchte Andrea die Freundin zu trösten. „Das verläuft sich wieder, du wirst sehen. Möchtest du vielleicht auch allein sein? Mir hat das gestern gut getan."
„Nein! Aber du hattest ja auch keinen schmerzenden Knöchel!", motzte Sabine aggressiv und leidend.
Nachdem sie die Stadt verlassen hatten, marschierte Andrea mit ihrem gewohnt flotten Schritt voneweg. Sabine schlich

langsam hinter ihr her. Sie hatte heute einfach „keinen Bock". Sie war genervt und wartete förmlich bei jedem Schritt auf das leichte Stechen in ihrem Fuß, das ihr immerhin einen guten Grund für ihr Selbstmitleid lieferte. Der holperige Weg und die eintönige Landschaft gaben den Rest dazu.

Die alte Römerstraße zog sich zwölf Kilometer lang schnurgerade und schattenlos durch die einsame Meseta.

Mit gesenktem Kopf humpelte sie besonders vorsichtig und langsam über die dicken Schottersteine, um nicht noch einmal umzuknicken.

Andrea drehte sich ab und zu um und wartete oder rief: „Geht's mit dem Laufen?"

„Muss ja!", brummte Sabine leise, obwohl sie am liebsten vor Selbstmitleid zerflossen wäre. Ja, sie hatte große Lust, sich an den Wegrand zu setzen und loszuheulen.

Aber da versammelte sich gerade eine französische Pilgergruppe. Nee, nee, das konnte ja wohl nicht sein! Die waren bestimmt mit dem Bus bis an die Römerstraße gefahren und pilgerten jetzt zwölf Kilometer durch die Meseta bis zum nächsten Ort. Die „Rentnergang" hatte sich auf einem Acker formiert, um zu beten und zu singen. Die „Loser" mit ihrem frommen Getue, die wussten doch gar nicht, was es hieß, tagtäglich den Camino zu gehen!!

„Oh, ich könnte euch alle im Meer versenken", knurrte sie wütend vor sich hin.

Einige Minuten später begann Andrea „Das Wandern ist des Müllers Lust" zu singen.

„Kannst du bitte mit der albernen Singerei aufhören?!", forderte Sabine sie ärgerlich auf.

„Nein, kann ich nicht", lachte Andrea ihr zu. „Sing doch mit! Das hilft dir vielleicht."

„Nein! Du Nervensäge! Im Moment habe ich dazu absolut keine Lust. Ich mache jetzt eine Pause und creme meinen Knöchel noch mal ein. Ich habe keinen Bock auf deine gute Laune, du blöde Kuh!" Den letzten Teil hatte sie sehr leise gesprochen und humpelte jetzt über die trockene, dunkelrote Erde eines brachliegenden Feldes auf einen Baum zu. Sie wollte sich ein-

fach mal gehen lassen, wollte sich einfach mal elend fühlen dürfen und ihr Gefühl nicht verdrängen müssen.
Zögernd folgte Andrea ihr. Sie holte zwei Äpfel aus ihrem Rucksack und reichte einen der Freundin, die ihn wortlos annahm. Dann setzte sie sich ebenfalls auf den schmalen Grasstreifen unter das schattige Blätterdach des alten Baumes.
Sabine umarmte ihre Beine und ließ den Kopf auf die Knie sinken.
„Ich fühle mich heute so miserabel wie noch nie und habe zum ersten Mal keine Lust zu laufen. Ich schwanke die ganze Zeit zwischen Wut, Frust und heulendem Elend. Und das Schlimmste ist, dass ich eigentlich gar nicht so richtig weiß, warum", jammerte sie.
„So ähnlich ging es mir gestern auch", sagte Andrea und legte ihren Arm um Sabines Schulter.
Sabine spürte die Berührung, und es war, als würde sich dadurch ein Schleusentor auftun. Tränen über Tränen rannen über ihr Gesicht.
Es war ein befreiendes Weinen, das Anspannungen löste und den Groll aus ihrer Seele spülte.
Andrea hielt ihre Freundin im Arm und betrachtete die kleinen, weißen Federwolken am Himmel. Wie leicht und spielerisch sie schwebten und sich dabei ständig veränderten.
Schade, dass das Schweben für Menschen so nicht möglich ist, dachte sie und beobachtete, wie der Wind die Wolken vor sich her trieb. Ja, sie wurden vom Wind gezwungen, sich zu verändern. So fühlte sie sich auch: Wie eine Wolke, die plötzlich vom Wind erfasst worden war und sich verändern musste.
Etwas Ungeheuerliches war gestern mit ihr passiert. Etwas, das eine Sehnsucht in ihr ausgelöst hatte, die sie nicht für möglich gehalten hätte. Sie ließ sich nicht verdrängen und war immer da. Die Sehnsucht, ihre Angst vor Liebe und Enttäuschung endlich zu besiegen, schlummerte tief in ihrem Herzen.
Darum musste sie gestern allein sein. Sie wollte sich ehrlich mit ihren widersprüchlichen Gefühlen auseinandersetzen und sich Klarheit verschaffen, was ihr wirklich wichtig war.

Sie wollte ihre Sehnsucht annehmen und ihr einen Platz geben. Sie hatte sich vorgenommen, ihr Misstrauen zu begraben und ihren Gefühlen zu folgen.
Andrea streichelte leicht Sabines Schulter und reichte ihr ein Taschentuch. Sabine schnäuzte laut ihre Nase und sah die Freundin mit verheulten Augen an.
„Danke! Ich hab das Gefühl, dass jetzt alles Verschüttete und Verdrängte bei mir hoch kommt", schluchzte sie.
„Alle Ängste und alle Sehnsüchte?"
„Ja, vielleicht." Sabine wischte sich mit dem Tuch über die Augen. „Aber ich kann sie nicht genau artikulieren. Sie sind noch so verschwommen." Sie schniefte wieder ins Taschentuch und steckte es in ihre Hosentasche. Lange betrachtete sie den Apfel, den sie immer noch in der anderen Hand hielt und rieb ihn so fest über ihr Hosenbein, bis er glänzte. Zufrieden schaute sie ihn von allen Seiten an und biss hinein.
„Wenn ich den Apfel gegessen und meinen Fuß verarztet habe, laufen wir weiter", beschloss sie tapfer.

Nach fünf mühevollen Wanderstunden zogen die Freundinnen in das einzige Zweibettzimmer mit eigenem Bad ein, das eine moderne, neue Herberge zu bieten hatte.
Sabine freute sich zwar über so viel Luxus, aber der quälende Geist wollte trotzdem nicht aus ihrem Innern verschwinden. Natürlich war sie auch stolz, bereits mehr als die Hälfte ihres Pilgerweges zurückgelegt zu haben, aber es kostete sie Überwindung, mit einigen anderen *peregrinos* das „Bergfest" zu feiern. Viel lieber hätte sie sich nach dem guten Essen sofort ins Bett gelegt. Sie konnte die ungezwungene, fröhliche Gesellschaft nicht genießen und saß mehr oder weniger schweigsam zwischen den anderen.
Erst als sie endlich im Bett lag und über den Tag nachdachte, kam das dankbare Gefühl, auf diesem legendären Camino frei und unterwegs sein zu dürfen, langsam und verschämt zurückgeschlichen.

21. Gastfreundschaft

Andrea freute sich: „Wir müssen nur noch zwei Tage durch die Meseta wandern! Dann beginnen die Vororte von León, und wenn wir die im Wanderführer vorgeschlagene Etappe laufen, haben wir heute nur vier Stunden Feldweg an einer Straße entlang vor uns und kommen durch Sahagún, einer Stadt mit vielen Backsteingebäuden im romanischen Stil, mit arabischem Einfluss."

„Das hört sich nach einer schönen Abwechslung an", antwortete Sabine, während sie den nächtlichen Salbenverband von ihrem Knöchel löste und ihn zufrieden betrachtete. „Die Schwellung ist wieder verschwunden und nichts tut mehr weh. Das ist genial", stellte sie fest und zog die Bandage über den Fuß. „Ich zieh mir nur noch die Socken und die Schuhe an, dann können wir aufbrechen." Sie hatte gut geschlafen und fühlte sich wohl.

Die gelben Pfeile lockten wieder und machten neugierig auf den neuen Tag.

Vor einer kleinen Ortschaft erweckte ein langgestreckter, bewachsener Hügel ihre Aufmerksamkeit durch viele bunt gestrichene Türen, die offenbar in sein Inneres führten. Neugierig schauten sie durch die Schlüssellöcher. Aber dahinter war es stockfinster, und sie konnten nichts erkennen. Hinter einigen zerstörten Türen verbargen sich Höhleneingänge und alte, zerbrochene Holzregale.

„Das sieht nach Vorratshaltung aus", vermutete Sabine.

Im Ort säumten uralte Lehmhäuser, von denen manche zu Ruinen verfallen waren, die Dorfstraße. Viele dieser alten Gebäude waren noch bewohnt und standen in krassem Gegensatz zu den neuen Wohnhäusern in ihrer Nachbarschaft. Der Mittelpunkt des Dorfes war ein mit großen Bäumen bewachsener Platz vor einer kleinen Kirche. Sabine fasste an die Tür. Sie war verschlossen. Neben dem Eingang hing ein Zettel, auf dem jemand mit krakeliger Schrift eine Nachricht geschrieben hatte.

Sabine versuchte, die spanischen Wörter zu entziffern: „Wenn ich das richtig lese, kann man sich den Schlüssel für die Kirche im gelben Haus um die Ecke holen."

„Möchtest du das?", fragte Andrea erstaunt.
„Ja, warum nicht? Wir haben doch Zeit!"
„*Buenos dias*", grüßte jemand hinter ihnen. Überrascht sahen sie sich um.
Ein junger Spanier stand mit seinem Fahrrad auf der Straße und erklärte ihnen in perfektem Englisch, dass die Kirche um zehn Uhr geöffnet würde. Er lud sie ein, so lange in seinem Garten zu warten. Erfreut, aber auch verwundert über eine solche Gastfreundschaft, nahmen sie die Einladung an.
Das moderne Haus befand sich nur wenige Meter von der Kirche entfernt. In dem kleinen Garten vor dem Gebäude standen Tisch und Stühle unter einem Moskitonetz.
Francisco, wie er sich vorgestellt hatte, verschwand kurz im Haus und kam mit einer Karaffe Wasser und einer großen Schale voller Orangen, Pfirsiche und Trauben zurück.
Er freute sich sichtlich, die beiden deutschen Pilgerinnen bewirten und über seinen Heimatort informieren zu können. Von ihm erfuhren sie, dass sich in dem Hügel tatsächlich Vorratskammern für Getreide, Feldfrüchte und Wein befanden. Sogar aus der nahe gelegenen Stadt Sahagún kamen Händler, um hier ihre Vorräte zu lagern.
Wenig später lief der Kirchendiener auf der Straße vorbei. Francisco rief ihm etwas zu. Der alte Mann wartete und geleitete die beiden Frauen zur Kirche. Stolz öffnete er die dicke Holztür und ließ sie in das helle und freundliche Gotteshaus eintreten.
„Sieht ein bisschen so aus wie ein spanisches Wohnzimmer", flüsterte Andrea ihrer Freundin ins Ohr.
Der weiß-goldene Altar war über und über mit dicken Sträußen aus bunten Plastikblumen geschmückt.
„Die Heiligenfiguren sehen aus, als seien sie vor einigen hundert Jahren von den Bauern selbst geschnitzt worden", meinte Sabine. „Aber irgendwie wirken sie auf mich so...", sie überlegte einen Moment nach einem passenden Wort, „...liebenswert."
„Wahrscheinlich, weil die Menschen hier so liebenswert sind."
Die Freundinnen setzten sich auf eine der schmalen Bänke dicht nebeneinander.

„Ich bin dankbar, hier unterwegs sein zu dürfen", bemerkte Sabine leise und Andrea nickte zustimmend.
Die Augen des Kirchendieners strahlten vor Freude, als er ihnen zum Abschied die Hand drückte und einen *„buen camino"* wünschte.

Der Weg nach Sahagún führte teilweise neben der Straße her. Immer wieder gab es Bäume, die herrlichen Schatten spendeten. Das Grün der Blätter tat den Augen wohl, weil sie die Welt in den vergangen Tagen ausschließlich in gelben und braunen Tönen gesehen hatten.
Die einst bedeutsame Stadt Sahagún war eine willkommene Unterbrechung auf dem Weg durch die landwirtschaftliche Gegend. Die Freundinnen bummelten unter den schattigen Arkaden durch die Einkaufsstraße und waren begeistert von den romanischen Bauwerken aus roten Backsteinen. Der arabische Einfluss gab ihnen ihren ganz besonderen Reiz.
Eine urige Tapasbar hatte ihre Türe weit offen stehen. Verführerisch aussehende Leckereien lagen in einer Glastheke und warteten darauf, gegessen zu werden. Ein Blick reichte, um gemeinsam dieser Anziehungskraft zu erliegen. Die Frauen setzten sich auf zwei Barhocker und stärkten sich mit leckeren Häppchen und einem *cerveza con limón*. Dass ihre Füße dabei über zerknülltem Papier und Zigarettenkippen baumelten, war nichts Ungewöhnliches mehr und störte sie nicht im Geringsten.

Eine alte Steinbrücke führte sie über einen kleinen Fluss aus der Stadt hinaus. Nach eineinhalb Stunden Fußmarsch entlang einer kaum befahrenen Straße erreichten sie Calzada del Coto.
Am Ortseingang stand neben einem Sportplatz ein kleines Gebäude. Waren hier die Umkleidekabinen der Sportler? Nein! Das eingeschossige Gebäude entpuppte sich als einfaches, aber sauberes *refugio*.
Eine junge Frau lag bereits auf einem Bett, zwei weitere Pilger hatten sich im Nebenraum einquartiert. Die Freundinnen beschlossen, ebenfalls hier zu übernachten. Eine Küche gab es nicht, das Restaurant im Dorf war geschlossen. Also machten

sie sich auf den Weg, um den Lebensmittelladen zu suchen, den die anderen ihnen empfohlen hatten.

Sie liefen zweimal im Kreis durch den menschenleeren Ort, bis sie endlich einem Spanier begegneten. Und wieder waren sie von der freundlichen Hilfsbereitschaft überrascht. Der alte Mann begleitete sie kreuz und quer durch das Dorf bis sie vor dem Geschäft standen. Nur ein winziges Blechschild zeigte an, was sich hinter der Haustür verbarg. Die Frauen waren bereits zweimal an diesem Haus vorbeigelaufen!

Sie kauften Paprikawurst, Käse, Tomaten, eine Dose Thunfisch, Brot und Rotwein ein.

Am Abend breiteten alle fünf Pilger ihre „Schätze" auf dem großen Holztisch vor dem Haus aus, um sie gemeinsam zu verspeisen. Das vielfältige Buffet ließ nichts zu wünschen übrig.

Die drei spanischen *peregrinos* sprachen weder englisch noch deutsch und ihren spanischen Dialekt konnten die Freundinnen kaum verstehen. Also war eine Verständigung „mit Händen und Füßen" angesagt. Das fröhliche Gelächter dabei war weithin zu hören.

Mit dem Sonnenuntergang zogen dicke Wolken auf, und es wurde windig. Als die ersten Regentropfen fielen, rafften alle in Windeseile ihre Utensilien zusammen und verschwanden zur Nachtruhe in dem kleinen *refugio*.

22. Einsamkeit

Nach der verregneten Nacht schien der Sommer eine Pause machen zu wollen.

„Keine schlechte Voraussetzung für die lange, schattenlose und einsame letzte Etappe durch die Meseta, die wir heute vor uns haben", resümierte Andrea und forderte Sabine auf: „Hör zu! Ich les dir vor, was hier steht: ‚Landschaftlich ist diese wenig frequentierte und sehr einsame Variante ein ganz spezielles Erlebnis. Anfangs gleicht sie locker bewachsenen afrikanischen Steppen. Auf der ausgedehnten Hochebene hinter Calzadilla de

los Hermanillos sind dann nur noch in der Ferne schemenhaft Bergketten zu erkennen. Teilweise sind keine Spuren menschlicher Besiedlung mehr zu sehen. Man fühlt sich gänzlich allein und ab einem gewissen Punkt mag auch der Glaube fehlen, überhaupt noch auf eine Ortschaft zu stoßen'."
„Aha! Soviel ich weiß, gibt es auch noch eine andere Variante an der Straße entlang", erwiderte Sabine, „aber mich reizt diese einsame Herausforderung."
„Dann sind wir uns einig. Packen wir's an!"
Die gelben Pfeile führten sie zwei Stunden lang über die alte, steinige Römerstraße Via Trajana bis nach Calzadilla de los Hermanillos, wo sie sich mit Verpflegung eindecken wollten. Das Dorf war die einzige Ansiedlung auf der heutigen Strecke. Als sie einen Dorfbewohner nach einer *tienda* fragten, wurden sie prompt wieder bis zu dem winzigen, alten Haus begleitet, in dem sich der kleine Laden befand.
„Die Spanier, die uns hier begegnen, geben mir das Gefühl, etwas Besonderes zu sein. Geht es dir auch so?" fragte Sabine.
„Ja. Sie freuen sich unwahrscheinlich, wenn sie uns behilflich sein können und strahlen uns an, wenn wir sie grüßen. Vielleicht, weil sie glauben, dass wir dann auch von ihren Sorgen und Ängsten ein paar mit nach Santiago nehmen", überlegte Andrea.
Der kleine Dorfladen war sehenswert: Die Raumhöhe betrug höchstens 1,80 m, der steinige Fußboden, Decken und Wände waren krumm und schief. Der ebenfalls sehr kleine, alte Mann hinter der mit Würsten, Käse, Obst und Gemüse voll beladenen Theke blinzelte sie aus vergnügten Augen an, als er sie nach ihren Wünschen fragte.
Aus einem Nebenraum holte er ihnen ganz frisches, noch warmes Baguette; er suchte ihnen die dicksten Oliven aus der Schüssel, wählte ganz sorgsam zwei Tomaten aus und begutachtete aufmerksam die beiden Pfirsiche, bevor er sie ihnen reichte. Er schnitt für sie ein dickes Stück Käse vom Laib und wog es in seiner Hand ab. Dazu kamen noch zwei Eineinhalbliterflaschen Wasser. Die Rucksäcke waren prall gefüllt. Das musste genügen für die zwanzig Kilometer lange Wanderung durch die Einsamkeit.

Am Ortsausgang kam ihnen ein Traktor entgegen, auf dem ein altes, spanisches Paar saß. Die Freundinnen grüßten im Vorbeigehen mit „*buenos dias*" und die beiden Alten lachten freundlich zurück. Abrupt hielt der Mann das Gefährt an, während die Frau ihnen etwas Unverständliches zurief. Sie kletterte von ihrem Traktorsitz herunter und lief laut lamentierend hinter Sabine und Andrea her, so dass sie stehen blieben.
Die alte Spanierin strahlte sie aus ihren dunklen Augen an. Ihr freundliches Lächeln zog sich über das ganze sonnengegerbte und faltige Gesicht. Sie griff in ihre Schürzentasche und holte für jede eine Handvoll frischer Feigen heraus. Als sie ihnen einen „*buen camino*" wünschte, hatten die Freundinnen das Gefühl, einem besonderen Menschen begegnet zu sein.

Dann begann die einsame Ebene in achthundertdreißig Metern Höhe. Anfangs wuchsen noch Büsche, Buchsbäume und knorrige Eichen aus der roten Erde und eine Zeitlang waren auch die Bergketten noch schemenhaft in der Ferne zu erkennen. Aber bald verschwand all das vom Horizont.
Auf einem Feld standen ein Mähdrescher und andere landwirtschaftliche Geräte. Sie waren letzte Zeichen menschlicher Behausung.
Unentschlossen blieben Sabine und Andrea an einer Weggabelung stehen und suchten vergeblich die gelben Pfeile zur Orientierung, als ihnen noch einmal ein Traktor entgegen kam. Der schwarz gelockte Fahrer wies ihnen den richtigen Weg.
„Der erinnerte mich an den ‚Engel mit den Feigen', der uns am Anfang der Meseta begegnet ist. Erinnerst du dich?", fragte Sabine.
„Vielleicht ist es ja unser Schutzengel, der uns den richtigen Weg zeigen und auf uns aufpassen soll", antwortete Andrea lachend.
„Schön wär's!"
„Glaub einfach dran, dann ist es so!"
Nach einigen Kilometern ging die steppenartige Landschaft in gelbe Stoppelfelder und rotbraunes Brachland über.
Soweit das Auge reichte und in alle Himmelsrichtungen erstreckte sich das gleiche Bild. Sie befanden sich wie auf einer

riesigen Scheibe über die jemand ein rundes Zelt gespannt hatte. Das Blau des Himmels wurde von vielen dicken, weißen Wolken unterbrochen. Der leichte Wind trieb sie vor sich her. Er spielte mit ihnen und zauberte bizarre Wolkenbilder.
Die beiden Freundinnen liefen nebeneinander her. Irgendwann verstummte ihr bangloses Wortgeplänkel.
Es war still geworden. Alles war still geworden.
Sie waren umgeben von Monotonie, Einsamkeit und absoluter Stille.
Die Luft war angenehm warm.
Der leichte Wind hatte keine Stimme.
Die Stoppelfelder leuchteten wie ein gelbes Meer mit rotbraunen Untiefen. Der schnurgerade Schotterweg führte mittendurch.
Die blauweiße Kuppel stülpte sich wie ein schützendes Dach darüber.
Sabine drehte sich immer wieder um ihre eigene Achse und konnte sich nicht satt sehen. Rundum versanken Weiß und Blau in Gelb und Braun. Weder ein Baum noch ein Strauch unterbrach die unvorstellbare Weite bis zum Horizont.
Sonne und Wolken warfen in ständigem Wechsel Licht und Schatten auf die Felder.
Die Wolken zogen so niedrig über ihren Köpfen hinweg, dass die Pilgerinnen meinten, wenn sie sich nur genug recken würden, könnten sie sie mit ihren Wanderstöcken berühren.
Die Luft, die sie atmeten, fühlte sich hier anders an als sonstwo. Sie schien zu vibrieren und umfing sie wie ein sanft streichelnder Hauch, in dem sie sich geborgen fühlten.
Andrea blieb stehen und Sabine sah ihre Freundin wie durch einen Schleier an. Wortlos fielen sie sich in die Arme und hielten sich lange eng umschlungen. Keine von ihnen sprach ein Wort.
Sie wurden überwältigt von einem intensiven Gefühl der Freiheit, Liebe und Dankbarkeit.
Sie hätten die ganze Welt umarmen können und breiteten ihre Arme aus. Aber sie reichten nicht weit genug, um all das Glück auszudrücken, was sie in diesem Moment empfanden.

Sie fühlten sich wie in einer anderen Welt: Ihre Rucksäcke waren federleicht, und die Füße schienen über den Schotter zu schweben. Es schmerzte kein Knöchel, kein Knie und keine Schulter.
Die Freundinnen liefen und liefen und verloren ihr Zeitgefühl auf diesem schwerelosen Weg durch die Einsamkeit, dem Himmel zum Greifen nah.
Es war wie ein Stückchen Ewigkeit. Wie auf dem Weg zu einer großen Liebe.
Langsam und vorsichtig setzten sie sich an den Wegrand, so als hätten sie Angst, die Stille zu vertreiben.
Während sie ihr Picknick ausbreiteten, flüsterte Andrea: „Ich glaube, außer uns ist hier niemand unterwegs."
Leise antwortete Sabine: „Vielleicht haben sie alle Angst vor dem Alleinsein und wissen gar nicht, was ihnen entgeht."
Andrea nickte zustimmend mit dem Kopf: „Oft ist es unsere Angst, die uns daran hindert, Dinge zu tun, die eigentlich gut für uns wären."
„Meinst du die Angst vor Veränderung und Enttäuschung?"
„Ja, die auch."
Sabine fragte nicht weiter. Sie horchte wieder hinein in die andächtige Stille, die ihr innere Ruhe und Frieden schenkte. Diese unendliche Weite hatte etwas traumhaft Schönes und Beruhigendes.
Sie war dankbar für jeden Augenblick und wünschte sich, dass dieses Gefühl sie nie mehr verlassen sollte. Sie genoss jede Sekunde und fühlte sich Gott so nahe wie noch nie in ihrem Leben. Ihre Gedanken formulierten ein Gebet, ohne dass sie nach Worten suchen musste.
Später sagte sie einmal über dieses Stück ihres Pilgerweges: „Ich glaube, dort bin ich dem lieben Gott begegnet, und er hat mich ein Stück weit getragen."

Nach fünfstündiger Wanderung durch diese Einsamkeit endete der Schotterweg abrupt in einer sandigen Großbaustelle, die den Ausbau eines riesigen Straßennetzes vermuten ließ. Die großen Baufahrzeuge und Lastwagen standen verlassen herum. Immer noch war weit und breit kein Mensch zu sehen.

Nur ein gelber Pfeil auf einem dicken Stein zeigte an, dass der Jakobsweg hierher verlief.
Der Himmel bewölkte sich immer mehr. Das Blau verschwand und mit ihm die Sonne. Kalter Wind kam auf.
Andrea und Sabine holten ihre Fleecejacken aus den Rucksäcken und merkten plötzlich, dass ihre Beine und Füße schmerzten und der Rücken müde war.
„Das ist ja total krass!", Andrea schüttelte den Kopf, „ich fühle mich, als wäre ich mit einem Plumps vom Himmel auf die Erde gefallen."
„Wie die Vertreibung aus dem Paradies", stimmte Sabine ihr zu.
Der Wind wurde immer stärker und ein unangenehmer Nieselregen fegte ihnen ins Gesicht.
Nass und frierend erreichten sie eine halbe Stunde später eine Herberge.
Sabine war immer noch wie in Trance. Selbst die heiße Dusche und das gute Essen änderten daran nur wenig.
Sie war froh, als sie in ihren Schlafsack kriechen und mit ihren Gefühlen allein sein konnte.

23. Wiedersehen

Es hatte die ganze Nacht geregnet. Andrea öffnete die Eingangstür und reckte ihre Nase nach draußen. Feuchte Luft und kalter Wind wehten ihr entgegen.
Wie eine Wohltat erschien ihr danach der heiße Kaffeeduft, der den Aufenthaltsraum erfüllte.
Sabine nahm ihre Tasse in beide Hände und sah durch das Fenster: „Wenn ich mir das Wetter so ansehe, bekomme ich direkt Lust, in den nächsten Bus zu steigen und bis León zu fahren, anstatt zu laufen."
Andrea grinste bei diesem Vorschlag: „Daran habe ich auch gerade gedacht! Im Flur hängt ein Fahrplan. Ich werde gleich mal nachsehen, wann die Busse fahren."

Sie stand auf, studierte den Plan und kam zurück an den Tisch: „Die Busse fahren jede Stunde. Bis zur Haltestelle in Mansilla de las Mulas müssen wir aber ungefähr eineinhalb Stunden laufen!"
„Okay, das werden wir wohl grad noch so schaffen!", meinte Sabine.
Kurze Zeit später verließen sie die Herberge.
Andrea rieb sich ihre Hände und hauchte sie an: „Heute könnte ich Handschuhe gebrauchen!"
„Ja, so kalt war es noch nie! Gefühlte fünf Grad, würd ich sagen", fröstelte auch Sabine.
So schnell sie konnten gingen sie über den asphaltierten Fußweg neben der Straße, um sich warm zu laufen.
An der zugigen Haltestelle standen bereits viele Menschen. In einer Viertelstunde sollte der Bus kommen.
Ein feuchtkalter Wind fegte ihnen um die Ohren. Eine Mütze wäre jetzt auch nicht schlecht! Sie hüpften von einem Bein aufs andere, schüttelten und rieben ihre Hände. Aber das nützte auch nicht viel: Die Kälte kroch unter die Klamotten, und der Bus ließ auf sich warten.
Als er nach einer halben Stunde endlich kam, fühlten sie sich wie zwei Halbgefrorene und drängelten, um in den herrlich warmen Omnibus zu kommen. Die vielen Menschen in seinem Innern konnten die Temperatur nur erhöhen!
Sie lösten ihre Fahrkarten und kletterten über Rucksäcke und Einkaufstaschen durch den Mittelgang. Aus der hintersten Reihe winkte ihnen jemand zu. Es war Bernard. Vor ihm waren noch zwei freie Plätze!
„Hallo, ihr zwei!", begrüßte er sie erfreut. Er wies mit der Hand auf einen schlaksigen, jungen Mann, der neben ihm saß: „Das ist Ronan. Er kommt aus Irland. Ich hab ihm schon von euch erzählt und von Corinna."
Ronan streckte ihnen die Hand zur Begrüßung entgegen. Sein Handschlag war kräftiger als erwartet. Andrea strich sich über die Finger und sagte: „Mit Corinna treffen wir uns im Benediktinerkloster in León."
„Das ist schön! Dann kann ich sie sicher auch noch einmal sehen. Schade, dass sie schon bald nach Hause fliegen muss.

Sie ist so ein so nette junge Frau und hat mich viel geholfen! Ronan und ich schlafen nicht bei die Nonnen. Wir haben ein Hotel gebucht für zwei Tage", erzählte Bernard, und seine Augen strahlten.
Als der Bus sich in Bewegung setzte, ließen die Frauen sich auf ihre Sitze fallen. Der Geräuschpegel ließ keine weitere Unterhaltung zu.
Es nieselte immer noch, als die vier in León ausstiegen, um gemeinsam vom Bahnhof in die Altstadt zu laufen.
Bernard war in einer Erzählerlaune, wie sie die Frauen an ihm noch nicht kennengelernt hatten. Er redete und lachte und hatte nur noch wenig von dem unbeholfen und unglücklich wirkenden „dicken Schnarcher mit dem roten Sack", dem sie in Roncesvalles zum ersten Mal begegnet waren.

Am Nachmittag machten sich die Freundinnen gemeinsam mit Corinna auf, um durch Leóns historische Altstadt zu bummeln. Die gelb und ockerfarben gestrichenen Häuser brachten die kleinen Gassen zum Leuchten, auch wenn die Sonne nicht vom Himmel strahlte. Aber immerhin hatte es aufgehört zu regnen.
In dem Barrio húmedo, dem sogenannten „feuchten Viertel", wimmelte es von Bars und Restaurants, und sie lasen hier und da die Speisekarten, um sich bereits jetzt für ein Gasthaus zu entscheiden, in dem sie am Abend einkehren konnten.
Die Frauen trennten sich am Domplatz. Corinna wollte einen Museumsbesuch machen, während Andrea und Sabine sich für eine Besichtigung der Kathedrale entschieden hatten, die als das stilreinste frühgotische Bauwerk auf spanischem Boden gilt.
Sie schlossen sich gleich einer Führung an, die sie auf die Empore, direkt unter die imposanten, bunten Glasfenster führte. Die meisten von ihnen waren frisch restauriert und ihre Glasmalereien leuchteten in intensiven Farben. Diese Kirche war einfach gigantisch schön und beeindruckend. Durch ihre bis zu zwölf Meter hohen prachtvollen Fenster fiel das Licht in den harmonischen Innenraum und auf das kunstvoll geschnitzte Chorgestühl.

Die Freundinnen blieben lange vor dem Hochaltar sitzen. Sabines Gedanken wanderten zu Felix, Tanja und Markus. Ihre Familie schien meilenweit von ihr entfernt zu sein. Sie dachte an das Gespräch mit Corinna, und in ihr entstand der Wunsch nach einer Fortsetzung. Sie spürte, dass sie in der jungen Ärztin eine wichtige Gesprächspartnerin gefunden hatte.
Nachdem sie die Kathedrale verlassen hatten, nahm Sabine ihr Handy: „Ich versuche mal, Tanja per Handy zu erreichen", sagte sie zu Andrea.
Tanja war sofort am Apparat und Sabine drehte sich von Andrea weg in eine geschützte Hausecke, um Tanja besser verstehen zu können.
„Ich versuche seit zwei Tagen dich zu erreichen", sprudelte es aus ihrer Tochter heraus.
„Tut mir leid. Aber anscheinend gibt es hier viele Abschnitte, wo absolut keine Handyverbindung möglich ist. Wie geht es dir?"
„Super! Die Klausuren sind gut gelaufen."
„Gratuliere!"
„Danke! - Ich war übrigens in der vergangenen Woche bei Papa in der Rehaklinik. Er sagt, dass er durch die Hölle gegangen sei. Aber jetzt gehe es ihm schon besser."
„Hm. - Und sonst?"
„Ich soll dich grüßen!"
„Danke! Hast du etwas von Felix gehört?"
„Ja! Er hat eine Überraschung für dich! Will er dir aber erst sagen, wenn du zurück bist."
„Das ist gemein! Willst du mich jetzt neugierig machen?"
„Ja! Aber ich verrate nichts! - Und wie geht es dir? Macht das Pilgern immer noch Spaß?"
„Ja, sehr! Mir geht es so gut wie noch nie, und ich genieße jeden Tag."
„Das freut mich für dich. Grüße Andrea von mir."
„Mach ich! Und du sag bitte liebe Grüße an Felix und Eva. Tschüss, meine Liebe!"
„Tschüss Mama!"
Zufrieden beendete Sabine die Verbindung und steckte das Handy wieder in ihre Jackentasche. Was mochte Felix wohl für

eine Überraschung haben? Na, gut, sie würde es früh genug erfahren. Und Markus?

Überrascht stellte sie fest, dass die Information über Markus sie kein bisschen berührte, sondern eher eine angenehme Gleichgültigkeit auslöste.

Sie drehte sich um und suchte zwischen den vielen Menschen auf dem großen Platz nach Andrea, als ihr die rote Jacke von Corinna ins Auge fiel. Sie stand mit einigen anderen Pilgern in einer Gruppe beisammen: Bernard, Ronan und auch Andrea.

„Na, das hat ja gut geklappt mit dem Treffen!", gesellte sich Sabine lachend dazu.

Bernard und Corinna tauschten gerade ihre Visitenkarten aus.

„Das ist eine gute Idee! Gibst du mir bitte auch eine?", bat Sabine die junge Frau, „damit wir den Kontakt aufrechterhalten können, wenn wir wieder zuhause sind."

„Gerne!"

Neugierig las Sabine das Gedruckte: „Du wohnst in Bad Homburg? Das ist ja gar nicht weit von uns entfernt", freute sie sich.

„Ein Grund mehr, sich auch wirklich zu treffen", erwiderte Corinna.

Bernard wollte sich verabschieden. Er drückte Corinna fest an sich und sagte: „So, mein Schutzengel geht also morgen auf die Heimreise!", und mit einem lachenden Blick auf den Iren: „Ist gut, dass ich hab jetzt Ronan! Alle gute Wünsche und viel Glück für dich und ganz viel Danke!"

„Ich wünsch dir auch viel Glück und bleib gesund!"

Nachdem sich die Männer entfernt hatten, verkündete Sabine: „Ich habe Lust auf einen richtig dicken Eisbecher. Wer noch?"

„Eine gute Idee!", fand Corinna.

„Dann setzt ihr euch schon mal in das Eiscafé, ich komme nach", sagte Andrea. „Ich habe auf dem Weg hierher ein Musikgeschäft gesehen. Ich würde mich dort gerne einmal umsehen, um festzustellen, welches Notenrepertoire sie führen. Vielleicht finde ich ja eine besondere Rarität, die es in Deutschland nicht gibt."

Sabine kam dieser Wunsch von Andrea gerade recht.

Inzwischen lugte die Sonne immer öfter zwischen den Wolken hervor. Sabine und Corinna entschieden sich deshalb, draußen zu sitzen und wählten einen geschützten Platz an der Hauswand. Von hier aus hatten sie einen freien Blick über den Domplatz und konnten die vielen Menschen beobachten, die sich dort aufhielten oder vorbeiliefen.

Jede von ihnen bestellte sich einen großen Früchtebecher mit Sahne. Nachdem sie genießerisch ein Stück Pfirsich mit Eis probiert hatte, sah Sabine Corinna an und sagte: „Weißt du, dass mir unser Gespräch vor ein paar Tagen sehr gut getan hat?"

„Nein, aber ich kann es mir denken! Es tut einfach gut, wenn man mit jemandem reden kann, der weiß, wovon man spricht. Das geht mir auch so."

„Außerdem sehe ich viele Dinge inzwischen aus einer anderen Perspektive. Der Jakobsweg tut mir gut, und die Entfernung zu Markus ist eine Wohltat! Ich habe mich ein Stück weit von der Verantwortung frei gemacht. Ich habe mich von ihm und von meiner Rolle als Co-Abhängige distanziert, und mit diesem Abstand kann ich jetzt ganz entspannt über viele Dinge reden, ohne gleich in Tränen auszubrechen." Sie machte eine kurze Pause, um eine dicke Himbeere mit Sahne zu essen und fuhr fort: „Wenn ich daran denke, was für blöde Sachen Markus manchmal gemacht hat, wenn er besoffen war, kann ich jetzt sogar darüber lachen!" Sie grinste amüsiert. „Du musst dir das einmal vorstellen: Er ist mit dem Zug nach Oppenheim gefahren und an den Rhein gelaufen. Wahrscheinlich hat er sich auf dem Weg dorthin eine Flasche Schnaps gekauft. Im Strandbad hat er eine Familie aus unserer Nachbarschaft getroffen. Irgendwann war er betrunken und wollte mit den Kindern spielen. Immer wieder soll er versucht haben, den hellen, feinen Sand zu Schneebällen zu formen, um mit den Kindern eine Schneeballschlacht zu machen." Sabine schüttelte lachend den Kopf. „Er hat wohl die ganze Familie und auch andere Badegäste mit Sand beworfen. Stell dir das mal vor! Unglaublich, oder? Die Nachbarn haben ihn trotzdem noch mit nach Hause genommen, aber das war's dann auch."

„Wie peinlich! Ja, ich kann mir vorstellen, dass du dich unglaublich geschämt hast vor euren Bekannten."

„Das habe ich! Diese Familie hat sich nach diesem Zwischenfall auch von uns fern gehalten. Sie wollten nichts mehr mit uns zu tun haben." Sabine rührte nachdenklich ein paar Früchte unter das Eis, bevor sie fortfuhr: „All diese Peinlichkeiten vor Freunden, Kollegen und Nachbarn führten immer mehr dazu, dass auch ich mich mehr und mehr zurückgezogen habe. Irgendwann kann man sie nicht mehr sehen, die mitleidigen Blicke der anderen."

„Ich kenne ähnliche Begebenheiten", sagte Corinna, „meine Mutter hat einmal ein Schnitzel mitsamt Folie in die Pfanne geworfen. Das hat so fürchterlich gestunken und gequalmt, dass die Nachbarn die Feuerwehr alarmiert haben. Hmm", Corinna schob sich einen Löffel Eis mit Ananas in den Mund.

Sabine schluckte eine Erdbeere hinunter und erinnerte sich: „Markus hat sich oft tagelang im Keller verkrochen und mit der alten Carrera-Bahn von Felix gespielt. Er hat die Rennstrecken aufgebaut und stundenlang an der Bahn und den Autos herumgebastelt. Ich glaube, das war zum Schluss das Einzige, was ihm irgendwie noch ein bisschen Spaß gemacht hat."

„Vielleicht war es auch ein Stück Erinnerung an eine gute Zeit."

„Kann sein", sagte Sabine und fügte etwas grüblerisch hinzu: „Ach, weißt du, für ihn war es das vielleicht. Aber mir hat das Getuschel in der Hausgemeinschaft darüber sehr zu schaffen gemacht. Manchmal hatte ich das Gefühl, dass hinter meinem Rücken jeder über mich beziehungsweise über uns herzieht."

„Ja, das Gefühl habe ich selbst erlebt und weiß, wovon du redest. Gab es eigentlich einen Auslöser für Markus erneuten Rückfall nach eurem Umzug?"

Sabine atmete tief durch, bevor sie berichtete: „Ich weiß es nicht genau, man sucht ja immer nach einem Grund, auch wenn ein Alkoholiker den nicht unbedingt braucht. Er hatte mit viel Glück einen Zeitvertrag bei einem Ingenieurbüro für die Dauer eines Projektes bekommen. Drei Monate lang hat er Pläne für die Umstrukturierung der Werkstraßen eines Großkunden erstellt und war stolz, als er sie fertig hatte. Bei der Vorstellung seiner Arbeit hat ihn wohl ein Kollege auf einen gravierenden Fehler aufmerksam gemacht. Markus hat ziemlich uneinsichtig

reagiert und ist ausgerastet. Dabei hätte er den Fehler mit ein paar Änderungen beheben können! Aber nein, da kamen wohl längst vergangene, ähnliche Situationen in ihm hoch und sein sowieso angeknackstes Selbstwertgefühl hat ihm dann den Rest gegeben. Ich weiß nicht genau, was da alles gelaufen ist. Will ich auch gar nicht wissen! Ein paar Tage später lag er jedenfalls auf dem Sofa und schlief, als ich von der Schule nach Hause kam. Die leere Flasche lag neben ihm auf dem Teppich."
„Ich verstehe. Und dann fing das ganze Spiel wieder von vorne an?"
„Ja, anfangs habe ich immer noch gehofft, dass er sich wieder fängt, und mit dem Trinken aufhört. Deshalb habe ich wieder für ihn gelogen, ihn bei seinem Arbeitgeber, Freunden und Bekannten entschuldigt und den Kindern alles so lange verschwiegen, bis sie es selbst gemerkt haben."
„Das ist das typische Verhalten von Familienangehörigen, die genauso wie der Abhängige in diesem Teufelskreis gefangen sind", sagte Corinna. „Es ist gut, dass du jetzt hier bist und dich um dein eigenes Leben kümmerst. Damit hilfst du ihm mehr, als du glaubst."
„Schön wär's!", entgegnete Sabine, breitete die Arme ein Stück weit auseinander, reckte sich ein wenig und legte ihren Kopf in die gefalteten Hände, bevor sie weiterredete: „Im Moment ist das alles so weit weg von mir, wie ich es mir nie vorstellen konnte. Ich bin sehr froh darüber. Ich habe kein schlechtes Gewissen mehr, wenn ich an Markus denke, verstehst du? Und seit etwa einer Woche fühle ich mich hier so frei wie noch nie in meinem Leben!"
„Ja, dieses Freiheitsgefühl kenne ich auch. Das ist einfach grandios! Ich glaube, das kommt durch das permanente Laufen und die Sorglosigkeit, mit der wir hier jeden Tag verbringen können."
Sabine sah Andrea bereits von weitem über den Platz kommen. „Na, du strahlst ja so, bist du fündig geworden?", fragte sie die Freundin, als diese neben ihr stand.
„Ja! Ich habe Noten von Piazzollas „Le Grand Tango" für Flöte und Klavier erstanden. Der nette Mensch in der Musikalien-

handlung hat mir gleich noch einen dicken Briefumschlag und Briefmarken verkauft, damit ich die Noten nach Deutschland schicken kann. Ich habe sie an Karl-Heinz adressiert; der hebt sie sicher gerne für mich auf bis ich zurück bin. Und jetzt rate mal, wen ich getroffen habe?", fragte sie in einem Atemzug und setzte sich an den runden Tisch.
„Vielleicht die drei Bayern?", antwortete Sabine spontan.
„Nicht ganz. Nur Hubert. Er erzählte, dass er bereits seit gestern mit seinen Freunden in León sei. Wie schon in Burgos bleiben sie auch hier zwei Nächte, um sich die Stadt in Ruhe anschauen zu können. Er hat erzählt, dass er sich gegen sieben Uhr mit Michael und Sebastian in einem Fischrestaurant trifft und gefragt, ob wir nicht auch Lust hätten, dorthin zu kommen."
„Wenn du weißt, wo es ist", meinte Sabine.
„Gleich hier in der Nähe. Hubert hat es mir gezeigt."
„Nehmt ihr mich auch mit?", mischte sich Corinna ein, „ich esse nämlich für mein Leben gerne Fisch."
„Selbstverständlich!"

Das Restaurant war bereits bis auf den letzten Platz besetzt, als die drei Frauen eintraten. Suchend blickten sie durch den Gastraum. An einem langen Tisch entdeckten sie Hubert, Sebastian und Michael, die hier mit drei Frauen beisammen saßen.
„Es tut mir sehr leid, dass ihr keinen Platz mehr bekommt. Ich habe nicht gewusst, dass es hier so voll sein würde. Wir haben die letzten freien Plätze an diesem Tisch erwischt!", bedauerte Hubert.
„Da kann man halt nichts machen! Trotzdem schön, euch mal wieder zu sehen", meinte Sabine.
„Wir sind mindestens noch zehn Tage unterwegs bis Santiago. Da treffen wir uns sicher noch einmal", vermutete Hubert optimistisch.
„In zehn Tagen schaffen wir die dreihundert Kilometer aber bestimmt nicht!", argwöhnte Andrea dagegen und sah verstohlen zu Michael hinüber, der am anderen Tischende saß.
Ihre Augen trafen sich. Sein bedauerndes Lächeln und der fragende Gesichtsausdruck lösten urplötzlich ein Beben in ihr aus!

Einen Augenblick lang hatte sie das Gefühl, als würde das Blut mit Überschallgeschwindigkeit durch ihren Körper rauschen und ihre Sinne trüben.
Sie rieb sich mit den Händen über die Augen und atmete tief ein und aus. Im nächsten Moment sah sie wieder klar, und auch ihr Verstand schien wieder normal zu arbeiten.
„*Perdón!*", drängelte ein Kellner mit vollem Tablett an den Frauen vorbei.
„Ich glaube, wir stehen hier ziemlich ungünstig", meinte Corinna und drückte sich gegen die Wand, um einem Fischteller zu entgehen, der gefährlich nahe an ihrem Kopf vorbeibalanciert wurde.
Sabine bemerkte die Enttäuschung in Andreas Gesicht, als sie sagte: „Ja, ich glaube auch, wir sollten hier besser wieder das Feld räumen, bevor ein Tintenfisch auf unserem Kopf landet."
„Ja dann, *buen camino!*", ertönte es im Chor, als die Frauen sich verabschiedeten und das Lokal verließen.

24. Tango

Meseta ade! Hinter León begann eine total andere Landschaft, obwohl der Camino immer noch über die Hochebene führte.
Die Gegend war mit grünen Büschen und Bäumen locker bewachsen, und es gab kaum Steigungen. Der sandige Weg führte die Freundinnen durch eine Landschaft, die sie an die Lüneburger Heide erinnerte. Allerdings wuchs hier statt Erika mehr Thymian. Die ganze Luft war von dem herrlichen Duft der dicken, lila blühenden Gewürzsträucher erfüllt.
Das Regengebiet hatte sich in der Nacht verzogen, und bei geschätzten achtzehn Grad machte das Wandern heute Morgen richtig viel Spaß.
Nach dem Frühstück hatten sie sich von Corinna verabschiedet, mit der sie am gestrigen Abend in einem gemütlichen Restaurant gegessen und anschließend den Pilgergottesdienst der Benediktinerinnen besucht hatten.

Andrea hatte sich den ganzen Abend über besonders lustig und unterhaltend gezeigt, und ihr ganzes Repertoire an Witzen aufgefahren. Auch heute Morgen beim Frühstück wirkte sie noch aufgekratzt.

Sie war eine Meisterin darin, sich nichts anmerken zu lassen und ihre Gefühle hinter einer lustigen Maske zu verstecken.

Sabine waren sie trotzdem aufgefallen: Die verstohlenen, fragenden Blicke, die Michael und Andrea gewechselt hatten, und die Spannung und Unsicherheit, die von ihrer Freundin Besitz ergriffen hatten.

Erst jetzt, nachdem sie bereits wieder mehrere Kilometer gelaufen waren, verstummte Andreas Redeschwall allmählich, und ihre innere Ruhe kehrte langsam zurück.

Seit sie Michael wiedergesehen hatte, wusste sie, dass er in Gedanken genauso bei ihr war wie sie bei ihm.

Sie hatten kein Wort miteinander gesprochen und doch hatte sein Blick ihr alles gesagt. Wie durch einen seidenen Faden fühlte sie sich jetzt mit ihm verbunden.

Aber darüber konnte sie nicht sprechen. Sie hatte Angst, diesen Zauber dann zu verlieren.

Nach fünfstündigem Wandern kehrten die Freundinnen in einer behaglichen privaten Herberge ein, die ein kleines Viererzimmer für sie bereithielt.

In dem gemütlichen Innenhof saßen bereits einige Pilger, die sich hier im Schatten der Bäume ausruhten.

Die Freundinnen setzten sich zu einem Paar an den Tisch. Die holländischen Eheleute waren mit zwei Fahrrädern unterwegs, die sie in einer Ecke abgestellt hatten. Eines davon war ein uralter, rostiger Drahtesel ohne Gangschaltung.

Der Mann, der Willem hieß, erzählte, dass er dieses Fahrrad von seinem Vater geerbt habe. Am Sterbebett habe er ihm versprochen, mit diesem alten Fitse von Amsterdam nach Santiago de Compostela zu fahren. Wenn er damals schon gewusst hätte, auf was er sich da einlässt, dann hätte er der Bitte nicht so leichtfertig nachgegeben. Aber jetzt wollte er auch bis Santiago durchhalten.

„Alle Achtung!", meinte Andrea anerkennend, „ich weiß nicht, ob ich das durchgestanden hätte."
„Wenn man einfach ganz fest daran glaubt, dann schafft man vieles", erwiderte Willem mit einem Augenzwinkern.
Die Essensglocke unterbrach schrill die Unterhaltung, und die Gruppe, die in die Gaststube eilte, erinnerte ein bisschen an eine Schulklasse nach der Pause.
Sabine und Andrea setzten sich mit Willem und Marijke an einen Tisch und aßen mit großem Appetit die leckere Gemüsesuppe und die flockige Tortilla.
Nach dem Essen griff der Wirt zur Gitarre und sang mit sonorer Stimme spanische Lieder.
Die männlichen Dorfbewohner, die sich hier getroffen hatten, um an der Theke stehend bei einem Gläschen *vino* oder *cerveza* zu schwatzen, klatschten in die Hände und stampften mit den Füßen im Takt dazu.
Sofort war eine ausgelassene Stimmung im Raum. Es dauerte keine fünf Minuten, da gab es niemanden mehr, der nicht ebenso in die Hände klatschte und sich im Takt bewegte.
Bald tanzten die ersten Paare zwischen den Tischen.
Als Pepes Frau hinter der Theke erschien und den Gesang ihres Mannes mit ihrer warmen Stimme unterstützte, hielten es auch die Freundinnen nicht mehr auf ihren Stühlen aus.
Die Rhythmen wurden immer flotter und die Stimmung immer ausgelassener. Vergessen waren alle Wehwehchen und die Müdigkeit: Es schmerzte kein Knöchel und kein Knie.
Andrea machte einen Tanzschritt auf Sabine zu und wies mit dem Zeigefinger zur Eingangstür: „Schau mal, da kommt der ‚Cowboyhut'."
„Ach, du lieber Gott!", entfuhr es Sabine, die mit dem Rücken zur Eingangstür tanzte.
Der Mann hängte seinen Hut an einen Garderobenhaken und stellte sich an die Theke.
Andrea beugte sich zu ihrer Freundin: „Ohne Hut erkennst du den nicht wieder."
„Wieso?"
„Er hat eine totale Glatze!", kicherte sie.

„Du machst mich neugierig." Sabine machte eine schwungvolle Drehung und schaute direkt in die dunklen Augen des glatzköpfigen ‚Cowboyhut'.
Freudig überrascht hob er seine Hand zum Gruß.
„Ohne Hut sieht der ja wirklich ganz anders aus", raunte Sabine ihrer Freundin zu. „Er hat Ähnlichkeit mit einem Schauspieler. Sein Name fällt mir aber gerade nicht ein. Er spielt den Kriminalisten in einer Serie."
„Meinst du Christian Berkel?"
„Ja! Ich glaube, so heißt er."
„Na ja, ein bisschen Ähnlichkeit ist da schon. Da hast du Recht."
Sie tanzten weiter, bis das Lied zu Ende war. Pepe kündigte eine zehnminütige Pause an.
„Tanzen macht durstig", stellte Marijke fest, als sie mit Willem an den Tisch zurückkam. Sie prostete den Freundinnen zu, die bereits auf ihren Stühlen Platz genommen hatten.
Es dauerte nicht lange, bis der ‚Cowboyhut' an ihren Tisch kam und in die Runde fragte: „Darf ich mich zu euch setzen?"
„Aber natürlich!", freute sich Willem sofort. „Dann habe ich männliche Unterstützung bei so viel schöne Frauen."
„Wunderbar!", bedankte sich der Mann und holte einen Stuhl vom Nebentisch.
„Ich heiße übrigens Max", stellte er sich vor, nachdem er Platz genommen hatte. Dann erzählte er dem holländischen Paar ausführlich und mit viel Witz die Geschichte von den vertauschten Schuhen.
Als Pepe wieder zur Gitarre griff, wandte er sich mit einem charmanten Lächeln Sabine zu: „Darf ich bitten?", und stand auf, um sich formvollendet zu verbeugen.
„Du bist ja ein richtige Kavalier!", lachte Willem.
„Alte Schule!", lachte Max zurück und legte eine Hand locker um Sabines Taille, um sie zu dem freien Platz vor der Theke zu begleiten.
Max war ein guter Tänzer. Er führte sie leichtfüßig und mit absoluter Sicherheit. Sie tanzte Figuren zum Rumba, die sie eigentlich längst vergessen glaubte. Es machte Spaß, ja, das musste sie sich eingestehen.

„Es ist schön, mit dir zu tanzen", sagte Max im selben Moment.
„Du führst ja auch prima!", gab Sabine gut gelaunt das Kompliment zurück.
Als nächstes spielte Pepe einen Tango auf seiner Gitarre.
Sabine bewegte sich etwas unsicher. „Ich habe schon seit Ewigkeiten keinen Tango mehr getanzt", entschuldigte sie sich.
„Macht nichts! Das kriegen wir schon hin", meinte Max selbstbewusst, machte eine Drehung und zog sie an sich.
Ihre Abwehr kam spontan, und er nutzte sie gekonnt für den nächsten Tanzschritt aus. Ihre Körper bewegten sich ein paar Schritte seitlich aneinander vorbei, bevor er sie wieder an sich zog und einen Moment im Wiegeschritt verharrte, um sie dann wieder loszulassen.
Sabines Tanzschritte wurden immer sicherer. Sie hielt ihren Oberkörper gerade und bewegte schwungvoll ihre Hüften. Ihre schulterlangen roten Haare schwangen bei jeder Kopfbewegung mit. Auf ihrer Stirn bildeten sich kleine, feuchte Löckchen und ihre Wangen waren gerötet vom hitzigen Tanz. Ihre Augen strahlten vor Begeisterung.
Die Männer am Tresen hatten sich umgedreht, um dem Tanzpaar besser zuschauen zu können und klatschten im Takt. Ab und zu rief jemand ein begeistertes „Olé!" dazwischen.
Als Pepe den Schlusstakt spielte und Sabine rückwärts gebeugt im Arm von Max in dessen lachendes Gesicht schaute, kam sie zu dem Schluss, dass er wohl doch nicht so arrogant war, wie sie in Burgos angenommen hatte.
„Tango in Badelatschen habe ich auch noch nicht getanzt", kicherte sie mit einem Blick auf ihre Füße.
„Schau mich an. Ich trag sogar meine dicken Halbhohen", entgegnete er belustigt, „tanzen wir trotzdem noch einen?"
„Gerne!", freute sie sich.
Pünktlich um 22.30 Uhr nahm die Wirtin ihrem Mann die Gitarre ab und wünschte allen Gästen eine gute Nacht.
„Tja, immer, wenn es am schönsten ist, muss man aufhören", sagte Max und verabschiedete sich nach einem Blick auf die Uhr eilig von allen, um in seine Herberge zu rennen.

25. Freunde

Nach zwei Tassen *café con leche* und einer abgepackten *magdalena* im Stehen an der Theke hieß es wieder: Rucksack schultern und Abmarsch. Jeden Morgen dasselbe, seit mehr als drei Wochen! Es war zur Selbstverständlichkeit geworden. Das tägliche Laufen gehörte zum Tagesablauf wie das Zähneputzen. Und das Tollste war, dass keine von ihnen bisher auch nur eine einzige Blase an den Füßen hatte! Sie beglückwünschten sich jeden Abend beim Eincremen dazu und hofften, dass es so bliebe.
Die ersten sechs Kilometer führten heute über eine schmale, schnurgerade Asphaltstraße. Danach ging es weiter auf Wald- und Feldwegen bis Hospital de Órbigo. Eine zwanzigbogige, lange Brücke führte in die freundliche, kleine Stadt.
Im Innenhof eines alten Holzhauses, von dessen Balkonen bunte Petunien im Überfluss rankten, machten die Freundinnen eine kurze Rast.
Der Sommer war zurückgekommen. Gegen Mittag brannte die Sonne so heiß, dass die beiden Pilgerinnen für jede Wolke dankbar waren, hinter der sie für kurze Zeit verschwand.
In einem Dorfbrunnen badeten sie ihre Arme und schütteten sich das eiskalte Wasser über den Kopf.
Die gelben Pfeile schickten sie auf hügeligen, kleinen Pfaden durch grüne Eichenwälder und an gelben Getreidefeldern entlang.
Die schwüle Hitze machte ihnen zu schaffen. Der morgendliche Schwung war schon lange verrauscht. Plötzlich kam ein heftiger Wind auf und jagte schwarze Wolken über den Himmel.
„O je, das gibt ein Gewitter!", befürchtete Sabine.
„Das zieht vorbei!", versicherte Andrea.
„Wir sollten uns irgendwo unterstellen. Da hinten sehe ich ein Bauernhaus."
„Quatsch! Das Unwetter kommt nicht bei uns runter! Wirst sehen, wir werden nicht nass!" Andrea sagte das mit einer solchen Bestimmtheit, dass Sabine ihr glaubte.
„Da bin ich aber gespannt!"

Andrea behielt Recht.
Sie hörten das Grollen des Donners aus der Ferne und sahen den regenverhangenen Himmel nur von weitem, während sie durch lichten, hügeligen Eichenwald wanderten.
Am Ende des Waldes erinnerte ein Gedenkstein an einen australischen Pilger, der hier vor mehreren Jahren verstorben war. Schon häufig waren ihnen ähnliche Erinnerungsstätten aufgefallen, aber diese hier war besonders originell: Eine mannshohe Schaufensterpuppe mit Jeans, Shirt, Jacke und Hut bekleidet, stand mit einem Wanderstab in der Hand auf einem Steinhaufen. Neben der Figur lud eine Bank zum Rasten ein.
Andrea nahm ihren Rucksack ab und setzte sich mit einem Schnaufer hin: „Was sich manche Leute alles so einfallen lassen!" Sie wurde nachdenklich: „Weißt du, der hatte bestimmt einen schönen Tod! Hier auf dem Camino ist man so sehr mit sich und der Welt in Einklang, dass man zufrieden das Zeitliche segnen kann, wenn es denn unbedingt sein muss."
„Ich weiß nicht! Das sagst du so leichtsinnig! Aber das empfindet bestimmt nicht jeder so", entgegnete Sabine.
„Ich schon! Und das hat nichts mit Lebensmüdigkeit zu tun! Das Pilgern macht mich einfach so gelöst und zufrieden… und ich steh hier mit dem lieben Gott nicht auf Kriegsfuß!"
„Ach ja, ich glaub, ein bisschen verstehe ich dich schon. Aber von wegen Müdigkeit: Ich bin ziemlich kaputt! Ich würde liebend gerne hier ein kleines Nickerchen machen. Außerdem schmerzt mein blöder Fuß wieder. Den könnte ich bei der Gelegenheit eine Weile hochlegen", stöhnte Sabine und legte sich der Länge nach auf die Bank. Andreas Oberschenkel benutzte sie als Kopfkissen.
„Reicht dir vielleicht auch eine Viertelstunde?", fragte die Freundin.
„Aber nur vielleicht!"
Sabine spürte den warmen Hauch des Windes, der in ihr Gesicht wehte und schlummerte sofort ein.
Andrea genoss ebenfalls die Ruhepause und schloss ihre Augen. Laut schwätzende Pilger unterbrachen ihre Entspannung jedoch bald wieder.

Sie blickte auf die Armbanduhr und weckte Sabine: „Aufwachen! Die Viertelstunde ist um!"

„Du bist ganz schön streng mit mir!", seufzte Sabine und erhob sich langsam, um sich zu recken und zu strecken. Dann setzte sie ihren Rucksack wieder auf. Es dauerte eine Weile, bis sie sich wieder eingelaufen und an das leichte Stechen im Fuß gewöhnt hatte. Gut, dass Andrea sich ihrem gemäßigten Laufschritt anpasste.

Am Nachmittag erreichten die Pilgerinnen die alte Bischofsstadt Astorga. Sabine humpelte und war froh, dass es in der großen, sauberen Pilgerherberge noch zwei freie Betten für sie gab.
Der *hospitalero* empfahl ihnen für den Abend ein Restaurant, das Menüs für Pilger anbot. Dieser Tipp war ein absolutes Highlight!
Die mediterranen Farben der Wände und Vorhänge waren geschmackvoll aufeinander abgestimmt. Die Tischtücher und kunstvoll gefalteten Servietten aus weißem Damast machten einen festlichen Eindruck. Auf jedem Tisch stand ein zierlich gebundener Strauß aus gelben Teerosen und grünem Blattwerk neben einem weißen Porzellanleuchter mit gelber Kerze.
Andrea war begeistert von dem hübschen Ambiente: „Vor unserer Reise gehörten meiner Meinung nach zu einem Pilgermenü ein Biertisch, um den sich hungrige *peregrinos* auf unbequemen Bänken drängelten, und ein großer Topf mit einem einfachen Essen in der Mitte. Deshalb bin ich immer wieder überrascht, wenn gute Restaurants für wenig Geld ein schmackhaftes Pilgermenü anbieten."
Der Besitzer dieses hübschen Lokals war ein aufmerksamer Gastgeber, und die Freundinnen fühlten sich wie Ehrengäste behandelt. Er hängte ihre Jacken an die Garderobe und wies ihnen einen hübschen Fensterplatz in der Ecke zu. Während er die Stühle zurechtrückte, sparte er nicht mit anerkennenden Worten für die lange Wanderung der deutschen Pilgerinnen.
Das leckere Essen bestand aus einer Kartoffelsuppe mit Rindfleisch, einem großen Salatteller, gegrilltem Lachs mit Knoblauchsoße und Pommes frites. Als Dessert gab es Milchreis mit

Zimtzucker. Außerdem gehörte ein hervorragender Rotwein zum Menü dazu.
Nach dem Espresso drängte die Zeit. Im Dauerlauf liefen sie durch die nächtliche Stadt, um pünktlich um 22.00 Uhr in der Herberge zu sein. Schnaufend und außer Atem standen sie eine Minute vor zehn an der Pforte. Einer der Jugendlichen, die auf der Treppe saßen, grinste sie an und erklärte ihnen, dass sie sich umsonst beeilt hätten, weil die Herberge erst in einer Stunde schließen würde.
„Und nun?", fragte Sabine lachend.
„Gehen wir halt noch auf einen Schluck nebenan in die Bar", schlug Andrea vor, „mit meinem vollen Bauch kann ich jetzt sowieso noch nicht schlafen."
Sie betraten das dunkle Lokal. Helles Scheinwerferlicht schien nur auf einen jugendlichen Rapper, der sich bemühte, seine Arme und Beine mit der lauten Musik in Einklang zu bringen. Ab und zu gelangen ihm dabei kurze Sätze im Sprechgesang. An der schwarz glänzenden Theke standen zwei Männer, die den Eintretenden den Rücken zuwandten. Es waren Bernard und Ronan.
Andrea tippte dem Holländer auf die Schulter. Er drehte sich um und freute sich offensichtlich über das unverhoffte Wiedersehen. Der junge Ire dagegen lächelte sie etwas distanziert an.
„Ich bin ja total überrascht", wunderte sich Andrea, „euch hier schon wieder zu treffen."
„Ja, ja, Ronan ist die ganze fünfzig Kilometer von León bis hier in zwei Tagen gelaufen, aber ich schaffe einfach nicht mehr als fünfzehn Kilometer pro Tag. Ich bin doch nicht so gut zu Fuß wie ich dachte, leider", Bernard zuckte mit den Schultern. „Ich hatte neue Blasen an die Füße und bin heute wieder mit die Bus gefahren. Aber das macht nix! Die letzten einhundertzwanzig Kilometer laufen wir ganz bestimmt zusammen. Das hab ich Ronan versprochen. Morgen fahren wir nach Sarria, schlafen in ein schöne Hotel, und dann laufen wir zusammen bis Santiago!" Er strahlte Ronan an und klopfte ihm freundschaftlich auf die Schulter.
„Wo übernachtet ihr jetzt?", fragte Andrea.

„Wir haben ein kleines Pension in die Altstadt gefunden", gab Bernard bereitwillig Auskunft.
Die Frauen orderten ein *cerveza con limón* und suchten sich einen Sitzplatz, der möglichst weit von den Lautsprechern entfernt war.
Andrea nahm einen großen Schluck von dem kalten Getränk.
„Wenn die beiden sich nicht gesucht und gefunden haben, fresse ich einen Besen mit Stiel", wettete sie.
„Meinst du? Na ja, Bernard ist wirklich kaum wiederzuerkennen. Er hat mächtig abgespeckt, und seine Traurigkeit scheint sich in Lebensfreude verwandelt zu haben."
„Vielleicht erfahren wir ja noch, was die beiden zusammen gebracht hat."
„Die Liebe, die Liebe ist eine Himmelsmacht...", trällerte Sabine leise den Schmachtfetzen aus einer Operette.
„Hör auf!", kicherte Andrea leise, „sonst wirst du hier noch engagiert."
„Es ist doch viel zu laut, da kann niemand meinen Gesang hören."
„Ja, hier ist es wirklich sehr laut und ungemütlich!"
„Komm, wir trinken unsere Gläser leer und gehen rüber, bevor das Licht ausgeht. Dann kann ich auch noch in Ruhe meinen Fuß salben und wickeln, damit die Schwellung morgen früh wieder ganz verschwunden ist. Ich bin ja schon mal heilfroh, dass er kaum noch weh tut, wenn ich den Rucksack abgesetzt habe."

26. Garderobenprobleme

In der Nacht ging es Sabine schlecht. Sie schleppte sich ins Bad und musste das gute Pilgermenü in der Kloschüssel versenken. Hatte sie zu viel des Guten verzehrt!? Oder war die ständige Überanstrengung Grund für Übelkeit und Kreislaufprobleme? Andere Pilger hatten von ähnlichen Beschwerden berichtet. Immerhin waren sie auch gestern wieder über dreißig Kilometer gelaufen!

„Heute gehen wir nicht so weit!", signalisierte Sabine deshalb ihrer Freundin beim Aufbruch am nächsten Morgen.
„Schauen wir mal!", erwiderte Andrea.
Die Freundinnen hatten das *refugio* verlassen und pilgerten durch die alten Gassen von Astorga auf die Kathedrale zu.
Vor dem unmittelbar daneben errichteten früheren Bischofspalast blieben sie stehen. Dieses von Antoni Gaudí erbaute Schloss beherbergt heute das *museo de los caminos* und ist eine beeindruckende Sehenswürdigkeit. Mit seinen vielen schlanken Türmen sieht es aus wie eine Mischung aus Dornröschenschloss und Draculas Zuhause. Auf jeden Fall ist es ein romantisches Bauwerk, das die Phantasie anregt und zu Träumereien verleitet. Schade, dass das Museum erst in zwei Stunden öffnete. So blieb ihnen leider die innere Ausstattung des Märchenschlosses verborgen.
Immer wieder waren die Frauen begeistert von der spanischen Baukunst am Jakobsweg. Die prachtvollen Denkmäler erinnerten aber auch an die heute unvorstellbare Macht und Herrschaft der Kirche.

Hinter der Stadt machte sich die Landschaft wieder breit. Viele bewaldete Hügel lagen vor den Wanderinnen, die häufig leicht bergauf gehen mussten. Eichenwälder und Heidelandschaft wechselten sich ab. Ab und zu blieben sie stehen, um sich an den vielen schönen, grünen Ausblicken zu erfreuen. Wolken schützten sie vor heißen Sonnenstrahlen. Es war ein angenehmer Wandertag.
Zahlreiche Kapellen und Kirchen säumten den Weg. Auf den flachen, breiten Glockentürmen der Gotteshäuser thronten Storchennester, deren Bewohner allerdings nicht zu sehen waren.
Nach zweiundzwanzig Kilometern, vor dem beschwerlichen Anstieg zum Cruz de Ferro, zogen sie in eine kleine Privatherberge ein. Der freundliche *hospitalero* zeigte ihnen stolz seine neue Waschmaschine.
„Wunderbar, da können wir mal wieder alles richtig durchwaschen", freute sich Andrea.

Nach dem Duschen zogen sie die luftigen, bunten Sommerkleider an und füllten fast den kompletten Rest ihrer Kleidung in die Maschine.
Die Freundinnen bummelten durch den langgestreckten Ort, lasen eifrig Speisekarten und wählten ein Restaurant für ihr Abendessen aus.
Als sie jedoch ein paar Stunden später die Herberge verließen, um eben dieses Restaurant zu besuchen, war die Sonne hinter den Bergen verschwunden, und die Luft schlagartig um gefühlte zwanzig Grad kälter geworden.
„Jetzt haben wir ein Problem", stellte Andrea lapidar fest und ging zurück ins Haus.
Die Wanderhosen und Shirts hingen sauber, aber nass auf einem Wäscheständer im großen Aufenthaltsraum.
„Ich habe mich schon gewundert, wieso die Wäscheständer nicht draußen, sondern im Haus stehen", dämmerte es bei Sabine. „Jetzt weiß ich es!"
Die Freundinnen sahen sich an und prusteten los.
„Und nun?", fragte Andrea zwischen zwei Lachanfällen.
„Zum Glück haben wir die Fleecejacken nicht auch noch in die Waschmaschine gesteckt", fiel Sabine ein. „Außerdem haben wir doch noch Leggins mitgenommen! Die haben wir sowieso noch nie getragen."
„Okay, ich schau mal, was noch in meinem Rucksack ist."
Wenige Minuten später hatten sie beide eine schwarze Leggins unter ihr Kleid gezogen und die Fleecejacke darüber. Andreas rot-schwarz gemustertes Minikleid passte perfekt dazu. Die schmalen roten Sandalen an den Füßen rundeten ihr hübsches Outfit ab.
„Prima, ich bin fertig!", rief sie und musterte Sabine mit einem Stirnrunzeln von oben bis unten. „Wie siehst du denn aus? Nee, so kannst du aber selbst hier nicht rumlaufen. Sei mir nicht böse, aber du siehst voll bescheuert aus. Das geht gar nicht!"
Andrea fing schallend an zu lachen, und warf einen amüsierten Blick auf das cremefarbige Sommerkleid ihrer Freundin, das mit einem zarten Blumenmuster in Pastelltönen bedeckt war. Das schmal geschnittene Trägerkleid war wadenlang, die schwarze Leggins guckte etwa zwanzig Zentimeter darunter

hervor und verschwand dann in grau-braunen Socken. Andreas Blick wanderte von den alten Sandalen wieder hoch zu der anthrazitfarbenen Fleecejacke, die um Sabines Oberkörper waberte.
Sie bog sich vor Lachen: „Deine dicken Socken in den Sandalen sind der absolute Hammer! Du siehst aus wie eine Bauersfrau aus den Fünfzigern. So könntest du dich bei ‚Bauer sucht Frau' bewerben."
Sabine wusste nicht, ob sie lachen oder weinen sollte und sah ihre Freundin verunsichert an: „Deine Schadenfreude in allen Ehren, aber ich kann doch bei der Kälte nicht meine himmelblauen Badelatschen anziehen. Ich hol mir ja Frostbeulen an den Füßen. Außerdem kann ich über dieses alte Kopfsteinpflaster nicht mit Flip-Flops laufen. – Weißt du was? Ich ziehe einfach meine Wanderschuhe an! Das ist dann richtig krass! Wenn schon bescheuert, dann auch richtig!"
Bei der Vorstellung konnte sie auch nicht mehr ernst bleiben. Ein Blick auf ihre Füße gab ihr den Rest. Sie prustete los.
Andrea sagte glucksend: „Ich fotografiere dich jetzt, damit du dich selbst mal in voller Größe sehen kannst. Wir haben hier ja keinen großen Spiegel." Sie holte ihre Kamera.
Einige der Zimmergenossen amüsierten sich köstlich über die beiden Frauen und sparten nicht mit dummen Sprüchen.
„Dann habe ich jetzt also ein ernsthaftes Garderobenproblem auf dem Camino!?", fragte Sabine und posierte für ein Foto.
Andrea überlegte: „Nee, das kann ja wohl nicht wahr sein! Also, lass mich mal überlegen. Ich habe noch mein XL-Shirt im Rucksack, weil ich das heute Nacht anziehen wollte. Wenn du die Leggins und die Sandalen anbehalten willst, könntest du das vielleicht überziehen."
„Gib mal her. Ich versuch's!"
Das pinkfarbige Riesenshirt war viel zu weit und die halben Ärmel hingen über Sabines Ellbogen.
„Wenn ich mir den Hosengürtel umbinde, schlackert das Shirt nicht so. Außerdem reicht es auf jeden Fall über den Po. Das ist doch prima. Guck mal! Sieht fast aus wie ein Supermini!"
Sabine band sich den Gürtel um und tänzelte zwischen den Betten auf und ab.

„Pink ist ja nun nicht gerade die Toppfarbe zu deinen roten Haaren", meinte Andrea mit ernster Miene, um gleich darauf wieder zu kichern, „aber das sieht trotzdem besser aus, als dein helles Kleidchen. Die Leggins steht dir übrigens gut. Sie betont deine schönen Beine. Aber die dicken Socken musst du ausziehen."

„Nee, ist mir zu kalt! Außerdem ist mir das jetzt alles ziemlich wurscht. Ich habe nämlich einen Mordshunger", beschloss Sabine. „Ich ziehe über die Fleecejacke noch die rote Regenjacke, dann hab ich den modernen Lagenlook. Verschiedene Rottöne sind doch grade in. Wusstest du das nicht?"

Die beiden Freundinnen alberten immer noch, während sie Arm in Arm über die Dorfstraße bergauf liefen, und konnten nicht aufhören zu lachen.

„Schade nur, dass dich deine Kinder so nicht sehen können. Ich muss unbedingt noch ein Foto von dir machen. Du bist nämlich eine richtige Augenweide!!"

„So etwas muss man nur mit dem richtigen Selbstbewusstsein tragen, dann wirkt es wie der letzte Schrei der Pariser Haute Couture."

„Na, vielleicht eher wie eine Kreation von Vivienne Westwood", meinte Andrea und zückte die Kamera, während Sabine, leicht gegen eine Bank gelehnt, posierte. Sie stellte ein Bein vor und schob die Hüfte zur Seite. Mit einer Hand griff sie in ihre lockige Mähne und neigte den Kopf kokett zurück.

Das Restaurant war bereits ziemlich voll, als die beiden Freundinnen kichernd eintraten. Sie blieben am Eingang stehen und schauten sich suchend nach zwei freien Plätzen um. Aus der hinteren Ecke winkte ihnen jemand zu. Es war Max, der dort mit einer jungen Frau am Tisch saß.

Sabine seufzte und meinte: „Das hätte jetzt aber nicht sein müssen!"

„Du trägst immerhin die neueste Mode aus London", bemerkte Andrea und ging schnurstracks auf den Tisch zu. Sabine schlich hinter ihr her und zupfte an ihrem Shirt. Die Regenjacke hatte sie gleich am Eingang ausgezogen und an die Garde-

robe gehängt. Plötzlich war ihr ihr Outfit doch ein bisschen peinlich.
Aber Max schien das gar nicht zu bemerken.
Die junge Frau war eine französische Studentin aus Bordeaux und hieß Geraldine. Sie studierte Deutsch und freute sich, ihre Sprachkenntnisse anwenden zu können.
Sie erzählte von ihrer großen Familie und dem sechzehnjährigen kranken Bruder. Seinetwegen machte sie diese Pilgerreise. Gemeinsam hatten sie den Weg ein halbes Jahr lang geplant; aber er musste vor einigen Wochen notoperiert werden und war voraussichtlich für eine lange Zeit nicht mehr in der Lage, eine solche Strapaze auf sich zu nehmen. Eine weitere Operation lag noch vor ihm. Geraldine hatte sich allein aufgemacht und pilgerte von León bis Santiago de Compostela. Sie versuchte, ihn täglich via Internet oder Handy über ihre Reise zu informieren. Er freute sich, dass er sie wenigstens auf diese Weise begleiten konnte.
Diese berührende Geschichte machte Sabine leicht beschämt. Mein Gott, wie unwichtig war dagegen ihr Outfit! Davon hing nichts, aber auch gar nichts ab! Das war nicht mal eine Erzählung, geschweige denn eine Rechtfertigung wert.
Noch während sie das dachte, fing sie den belustigten Blick von Max auf.
„Guck nicht so frech!", entfuhr es ihr. „Ich weiß, dass ich bescheuert aussehe!"
„Nein, das finde ich ganz und gar nicht!", grinste Max.
Sein Kompliment verunsicherte Sabine, und sie fiel in einen Redeschwall: „Mir ist das peinlich! Meine Sachen waren alle in der Waschmaschine und noch nicht trocken. Andrea hat mir mit diesem Riesenshirt ausgeholfen." Noch während sie das sagte wurde ihr bewusst, dass sie genau das ausgesprochen hatte, was doch so unwichtig war. Mist! Warum brachte dieser Kerl sie nur immer so durcheinander?
„Das Pink macht sich gut zu deinen roten Haaren", sagte er belustigt. „Mir gefällt das!"
„Ja, das habe ich mir auch gedacht", ging Sabine übertrieben selbstbewusst auf das Wortgeplänkel ein.

„Aber jetzt mal im Ernst. Es ist doch vollkommen egal, was jemand trägt. Wichtig ist doch das Darunter!"
Sabine sah ihn leicht irritiert an: „Wie meinst du das?"
„So, wie ich es gesagt habe! Ach so, na ja, verstehe mich jetzt bitte nicht falsch", lachte er, „ich meinte natürlich den Charakter!" Seine Augen blitzten Sabine mit unverschämtem Vergnügen an. „Aber das Andere ist selbstverständlich auch nicht zu verachten."
Sabine merkte, wie eine leichte Röte über ihr Gesicht huschte.
Sie war froh, dass das Essen serviert wurde.
Max gab die Schuhgeschichte zum x-ten Mal zum Besten und Geraldine freute sich, ihrem Bruder bei nächster Gelegenheit wieder eine neue, kuriose Pilgergeschichte mailen zu können.
Max konnte es nicht lassen, mit Sabine zu flachsen und laut zu verkünden, dass sie ihm gut gefiel.
Mal bewunderte er ihre Pumuckellocken und mal ihre grünen Augen, die ihn an die Katze seiner Tante Gertrud erinnerten, die im Sommer meistens auf dem heißen Blechdach des Hühnerstalles saß.
„Wer? Die Katze oder die Tante?", fragte Sabine und Max erfand eine witzige Geschichte, um „die Tante wieder vom Blechdach zu holen".
Sie wetteiferten mit Wortspielereien und Sabine sprühte vor Phantasie und Begeisterung, wenn sie Max ein Kontra geben konnte.
Andrea war erstaunt über ihre Freundin, die im Laufe des Abends zur Hochform auflief. So schlagfertig und übermütig hatte sie Sabine lange nicht erlebt. Es ist, als tanzten die beiden einen Tango der Worte, dachte sie amüsiert.
Das Fischmenü war gegessen, Wein und Wasser waren getrunken. Die kleine Gruppe verließ gemeinsam das Lokal, um in die verschiedenen *refugios* zu gehen.
Geraldine war als Erste am Ziel und verabschiedete sich. Nicht ohne sich für den heiteren Abend zu bedanken, an dem sie so viel wie schon lange nicht mehr gelacht hatte.
Sabine und Andrea hatten Max rechts und links eingehakt. Es war inzwischen tüchtig kalt geworden.

„So geht es mir sehr gut", freute er sich. „Von zwei Frauen eingerahmt und beidseitig gewärmt, das gefällt mir! Wo schlaft ihr eigentlich?"
„In einer privaten Herberge ziemlich am Ortsanfang", erwiderte Sabine.
„Dann sind wir wahrscheinlich Nachbarn. Ich habe nämlich ein Zimmer in dem kleinen Hotel am Ortseingang, das direkt neben der Herberge steht", sagte Max. „Schön! Dann haben wir ja noch ein Stück gemeinsam zu laufen. Wenn ihr nicht zu müde seid, könnten wir noch ein kleines Bierchen an der Bar trinken, und ich zeige euch ein paar schöne Fotos. Ich habe euch beide nämlich in Zubiri fotografiert, als ihr unter der Brücke eure Füße im Wasser gekühlt habt."
„Wie bitte? Das warst du?", fragte Andrea erstaunt. „Das hättest du uns aber auch schon früher verraten können."
„Ich habe nicht daran gedacht. Bis nach unserem gemeinsamen Abend in Villar de Mazarife war ich mir auch nicht sicher, ob ihr beide das seid. Ich habe inzwischen nachgesehen. Ihr seid es wirklich. Sabines rote Locken leuchteten damals so schön in der Sonne. Da musste ich euch einfach fotografieren."
Die Frauen hatten noch zwanzig Minuten Zeit bis die Herberge geschlossen wurde. Keine Frage also, dass sie mit Max die Bar des kleinen Hotels aufsuchten. Schließlich waren sie neugierig auf die Fotos.
Max bestellte drei kleine *cerveza* und ging dann in sein Zimmer, um den Fotoapparat zu holen.
„Der macht dich ja ganz schön an", stellte Andrea fest.
„Kann schon sein", säuselte Sabine vergnügt, „aber ich genieße es. Ich finde es herrlich, mal wieder so richtig zu flirten."
„Aha! Dann ist ja alles in Ordnung", schloss die Freundin.
Max kam zurück.
Die Fotos waren gut gelungen. Sie zeigten die beiden Frauen aus der Ferne und aus der Nähe, das sprudelnde Wasser des Baches, die Kieselsteine und die Pflanzen.
Max hielt Sabine eine Nahaufnahme ihres lachenden Gesichtes hin, in das der Wind gerade ein paar dünne Haarsträhnen geweht hatte.
„Das gefällt mir besonders gut", sagte er.

„Hm", meinte Sabine. „Würdest du mir die Fotos mailen, wenn du wieder zu Hause bist?"
„Ja klar, kein Problem!"
Max nahm einen Bierdeckel vom Tisch und notierte sich ihre E-Mail-Adresse. Während Andrea ihm ihre Adresse diktierte, stand Sabine auf und ging zur Toilette.
Als sie zurückkam, saß Max allein am Tisch.
„Andrea ist schon in eure Herberge gegangen. Sie hatte Angst, sonst vor verschlossenen Türen zu stehen. Es ist gerade zehn Uhr."
Er schaute ihr in die Augen. Ihre Blicke verhakten sich ineinander.
„Du musst dich beeilen, wenn du nicht bei mir schlafen willst." Seine Stimme klang leise und zärtlich.
Sabine spürte seine warme Hand auf ihrem Unterarm und ließ sich einfangen von diesem Moment.
Lächelnd sagte sie: „Und wenn doch?"
„Dann gehen wir jetzt!"
Er legte seinen Arm um sie und zog sie an sich. Wie ein Hauch berührten seine Lippen ihren Mund.
Dann stiegen sie nebeneinander die Treppe hoch und verschwanden in seinem Zimmer.

27. Sehnsüchte

Der Morgen dämmerte. Vogelgezwitscher drang durchs offene Fenster. Sabine erwachte.
Lächelnd blickte sie den schlafenden Max an. Vorsichtig löste sie sich aus seiner Umarmung und stand auf. Sie schlüpfte in ihre Leggins und zog das große Shirt über.
Der Bierdeckel mit ihrer E-Mail-Adresse lag noch auf dem Tisch.
„Es war sehr schön mit dir. *Buen camino*. D.S.", schrieb sie darunter und schlich leise aus dem Zimmer.
Als sie auf die Straße trat, verließen gerade die ersten Pilger die Herberge. Sie ging in den Schlafraum und kletterte in das obere

Stockbett, um sich neben Andrea in ihren Schlafsack zu kuscheln.

„*Hola!* Du Nachteule!", flüsterte die Freundin.

„Ich dachte, du schläfst noch", flüsterte Sabine zurück.

„Tja, das Denken solltest du den Pferden überlassen, die haben einen größeren Kopf als du!"

„Sie nicht so frech am frühen Morgen!", schalt Sabine sie gutgelaunt und schlug vor: „Eigentlich könnten wir doch auch aufstehen. Ich bin hellwach. Wir müssen noch unsere Wäsche abnehmen und beim Zusammenlegen trinken wir dann ganz gemütlich einen Kaffee."

„Okay", gähnte Andrea und kletterte aus ihrem Bett.

Oben in der Küche brühte Andrea Kaffee auf, während Sabine die Wäschestücke vom Ständer nahm. Sie trällerte leise ein Lied vor sich hin.

Andrea konnte es sich nicht verkneifen, zu fragen: „Und – war's schön?"

„Ja, sehr schön! War übrigens nett von dir, dass du in die Herberge gegangen bist", bedankte sich Sabine, während sie ein Shirt faltete.

Andrea stellte die dampfenden Kaffeetassen auf den Tisch: „Man hörte es ja förmlich knistern zwischen euch. Da wollte ich dir deine Entscheidung nicht unnötig schwer machen."

„Danke, du altes Haus!", lachte Sabine. „Es war gut so, und es war wichtig. Für mich! Mehr kann ich dir dazu im Moment auch nicht sagen. Ich will mir auch nicht den Kopf zerbrechen, sondern meinen Weg hier einfach weitergehen und schauen, was passiert."

„Das ist gut so."

Als die Freundinnen um sieben Uhr die Herberge verließen, lag der Morgennebel noch über den Häusern. Es war kalt. Während des anstrengenden Aufstiegs nach Foncebadón verdichtete sich der Nebel. Schade, dass sich die schönen Ausblicke in die Maragateria dahinter verbargen.

Foncebadón war bis vor einigen Jahren ein total verlassener Ort, in dem wilde Hunde hausten, die manchen Pilger tüchtig

erschreckt haben. Zwischen den verlassenen, baufälligen Ruinen standen inzwischen einige frisch restaurierte Häuser.
Andrea und Sabine kehrten in einer *albergue* ein, um sich bei einem warmen Tee aufzuwärmen und zu verschnaufen.
Danach ging es weiter bergauf zu dem berühmten Cruz de Ferro. Ein langer Eichenpfahl ragt dort aus einem großen Berg verschiedenster Steine. Vom oberen Ende des Pfahls schaut ein kleines Eisenkreuz auf die Menschen hinunter. Bereits seit mehreren Jahrhunderten legen viele Pilger hier einen Stein ab. Sinnbildlich bedeutet dieses Ritual das Abwerfen einer Last.
Auch Andrea und Sabine hatten sich zu Hause einen Kieselstein in den Rucksack gepackt. Sie stellten sich nebeneinander und warfen ihre Steine über den Rücken auf den großen Haufen, in dem sie verschwanden....

Andrea dachte an Benjamin und Karl-Heinz. Das Abwerfen einer Last. Was war mit Michael?
Loslassen, um neu beginnen zu können? Ja, das war es!

Sabine dachte an Markus und an Max..., von dem sie außer seinem Vornamen und seiner E-Mail-Adresse nichts wusste. Ja, sie war neugierig auf sein Leben, aber darüber hatten sie nicht gesprochen. Sie hatten ihr Zusammensein einfach nur genossen. Sie hatte sich in seinen Armen so lebendig gefühlt wie schon lange nicht mehr. Es war alles so einfach und fast erschreckend selbstverständlich gewesen. Seine Direktheit und Spontaneität hatten sie gereizt. Und nur deshalb, weil er so anders war als Markus, hatte sie mit ihm schlafen können.
Sie hatte seine Zuwendung und Zärtlichkeit ausgekostet. Die Erinnerung zauberte ein glückliches Lächeln in ihr Gesicht. War sie verliebt?
Ihr gefielen seine fröhliche, selbstverständliche Art und seine unbeschwerte Lebensfreude. Fühlte sie sich deshalb zu ihm hingezogen? Vielleicht...
Sie spürte eine heitere, nie gekannte Gelassenheit und ging Schritt für Schritt den Steinhügel wieder hinab.

Während die Frauen schweigend auf dem *camino* bergab wanderten, schaffte die Sonne langsam den Durchbruch durch die Wolkendecke und machte den Blick frei in eine herrliche Landschaft: Gelber Ginster und rosa Heidekraut wuchsen am Wegrand und unterstrichen das dunkle Grün der Bergketten in der Ferne.
Die Harmonie der Natur und der Friede der Abgeschiedenheit luden zum Träumen ein.
Andrea dachte an Michael. Wo er jetzt wohl sein mochte? Immer noch fühlte sie sich auf eine geheimnisvolle Weise mit ihm verbunden. Ihre Sehnsucht spannte sich wie ein Seil zwischen ihnen aus. Sie lächelte. Sie war sich so sicher, dass er irgendwann und irgendwo auf sie warten würde, dass sie jeden begründeten Zweifel, der in ihr aufkeimen wollte, sofort verbannte.
Kleine, verfallene Häuser kündigten Manjarin an, einen Ort, der nur einen einzigen Einwohner hatte, nämlich Tomas. Er betrieb hier eine Bar und eine sehr spezielle alternative *albergue*. Duschen gab es keine, aber dafür hatte man vom Plumpsklo aus einen wunderschönen Ausblick!
Auf einem bunt angemalten Wegweiser war zu lesen, dass es bis Santiago noch 222 km waren.
Weiter ging es über steile und steinige Pfade bergauf und bergab durch eine faszinierende Landschaft.

In einem Bergdorf machten die Freundinnen Rast und verzehrten ein riesiges *bocadillo*, dick mit Schinken, Käse, Salat und Tomaten belegt. Dazu tranken sie ein großes *cerveza con limón*. Es war unbeschreiblich, wie gut etwas schmeckte, wenn man so richtig hungrig war.
Der Pilgerpfad führte sie weiter durch die herrliche Bergwelt.
Hinter einer Wegbiegung eröffnete sich vor ihren Augen ein atemberaubendes Panorama.
„Ich werde immer ganz andächtig, wenn etwas so wahnsinnig schön ist", gestand Andrea und blieb stehen.
Weit unten im Tal des Río Sil, der sich zwischen riesigen Felswänden schlängelte, sah man Ponferrada liegen.

Die grauen Berge ringsum, das Grün der Bäume, das gelbe und rosa Farbspiel blühender Sträucher, am Wegrand aufgestapelte kleine Pyramiden aus Schieferplatten, die milde Luft, Sonne und Wolken, dazu die andächtige Stille, die nur von Vogelgezwitscher unterbrochen wurde. Das alles erfasste sie mit einer unbekannten Intensivität und erfüllte sie mit tiefem Frieden. Der Augenblick war so unfassbar schön, dass es fast wehtat.
Andrea formulierte ihre Gefühle mit der „Ehrfurcht vor der Schöpfung und Dankbarkeit für die Schönheiten der Welt".

28. Ein Bettler

Andrea und Sabine wünschten sich sehnlichst ein paar Handschuhe, als sie am nächsten Morgen den steilen Pfad unter riesigen Kastanienbäumen abwärts kletterten.
„Also, das hätte ich niemandem geglaubt, dass wir um diese Jahreszeit so oft kalte Finger bekommen würden", meinte Andrea.
„Vielleicht kommen wir ja gleich an einem schönen Café vorbei und können unsere Hände an einer heißen Tasse Kaffee wärmen", hoffte Sabine.
„Träum weiter, Kleine", spöttelte Andrea.
Wenige Minuten später mündete der Pfad in eine Straße. Auf der gegenüberliegenden Seite stand ein dunkelrot gestrichenes Haus mit weißen Fensterläden, umgeben von einem hübsch angelegten Bauerngarten. Über dem weißen Holzzaun rankten Wicken in rosa und roten Farbtönen bis hin zu einem dunklen violett. Am Gartentor war ein Schild befestigt, auf dem in ordentlicher Handschrift „*Desayuno*" zu lesen war.
„Guck mal da! Der liebe Gott hat dich erhört!", stellte Andrea fest.
„Tja, das steht da wirklich wie für uns hingezaubert", erwiderte Sabine und lief über den schmalen Kiesweg auf das Haus zu.
Der Messinggriff an der weißen Eingangstür blinkte wie pures Gold und beim Eintreten in den Windfang erklang ein zartes Glockenspiel. Überrascht blieben die Frauen stehen und blick-

ten erstaunt in einen Raum, dessen Einrichtung sie ein wenig an einen Salon aus der Biedermeierzeit erinnerte.

Die beiden dazu gehörenden älteren Damen dagegen, die sie erfreut als ihre Gäste begrüßten, sahen aus, als wären sie einem englischen Bilderbuch entsprungen.

Mit viel Liebe zum Detail hatten die beiden Schwestern (wahrscheinlich Zwillinge, denn ihre Ähnlichkeit war verblüffend) das kleine Café behaglich eingerichtet und mit lieblichen Gemälden aus dem Landleben dekoriert. Ihr englischer Charme und ihre Kleidung verliehen ihnen ein wenig die Steifheit und Würde von Gouvernanten. Über den dunkelblauen Kleidern trugen sie glatt gebügelte, weiße Schürzen mit einer kleinen Rüschenkante.

Eine der beiden wies ihnen einen Tisch zu und fragte nach ihren Wünschen, worauf die andere diensteifrig in der Küche verschwand. Während sie dort den Frühstücksspeck in der Pfanne ausbriet und die Eier hineinschlug, presste ihre Schwester hinter der Theke mehrere Orangen aus und brühte den Kaffee auf. Allein der Duft, der daraufhin durch den Gastraum strömte, ließ den Freundinnen das Wasser im Mund zusammenlaufen.

Die freundliche Bewirtung, das üppige Frühstück und die gemütliche Umgebung waren so gar nicht typisch für den Jakobsweg, aber das Beste, was ihnen an diesem Morgen passieren konnte.

Als sie eine gute Stunde später das Café verließen, war die morgendliche Kälte verschwunden. Der steinige Waldweg führte zwar ständig bergauf und bergab, aber dafür bescherte er ihnen immer wieder herrliche Ausblicke auf Ponferrada, deren imposante Templerburg schon von weitem zu sehen war.

Diese Festung war ihr erstes Ziel, nachdem sie die Altstadt erreicht hatten. Die gemauerten Zinnen auf der Schutzmauer und die vielen runden Türme verliehen der Burg aus hellem Sandstein ein märchenhaftes Aussehen. Leider war eine Besichtigung wegen Bauarbeiten nicht möglich.

„Schade, die hätte ich mir gerne angesehen", bedauerte Sabine.

„Wir können halt nicht immer Glück haben", entgegnete Andrea, während sie langsam an der Burg vorbei auf die Basilika zugingen. Sie traten in die Kirche ein und waren überrascht von deren Schlichtheit. Die geschnitzten Holzaltäre waren nicht mit Goldschmuck überladen wie in vielen anderen Kirchen auf dem Jakobsweg.

Nach einem kurzen Rundgang setzten sich die Frauen vor den Marienaltar. Die Skulptur mit dem liebevollen, dunklen Gesicht hielt ihr Kind dem Volk entgegen. Die Spanier nannten sie *la Morenica*", die kleine Braune.

Lange saßen Sabine und Andrea so schweigend nebeneinander. Und wieder war da dieses intensive Gefühl der Dankbarkeit, das ihnen die Tränen in die Augen trieb. Danke, Gott, für diesen Weg!

Andrea neigte sich zu Sabine und fragte leise: „Geht es dir hier auch wieder so fürchterlich gut?"

„Ja", flüsterte sie zurück und hakte ihren Arm liebevoll unter den ihrer Freundin.

Plötzlich wurden sie durch lautes Weinen und Wehklagen aus ihrer glückseligen Stimmung herausgerissen. In einer der hinteren Bänke saß ein Mann, der die Hände vor sein Gesicht hielt, laut weinte und schrie. Seine Kleider waren alt, zerrissen und verschmutzt.

„O Gott, was mag dem denn passiert sein?", wollte Sabine gerne wissen.

„Vielleicht ist jemand gestorben, der ihm sehr nahe stand", überlegte Andrea. „Das Jammern und Weinen hört sich jedenfalls schrecklich an."

Vorbei war es mit der Andacht. Die Freundinnen verließen die Kirche.

Gelbe Pfeile und Muscheln kennzeichneten den Pilgerweg weiter durch die schöne Altstadt. Eine zweite Kaffeepause auf dem Marktplatz war selbstverständlich.

Sie beobachteten von ihrem Platz aus das geschäftige Treiben. Zwischen den Ständen waren Biertische aufgebaut, an denen dicht gedrängt die spanischen Besucher saßen und frisch gebrühte *pulpo-gallego* aßen.

„Ich schaue mir mal an, wie die *pulpos* zubereitet werden; vielleicht wäre das ja auch für uns ein Mittagessen", sagte Andrea und stand auf, um sich den großen Topf, in dem die langen, glitschigen Fangarme der Kraken gekocht wurden, aus der Nähe anzusehen. Er war voll mit roter Brühe.
„Sieht aus wie Blutsuppe", erzählte sie Sabine, als sie wieder Platz genommen hatte. „Das könnte ich nicht essen. Auch wenn es eine besondere Delikatesse ist."
„Jetzt schau doch mal, wie der Koch die *pulpos* serviert. Ne, da wird mir ja beim Hingucken schon schlecht." Sabine hielt sich die Hand vor den Mund und zog eine Fratze.
Der Koch schnappte sich die schlangenähnlichen Gebilde mit einer Zange aus dem Topf und schnitt sie in Windeseile mit einer Schere in kleine Stücke, die auf einen großen Holzteller fielen. In einem ungeheuren Tempo streute er grobes Salz, Olivenöl und Paprikapulver darüber, reichte den Teller der Serviererin und fischte sich die nächsten Arme aus der Blutsuppe.
„Also nix mit Mittagessen", stellte Sabine fest. „Nach unserem guten Frühstück reicht es doch auch aus, wenn wir uns hier mit frischem Obst eindecken. Oder hast du schon wieder so viel Hunger?"
„Nein! Du hast Recht. Schau mal, da drüben die Pfirsiche sehen gut aus." Andrea wies mit dem Finger auf einen Obststand.
Nachdem sie eingekauft hatten, stießen sie fast mit einem Betrunkenen zusammen, der hinter ihnen stand. Der Landstreicher hatte offenbar gewartet, bis sie sich umdrehten und streckte ihnen mit forderndem Blick seine offene Hand entgegen. Er war von oben bis unten verdreckt und sah aus, als hätte er im Rinnstein übernachtet. Er redete laut in unverständlichem Spanisch auf sie ein. Ein ekelhafter Gestank aus einem Gemisch von Schnaps, Schweiß und Urin ging von ihm aus.
Als sie sich an dem Bettler vorbeidrängeln wollte, hielt er Sabines Arm fest. Erschrocken riss sie sich los, nahm Andreas Hand und zog sie im Dauerlauf hinter sich her. Gemeinsam rannten sie über den Platz und die angrenzende Straße. Erst hier ließ Sabine die Hand der Freundin wieder los und drehte sich suchend um.

„Das war doch der zeternde Mann aus der Basilika, oder?"
Der Bettler war in der Menschenmenge verschwunden.
Andrea sah, dass ihre Freundin kreidebleich geworden war. Tränen standen in ihren Augen. Sie nahm sie in den Arm. „Ja, das war er", sagte sie.
Sabine war außer sich: „Kannst du mir mal sagen, warum der ausgerechnet zu mir zum Betteln kommt?"
„Nein, das weiß nur der liebe Himmel!"
Kopfschüttelnd löste sie sich aus Andreas Umarmung. „Mein ganzes wohliges Leben hier hat dieses Ekelpaket für einen Augenblick in Frage gestellt, und ich hatte das Gefühl, die Realität der letzten Jahre wollte mich wie ein Krake fangen und zurückholen", sagte sie ärgerlich.
„Tut mir leid, dass er ausgerechnet dich am Ärmel erwischt hat."
Für Sabine lief wie im Zeitraffer ein Spot in ihrem Kopf ab. Markus und der Alkohol. Die Lügen und das Vertuschen. Das Hoffen und Bangen. Der ewige Teufelskreis. Das Doppelleben. Die Einsamkeit und die Ohnmacht. Die hilflose Wut und die Liebe. Das Nicht-mehr-können und das Nicht-mehr-wollen.
Sie dachte an ihr amouröses Abenteuer mit Max und ihr rachedürstendes Ego empfand plötzlich eine befriedigende Genugtuung. Ob sie ihn noch einmal treffen würde?
Während des Weiterlaufens auf staubigen Pfaden blickte sie auf ihre Füße, die sich in dicken Wanderschuhen Schritt für Schritt vorwärts bewegten. Ja, es ging immer weiter, und die Zeit ging mit.
Geschehenes kann man nicht ungeschehen machen, dachte sie. Jeder muss mit seiner Vergangenheit leben, auch wenn es ihm nicht passt. Ja, ich werde in Zukunft ehrlicher zu mir selbst sein und mein eigenes Ich nicht mehr verleugnen. Ich will mein Leben intensiver leben, und ich will lernen, meine Fehler und Schwächen zu akzeptieren. Und ich will auf Gott vertrauen, dass ich den richtigen Weg einschlage.
„O Gott, meine liebe Sabine, da nimmst du dir ja allerhand vor", murmelte sie vor sich hin und blickte über die Weinberge, in denen einige Bauern bereits bei der Traubenlese waren.

Andrea drückte ihrer Freundin kurz den Arm und sagte: „Es wird eine Lösung geben. Und der da oben zeigt dir die Richtung."
„Glaubst du das auch für dich selbst?"
„Ja, ich weiß es!"

Als sie am späten Nachmittag erschöpft die alte Stadt Cacabelos erreichten, waren sie über dreißig Kilometer gelaufen. Ihre Köpfe waren wieder frei für das Hier und das Jetzt.
„Inzwischen laufen wir fast wie zwei Maschinen, die morgens eingeschaltet werden und dann gleichmäßig dahintuckern", stellte Andrea fest.
In der originell erbauten Herberge Santuario de la Quinta Angustia waren kreisförmig um eine Kirche herum Zwei-Bett-Abteile gebaut, deren orangefarbige Türen den Pilgerinnen entgegen leuchteten. Sie hatten Glück und bekamen die letzte freie Kabine. Die ganze Anlage war hübsch, zweckmäßig und sauber.
Sabine blickte sich suchend um. Aber Max war nicht zu entdecken.
Auch in der kleinen Stadt und während ihres Aufenthaltes in einem Restaurant ließ sie immer wieder verstohlen ihre Blicke umherwandern. Vielleicht tauchte da doch plötzlich noch irgendwo ein Cowboyhut auf?

29. Der schwere Weg

Andrea und Sabine wurden von einer Putzfrau geweckt, die in der Nachbarkabine arbeitete. Es war 9.00 Uhr! Sie hatten herrlich lange geschlafen und fühlten sich so richtig schön ausgeruht.
Draußen schien die Sonne warm vom azurblauen Himmel. Von den kalten Frühnebeln der Berge war hier nichts mehr zu spüren. Die Kälte war dem milden Klima einer Weinregion gewichen.

Die Freundinnen wanderten durch die hügelige, grüne Landschaft und Andrea war der Meinung, dass es hier genauso aussah wie zu Hause in Rheinhessen.
Vor der Garage eines kleinen Bauernhauses, die liebevoll als Rastplatz für vorbeiwandernde Pilger eingerichtet war, trafen sie Geraldine. Sie saß unter einem Baum, während ihre nackten Füße mit den kleinen Steinen auf der Erde spielten. Auf ihrem Schoß lagen die Laufschuhe. Verzweifelt versuchte sie, ein breites Klebeband rund um die Schuhe zu ziehen.
„Hallo Geraldine, was machst du denn da?", begrüßte Andrea sie.
„'allo, ihr zwei! Meine Schueboden ist durchgebrochen, und ich muss kleben", lamentierte sie.
„Okay, du meinst die Schuhsohlen?", fragte Andrea und sah sich die Sportschuhe genauer an, in deren Sohlen ein Riss klaffte. „Ich helfe dir. Zu zweit geht das besser!"
Andrea hielt die Schuhe fest, während Geraldine das Klebeband darum zog.
„So, das ist fertisch!", stellte sie erleichtert fest, als beide Schuhe fest umwickelt waren, „das muss 'alten!"
Dann zog sie ihre Strümpfe wieder an und schlüpfte in die Schuhe. Sie hüpfte von einem Fuß auf den anderen.
„Isch glaube, das ist sehr stabil", stellte sie lachend fest, „damit kann ich den *camino duro* gehen."
„Den wollen wir auch laufen", sagte Andrea, „aber jetzt brauche ich erst etwas Kaltes zu trinken."
Sie setzten sich zu Geraldine an den Tisch und freuten sich über den alten Mann, der sie freundlich bediente, und ihnen stolz erklärte, dass auf den vielen Fotos seine Kinder und Enkel zu sehen seien. Die dünn verputzten Wände der umgebauten Garage waren übersät mit alten und neuen Kinderbildern, Kommunion- und Hochzeitsfotos, Paar- und Familienaufnahmen.

Gemeinsam verließen die drei *peregrinas* den einfachen Jakobsweg, um gemeinsam den „schweren Weg" zu gehen, der atemberaubende Landschaften versprach. Er begann mit einem

sehr steilen Aufstieg, und sie blieben oft stehen, um zu verschnaufen und die schönen Ausblicke zu genießen.
Nach mehr als einer Stunde Anstrengung und viel Schweiß wurden sie belohnt: Heidekraut und niedrige Sträucher blühten hier oben weiß, rosa, violett und gelb zwischen zarten Gräsern. Sie säumten abwechselnd mit kleinen, verknorzelten Eichen und bemoosten Felsbrocken den schmalen, steinigen Pfad. Der weite Blick auf die vielen runden Bergketten am Horizont war faszinierend.
Bei so viel Schönem hatte Andrea plötzlich das Bedürfnis, ihren Gefühlen Raum verschaffen zu müssen. Sie schmetterte laut und inbrünstig Händels „Halleluja" über die Berge.
„Sonst wäre ich geplatzt!", entschuldigte sie sich anschließend.
„Du 'ast sehr schön gesungen", lobte Geraldine und schlug vor: „Vielleicht können wir zusammen eine andere Lied singen?"
Sie stimmte ein Chanson an: „Il y aura cent mille chansons. Quant viendra le temps des cent mille saisons…"
Andrea erkannte das französische Lied sofort und sang den deutschen Text:
„… denn Wunder gescheh'n, seit ich dich geseh'n
und alles wird schön durch die Liebe.
Alle Blumen blüh'n nur für mich,
alle Sterne glüh'n nur für mich in unendlicher Pracht.
Traumschöner Zauber der Nacht,
und aus dem funkelnden Schein
schweben Gedanken zu zwei'n,
dringen ins Herz mir hinein,
und es singt und es klingt meine Liebesmelodie.
Ein Chanson klingt leise in mir,
und die Melodie, sie erzählt nur von dir…."
Andrea war ganz bei sich und ihren Gefühlen. Sie schmolz dahin mit ihrem eigenen Gesang. Die zärtliche Melodie und der Text drückten ihre Sehnsucht aus und berührten sie. Sie kostete jeden Ton des Liedes aus. Für einen Moment war ihr, als ob die Welt um sie herum in der Musik versinken würde, und sie blieb ein wenig hinter den anderen auf dem Weg zurück.
Immer weiter ging es bergauf.

Wenig später sangen sie abwechselnd französische Chansons und deutsche Schlager. Die Musik beschwingte sie, machte gute Laune und erleichterte das Laufen.

Eine Stunde später lud sie das schattige Plätzchen vor einer Bar zu einer Pause ein. In dieser einsamen Gegend hatte scheinbar jemand sein Herz für die Pilger entdeckt:
Die Frauen saßen so, dass ihr Blick auf einen Zeltplatz fiel, der sich auf der gegenüberliegenden Seite der schmalen Straße befand. Er war von einem hohen Maschendrahtzaun umgeben. An einem Pfahl wiesen bunte Plakate auf Ayurveda-Massagen und Meditationen hin.
Das alte Häuschen daneben sah verwunschen aus mit seinen windschiefen Fensterläden und der bröckelnden Fassade. Aus den Blumenkästen vor den Fenstern quollen üppig blühende Balkonpflanzen. Von einem Garderobenhaken flatterten farbige Tücher nach draußen durch die weit geöffnete Tür. Ein betörender Duft von tausend Kräutern und Ölen strömte heraus. Neben dem Eingang standen eine Bank und zwei Korbstühle aus Rattan. Kleine und große Kissen in bunten Farben und mit unterschiedlichsten Mustern lagen einladend darauf.
Ein athletisch gebauter Mann mittleren Alters schritt langsam heraus, blieb einen Augenblick scheinbar unschlüssig stehen, blickte nach rechts und links und stolzierte dann wie ein Gockel um das ganze Anwesen herum. Seine leicht ergrauten langen Haare hatte er zu einem Pferdeschwanz gebunden, der auf seinem nackten, von der Sonne gebräunten Rücken lag. Er trug nur eine knallenge Jeans und zeigte stolz seine muskulöse, kahle Männerbrust.
Scheinbar achtlos schlenderte er danach von der gegenüberliegenden Straßenseite her auf die Bar zu und verschwand ein paar Minuten hinter dem Haus, nicht ohne ihnen im Vorbeigehen neugierige Blicke zuzuwerfen.
„Ich glaub's ja nicht!", lachte Sabine, „wo sind wir denn hier gelandet?"
„Ich würde mich ja liebend gerne von diesem schönen Menschen massieren lassen", schwärmte Andrea mit einem eindeu-

tigen Unterton in der Stimme, während sie versuchte, sich das Lachen zu verkneifen.
„Das kann ich mir denken!"
„Aber der ist bestimmt für Wochen ausgebucht."
„Was meinst du, wenn der dir eine Ayurveda-Massage verpasst, dann brauchst du sonst nichts mehr!"
„So sieht's aus!"
Sie prusteten vor Lachen und hielten sich den Mund zu, um nicht unangenehm aufzufallen.
„Da ist er wieder!"
„Schau nicht so zu dem Schönling hin, sonst merkt er noch, dass wir über ihn lachen, und wird böse."
„Und dann haut er uns vielleicht ein Ölläppchen um die Ohren", kicherte Sabine.
„Und davon kriegen wir dann ganz fettige Haare. Nein, nein, das sieht nicht schön aus."
„Also gehen wir lieber weiter, damit kein Unglück passiert."
Geraldine lachte, schwieg und wunderte sich über ihre albernen, älteren Mitpilgerinnen.
Als sie, immer noch erheitert, an dem schnuckeligen Haus vorbeiliefen, hatte sich der Schönling auf seiner Hausbank niedergelassen und musterte die drei Frauen von oben bis unten.
Freundlich sagte er, mit stark spanischem Akzent: „Es freut mich, dass ich euch so gut gefalle und wünsche einen *buen camino*."
Sabine war so perplex, dass sie den Gruß leicht stotternd erwiderte. Andrea dagegen bog sich vor Lachen. Ihr Heiterkeitsausbruch hielt durch den ganzen riesigen Kastanienwald an, bis es steil bergab ging. Ihrem Knie gefiel dieser Abstieg gar nicht gut, und das verdarb ihr ein wenig die gute Laune.
Die erst vor ein paar Stunden so mühsam erklommenen dreihundert Höhenmeter mussten jetzt wieder abgestiegen werden.
Sabine war froh, dass sie die Besenstiele hatte, denn ihr Knöchel meckerte ebenfalls.
„Wenn ich hier heil herunter komme, sing **ich** euch mal das ‚Halleluja' vor", versprach sie.

Vorsichtig kraxelten sie eine unendlich lange Zeit hintereinander her, nicht ohne laut zu stöhnen und sich gegenseitig zu bedauern.
Plötzlich stieg ihnen der Geruch von verbranntem Holz in die Nase. Auf einigen hundert Quadratmetern standen schwarze Baumstümpfe und Sträucher. Ein trostloser und trauriger Anblick.
Der Geruch weckte in Sabine eine unschöne Erinnerung:
Eine Nachbarin hatte sie damals in der Schule angerufen, nachdem sie die Feuerwehr alarmiert hatte. Der schwarze Qualm, der aus dem geöffneten Küchenfenster quoll, hatte sie dazu animiert. Markus hatte Nudeln in kochendes Wasser geschüttet und war in den Keller gegangen. Dort hatte er dann offenbar die Nudeln sofort vergessen, weil er keinen Hunger mehr auf feste Nahrung hatte…
Sabine atmete einige Male tief ein und aus und verabschiedete sich von dieser Geschichte. Vorbei!
Hinter dem verkohlten Waldstück war der Abstieg des *„camino duro"* zu Ende.
Einen Moment lang zweifelten die Frauen, ob sie hier richtig waren. Die gelben Pfeile wiesen den Weg über einen großen Parkplatz für Lastwagen und an einer Tankstelle vorbei in den Ort. Der Weg führte sie zu einer Herberge.
Das Haus war ordentlich. Aber sonst? Die vorbeifahrenden schweren Transporter donnerten über die Straße. Der Lärm war ohrenbetäubend.
Die Wirtin erzählte ihnen, dass die Lastwagen eine Woche lang wegen einer Baustelle hierher umgeleitet würden.
Bei einer kalten Cola überlegten Andrea, Sabine und Geraldine, was zu tun war. Die nächste Herberge war immerhin noch vier Kilometer entfernt. Mit wehem Fuß und Knie konnte diese Strecke recht lang werden.
Geraldine beschloss, hier zu bleiben.
Die Freundinnen jedoch lockte die Aussicht auf ein ruhiges, schnuckeliges *refugio* an einem Bach.
„Das schaffen wir noch!" Darin waren sie sich mal wieder einig. Schließlich gab es keine Steigungen und keine Schotterwege mehr. Der Weg dorthin führte nur an der Straße entlang.

Sie motivierten ihren noch verbliebenen Rest Elan und liefen zurück auf die Straße. Ein schmaler Fußweg zog sich neben der Fahrbahn her. Die Straße war kurvenreich und - wie sie zu ihrem Entsetzen feststellten - sehr stark befahren. Personenkraftwagen und Laster kamen ihnen in einer schier endlosen Schlange entgegen.

Der Fußweg, auf dem sie sich einigermaßen sicher gefühlt hatten, hörte abrupt auf. Die Bordsteinkante wich einer weißen Markierung. Aber immer noch wurden die Fußgänger durch eine dicke Leitplanke vor den entgegen kommenden Fahrzeugen geschützt.

Doch irgendwann endete dieser Schutz. Jetzt gab es keine Markierung und keine Fahrbahnbegrenzung mehr. Neben der Straße fiel ein steiler, bewaldeter Hang abwärts. In der Tiefe plätscherte ein breites Bächlein munter dahin.

„Das ist ja lebensgefährlich hier!", rief Sabine ihrer Freundin zu und beschleunigte ihre Schritte, „ich renne jetzt, so schnell ich kann."

Sie biss die Zähne zusammen, hielt die Gurte ihres Rucksackes mit beiden Händen fest und startete einen Dauerlauf. Andrea joggte mit schmerzverzehrtem Gesicht hinter ihr her und schickte ein Stoßgebet nach dem anderen zum Himmel, während große und kleine Fahrzeuge an ihnen vorbeirasten.

„Das war ja wohl das Allerletzte!", entrüstete sich Sabine schnaufend, nachdem sie in eine ruhige Dorfstraße abgebogen war.

„Aber dafür sind wir jetzt an einem idyllischen Plätzchen!", beschwichtigte Andrea ihren Unmut.

Dicke Bäume säumten die schmale Straße neben dem Bach, die sie zu einem gelb gestrichenen Haus führten, in dem die private *albergue* untergebracht war.

Die hölzerne Eingangstreppe knarrte. Es roch nach frischer Farbe. Die Hauswände waren buckelig und schief. Vom schmalen Holzbalkon rankten bunte Petunien in Fülle.

Eine junge Frau, die ein Baby auf dem Arm trug, begrüßte sie und zeigte ihnen den Schlafraum, in dem acht Stockbetten standen.

Nachdem sie ihren Rucksack abgestellt hatte, fragte Sabine: „Kommst du mit mir zuerst an den Bach?"
„Eine gute Idee, um die heiß gelaufenen Füße abzukühlen", antwortete Andrea. „Ich habe übrigens das Gefühl, dass sich an meinem rechten Fuß eine Blase gebildet hat."
„Was, jetzt noch? Nach so langer Wanderzeit hätte ich eher Schwielen vermutet", wunderte sich Sabine.
Es roch stark nach Pfefferminz, als sie über eine grüne Wiese hinunter zum Bach liefen. Die Kräuter wucherten mit den Gräsern um die Wette. Sabine hatte sich sofort ihrer Schuhe entledigt. Sie balancierte bereits vorsichtig über die glitschigen Steine, während Andrea kritisch das kugelige Gebilde an ihrer rechten Ferse in Augenschein nahm.
„Die muss ich mir nachher verpflastern", stellte sie lakonisch fest. „Aber komisch ist es schon, dass ich nach so vielen Kilometern noch eine Blase bekomme."
Vorsichtig ging sie ins Wasser und ließ einen Schrei los: „Brrrr, ist das kalt! Mir sterben gleich die Füße ab!"
„Aber es tut gut! Findest du nicht?"
„Na ja, schon, aber mir reicht's!" Andrea stieg wieder ans Ufer und ließ sich ins Gras fallen. Sie legte sich auf den Rücken, verschränkte die Arme hinter dem Kopf und schaute in den Himmel.
Sabine folgte ihr bald und ließ sich neben der Freundin nieder. Sie sog genüsslich die würzige Luft ein. Schweigend beobachteten beide die weißen Wölkchen, die langsam am Himmel entlang zogen und genossen das Hochgefühl, das die Erschöpfung verdrängte.

Am Abend saßen die Freundinnen mit sechs Pilgern gemeinsam am großen Holztisch. Sie ließen sich die Linsensuppe mit *chorizo* schmecken, die Felipe gekocht hatte. Felicita hatte zum Nachtisch einen Nusskuchen gebacken.
Der *hospitalero* erzählte, dass er vor wenigen Jahren seinen stressigen Beruf als Managementberater aufgegeben hatte, um jetzt mit seiner jungen Frau und seiner kleinen Tochter hier zu leben.

Er war glücklich mit dem bescheidenen Leben als Betreuer müder Pilger, das er im Sommer führte, und das ihm reichlich Stoff für die Bücher lieferte, die er im Winter schrieb.
Ob es für ihn hier, wo man nur das ewige Plätschern des Baches und das Zirpen der Zikaden hörte, wohl einfacher war, sich dem Guten und Schönen zuzuwenden und für all das dankbar zu sein, als bei seinen vielen Reisen um die Welt?, fragte sich Sabine, als sie am späten Abend in ihrem Bett lag. Dann schlief sie ein.
Beschwingt klettert sie neben Markus eine Felswand hoch. Sie ist angeseilt und bester Laune. Markus ist als Erster oben und reicht ihr seine Hand. Sie haben gemeinsam den Gipfel erreicht.
Ihr Triumphgefühl bekommt jedoch einen leichten Dämpfer, als Markus sagt: „Ich habe übrigens deinem Schuldirektor gesagt, er soll die Finger von dir lassen, dieser Kinderficker. Sonst polier ich ihm seine Glatze. Aber kräftig!"
Sie will etwas erwidern, aber da kommt ein riesiger Laster auf sie zugefahren. Markus springt zur Seite und verschwindet in der Tiefe.
Na gut, denkt sie, dann eben nicht und schaut hinunter in das schwarze Loch. Vor ihren Füßen tauchen zwei Hände auf, die den Felsen umklammern. Zwischen den Händen erscheint ein Cowboyhut, und Max zieht sich lachend zu ihr hoch.
„Hast du Markus nicht gesehen?", fragt sie ihn, „er muss auch da unten sein."
Max zuckt mit den Schultern und verschwindet wieder.
Abermals versucht sie, mit ihren Augen die tiefe Dunkelheit zu durchdringen und entdeckt Markus. Er liegt friedlich auf einer Matratze und schläft. Ja klar, er war in den Keller gegangen, hatte mit der Carrera-Bahn gespielt und einen großen Kran aus dem Technikbaukasten zusammengeschraubt. Das hätte sie wissen müssen. Er ging doch meistens in den Keller, wenn er verärgert war.
Plötzlich hört sie ein keckerndes Lachen. Im Regal hinter der Matratze erscheint ein roter Haarschopf. Er gehört einem kleinen Kobold, der Flaschen auf den Fußboden wirft. Pumuckl! Nein, er sieht aus wie Max. Sie hat ihn genau erkannt.

Jetzt fängt er an zu singen: „Pumuckl hat's nicht versteckt, aber alles entdeckt! Haha!!"
Er hüpft in Windeseile von einem Regalbrett zum anderen und lacht sein schadenfrohes Lachen, wenn die Flaschen auf dem Fußboden zersplittern und die Flüssigkeit in die Luft spritzt.
Sabine hat große Lust mitzumachen. Sie greift sich ebenfalls eine Flasche und knallt sie mit Wucht auf den Boden. Jetzt werfen sie abwechselnd und kichern dabei um die Wette. Das ist ein Klirren und Spritzen, das es nur so kracht! Es macht ihr wahnsinnig viel Spaß, und sie freut sich wie ein Kind über die vielen Scherben.
Mit einem Satz springt der Kobold vom Regal hinunter und nimmt sie in den Arm. Sie lacht ihn fröhlich an und sieht in Max' spitzbübisches Gesicht.
Sie erwachte von ihrem eigenen Gelächter.
‚So ein Blödsinn', dachte sie grinsend, drehte sich um und schlief weiter.

30. Herausforderungen

Andrea wurde vom Zuschlagen einer Tür geweckt. Sie stellte fest, dass sie nur noch mit Sabine im Zimmer war. Alle anderen Pilger hatten das *refugio* bereits verlassen.
„Wie spät ist es denn?", fragte Sabine verschlafen.
„Acht Uhr! Oje, hat Felipe gestern Abend nicht gesagt, dass es nur bis acht Uhr Frühstück gibt?"
„Dann sollten wir uns beeilen. Menschenskind, wo soll das denn noch hinführen, wenn wir jetzt jeden Morgen verpennen?", argwöhnte Sabine.
Felipe lachte, als die beiden Frauen in seiner Küche erschienen, und schenkte ihnen Kaffee ein.
„Ist doch schön, dass ihr so gut geschlafen habt", meinte er, „ihr habt heute schließlich eine anstrengende Strecke vor euch."

Andrea und Sabine verabschiedeten sich nach dem Frühstück von dieser außergewöhnlichen Familie und liefen weiter auf ihrem Weg.
„Ich habe den Eindruck, dass der Jakobsweg manche Menschen dazu bringt, ihr Leben zu verändern und ihnen Mut macht, ihren Traum zu leben", äußerte Sabine nachdenklich, während sie neben Andrea am Fluss entlang durch einen grünen Laubwald wanderte.
„Ja, der Meinung bin ich auch. Der Weg verändert nicht die Menschen, sondern die Menschen, die ihn gehen, verändern ihren Weg. Vielleicht, weil sie merken, dass das einfache Leben sehr bereichernd sein kann, wenn man es so will und es wagt", ergänzte Andrea ihre Überlegungen.

Ein Schild am Straßenrand zeigte an, dass hier die Region Galicien begann, die heute eine der ärmsten Gebiete Spaniens ist. Hauptstadt dieses geheimnisvollen Landstrichs, in dem viele alte Kulturen ihre Spuren hinterlassen haben und auch heute noch mystische Geschichten und Bräuche existieren, ist Santiago de Compostela.
In einer kleinen Stadt wiesen die gelben Pfeile den Weg an modernen Wohnblocks vorbei. Zwischen den sechsgeschossigen Häusern aus Beton und Glas stand eine winzige, uralte Dorfkirche. Sie wirkte einsam und verloren dort am Straßenrand und war ein krasser Gegensatz zu ihrer Umgebung.
Andrea und Sabine öffneten die hölzerne Tür, die schief in den Angeln hing. Beim Betreten fiel ihr Blick zuerst auf viele bunte Sommerblumen, die den kleinen Raum mit ihrem Duft erfüllten. Auf dem Altar standen in kleinen, verwitterten Holznischen bunte Heiligenfiguren, von denen die Farbe abblätterte. Der uralte, halb zerfallene, hölzerne Beichtstuhl, der auf wackeligen Füßen neben dem aus Sandstein gehauenen Taufbecken stand, hatte ein Lochmuster von den vielen Holzwürmern, die darin hausten. Der Putz bröckelte von den schimmeligen Wänden. Nur die Holzdecke war neu und die zehn Stühle, die die fehlenden Kirchenbänke ersetzten.
Die Freundinnen setzten sich zu einem kurzen Gebet hin.

Die ärmlichen Häuser in den kleinen Weilern, durch die der *camino* sie weiterführte, waren liebevoll mit bunten Petunien geschmückt. Ihre Pracht verdeckte die renovierungsbedürftigen Hauswände.

Die Pilgerinnen blieben belustigt vor einem Stall stehen, aus dessen Eingang eine verrostete Waschmaschine schaute, deren Löcher und Öffnungen allesamt üppig blühenden Pflanzen ein außergewöhnliches Zuhause gaben.

„Herrlich!", schwärmte Sabine, „wie wenig man doch braucht, um einer verfallenen Fassade ein freundliches Gesicht zu geben. So ein paar Blumen wirken Wunder. Bei uns wäre das verrostete Ding längst auf dem Müll gelandet. Da muss immer alles perfekt sein. Auch in Haus und Garten wird alles aufeinander abgestimmt. Da wird nichts improvisiert. Wir werden vollgestopft mit einem Riesenangebot und ständig wechselnden Modetrends. Es werden Bedürfnisse geweckt, die wir eigentlich gar nicht haben. Es ist fast unmöglich, diesen ständig wechselnden Highlights immer zu widerstehen."

„Da erinnerst du mich gerade an etwas", unterbrach Andrea sie. „In der Schule haben wir das Wort Bedürfnis so definiert: ‚Ein Bedürfnis ist das Empfinden eines Mangels, verbunden mit dem Wunsche, diesen Mangel zu beseitigen'. Ich wundere mich manchmal, was man alles als Mangel empfinden kann, wenn man es sich von der Werbung oder dem Umfeld so einimpfen lässt."

Sie wanderten langsam nebeneinander bergauf, während sie intensiv diskutierten.

„Ich stelle immer wieder bei meinen Schülern fest", sagte Sabine, „wie schwer es ist, ihre Aufmerksamkeit für ganz elementare Dinge wie Eigenverantwortung und Engagement zu wecken. Disziplin und soziales Verhalten werden bei vielen nicht besonders groß geschrieben. Dafür wird auch keine Werbung gemacht! Dafür muss man sich ja anstrengen! Dass man an sich selbst arbeiten muss und nicht alles kaufen kann, was zufrieden und glücklich macht, ist manchen Schülern nur schwer zu vermitteln!"

Andrea stimmte ihrer Freundin zu: „Ich finde es beängstigend, wie sich bei manchen Menschen etwas Grundsätzliches in der

Denkweise verändert hat. Sie legen ihre Hände in den Schoß und suchen erst einmal für alles und jedes einen anderen, den sie verantwortlich machen können: Die Erzieher und Lehrer sind für die Entwicklung ihrer Kinder zuständig, die Versicherungen sollen alle Lebensrisiken abdecken. Die Pfarrer brauchen sie nur an Weihnachten, bei Kindtaufen, Hochzeit und Begräbnis, ansonsten ist ihnen die Kirche egal. Kommunen und Regierungen haben für ein ruhiges Leben in Sicherheit und Ordnung zu sorgen, Ärzte und Pharmaindustrie für die Gesundheit."
„Ja! Viele verlassen sich voll und ganz auf diese Institutionen. Sie geben immer mehr Verantwortung aus ihrer eigenen Hand und kommen gar nicht auf die Idee, dass sie selbst etwas ändern könnten. Sie wollen nur konsumieren! Sie sitzen auf ihren dicken Hintern, wenn sie in eine Schieflage geraten sind und warten, dass jemand kommt und sie wieder gerade rückt." Sabine gestikulierte mit ihren Händen in der Luft herum.
„Manche kommen gar nicht auf den Gedanken, dass es bereichernd sein könnte, eigene Ideen zu haben und diese zu verfolgen", unterstützte Andrea ihre Gedanken.
„Vielleicht, weil sie verlernt haben, ihre eigenen Fähigkeiten zu schulen und zu gebrauchen!", ereiferte sich Sabine. „Die moderne Medien- und Computertechnik bietet so viel an, dass Otto Normalverbraucher langsam zu ihrem Sklaven mutiert. Ich möchte wetten, dass es junge Leute gibt, die die Himmelsrichtungen schon nicht mehr kennen und nicht wissen, ob Hamburg oder München im Süden Deutschlands liegt, weil sie das ihrem Navi überlassen. Warte ab, vielleicht verlernen die Menschen sogar irgendwann das eigene Schreiben, weil alles per Tastatur und Mausklick geht, und das Hirn nur noch von mehrdimensionalen Bildschirmen angeregt wird, die irgendein Despot steuert."
„Jetzt malst du aber ein Horrorszenario aus", beschwichtigte Andrea die Freundin.
„Naja", lachte diese, „vielleicht habe ich ja ein bisschen übertrieben, aber durch das Internet wäre so etwas doch durchaus möglich."

Andrea wischte sich mit einem Taschentuch den Schweiß aus dem Gesicht. „Viel gefährlicher finde ich es, den Sinn des Lebens nur im ständigen Wirtschaftswachstum und dem damit verbundenen Gewinn zu suchen. Immer mehr, immer größer, immer weiter! Aber ich hoffe, dass auch diejenigen, die das tun, eine Entwicklung durchmachen und irgendwann eine Leere in sich spüren, die mit Sinn und Verstand ausgefüllt werden muss. Und ich glaube doch, dass wir alle irgendwo tief drin in uns wissen, dass das Sein mehr ist als das Haben, und dass Selbstverantwortung Freiheit bedeutet."

„Es wird immer solche und solche Menschen geben", warf Sabine ein. „Die, die die technischen Neuerungen und Trends zu ihrem Vorteil zu nutzen wissen und die, die sich abhängig davon machen. Schlimm wäre es nur, wenn der Mensch irgendwann seine eigene Technik nicht mehr beherrschen könnte und von Robotern regiert würde."

„Ich glaube, du guckst zu viele Science-Fiction-Filme", entgegnete Andrea.

Während dieses sehr emotional geführten Gespräches stiegen die Freundinnen langsam durch einen dichten Laubwald zum O Cebreiro empor. Schritt für Schritt überwanden sie immer mehr von den achthundert anstrengenden Höhenmetern. Zwischendurch gaben Lichtungen den Blick frei auf eine faszinierende Berglandschaft, deren Rundungen sich wie Elefantenrücken aneinander- und hintereinander reihten.

„Dieses wunderschöne Panorama würde ich gerne eine Weile genießen. Was hältst du von einem Picknick?" Sabine wartete keine Antwort ab, sondern nahm ihren Rucksack vom Rücken, breitete ihre Regenjacke unter einem großen Baum aus und verteilte in Windeseile Baguette, Käse, Tomaten, Obst und Studentenfutter darauf.

Andrea setzte sich ins Gras und holte ihr Handy aus der Tasche. „Ich schreibe jetzt meine sonntägliche Kurzmitteilung an Magdalena, damit sie weiß, dass es mir immer noch gut geht."

„Gute Idee! Meine Kinder würden sich wahrscheinlich auch über ein Lebenszeichen von mir freuen", erwiderte Sabine und kramte ebenfalls ihr Telefon hervor.

„War eigentlich einer von deinen beiden noch mal bei Markus?", fragte Andrea.
„Ich weiß es nicht. Geschrieben haben sie nichts davon." Sabine schnippte eine kleine Ameise von einer Cocktailtomate, bevor sie sie in den Mund schob.
„Wir sind hier inzwischen so richtig weit ab von allem, was mit unserem Leben Zuhause zu tun hat", erwiderte Andrea nachdenklich. „Alles was daheim irgendwie wichtig oder problematisch war, ist in weite Ferne gerückt. Karl-Heinz ist momentan für mich am Ende der Welt, aber ich ... ich denke verflucht oft an Michael...."
„Du hast dich in ihn verliebt, nicht wahr?"
Andrea schloss kurz die Augen, bevor sie antwortete: „Ich glaube nicht, dass das die richtige Bezeichnung ist. Es ist... irgendwie anders...", sie lächelte und reckte ihre Arme über den Kopf, bevor sie sie weit auseinanderbreitete und wieder absenkte, „ich kann es dir nicht erklären."

In der Mittagszeit erreichten die Freundinnen den Wallfahrtsort O Cebreiro. Obwohl ihnen unterwegs nur wenige Pilger begegnet waren, wimmelte es hier von Menschen. Zu Hunderten waren sie mit Bussen auf den Berg gefahren und bevölkerten die Straßen zwischen den strohgedeckten Rundhäusern des Museumsdorfes.
In der aus hellem Sandstein errichteten Wallfahrtskirche wurde auf einem Seitenaltar das Mirakel aufbewahrt. Als die Freundinnen die angenehm kühl temperierte Kirche betraten, fiel ihr Blick sofort auf den gläsernen Tabernakel, in dem ein Kelch mit einer golden strahlenden Hostie stand.
Die Legende über das „Heilige Wunder" zog viele Pilger hier her. Es wurde erzählt, dass ein frommer Bauer sich in einer eiskalten Winternacht bei Schneesturm den Berg hinauf geschleppt habe, um die Messe zu besuchen.
Ein weniger glaubensfester Mönch dachte abfällig: „Was für ein Dummkopf! Quält sich durch so ein Unwetter, nur um ein bisschen Brot und Wein zu sehen!"

Im selben Moment sollen sich Hostie und Messwein in echtes Fleisch und Blut verwandelt haben. Soweit die mystische Geschichte.
Der Gottesdienst begann, und die Freundinnen freuten sich über jeden Choral, den sie kannten und mitsingen konnten. Beim Verlassen der Kirche wurden sie Teil der Menschenmenge, die sich durch das Museumsdorf quälte. Dieser Rummel hielt sie davon ab, hier zu übernachten.
Laut Reiseführer war die nächste Herberge zwei Stunden entfernt. Ein bisschen bergab und bergauf, und dann standen sie davor. Das Haus war eingerüstet und ein Schild verkündete, dass das *refugio* wegen Renovierungsarbeiten geschlossen war. Sabine war enttäuscht: „Och nee!! So ein Mist. Dann müssen wir ja noch weiter bergauf. Das wollten wir uns doch erst morgen antun!"
„Da heißt es wohl mal wieder: die Zähne zusammenbeißen und weiterlaufen. Da vorne ist eine Bar. Komm, wir gönnen uns noch eine Pause, bevor wir den nächsten Berg besteigen müssen."
Sie setzten sich in den Schatten eines großen Baumes und tranken eine eiskalte Schokolade.
Anschließend beschleunigte Sabine ihr bisheriges Schritttempo. „Ich will endlich ankommen für heute. Mir reicht es nämlich", erklärte sie ihrer Freundin.
„Okay, okay, ich komme schon hinterher."
Der Aufstieg zum Alto do Poio ging gnadenlos steil bergauf. Sabine nahm all ihre Kraft zusammen und legte zielstrebig ein solches Tempo vor, dass Andrea Mühe hatte, ihr zu folgen. Dabei war sie sonst immer diejenige, die bergauf die Erste war. Als sie nach einer Stunde den Pass erreicht hatte, setzte Sabine sich auf einen Stein und beobachtete ihre Freundin, die schnaufend die letzten Meter erklomm.
„Du strahlst mich an wie eine Tomate", lachte Andrea.
„Dabei gibt es gar nichts zum Strahlen. Ich bin zwar froh, dass wir jetzt die Berge geschafft haben, aber schau mal dort drüben hin." Sie zeigte auf eine dichte Menschentraube, die vor der *albergue* stand.
„Ach, du lieber Gott! Das sieht ja gar nicht gut aus!"

Sah es auch nicht. Die Herberge war überfüllt. Selbst alle Notbetten waren belegt. Nichts ging mehr! Aus! Ende!
Schräg gegenüber stand ein etwas herunter gekommenes kleines Gasthaus, das ebenfalls Zimmer anbot.
„Die Fassade muss ja nichts heißen. Hauptsache, es ist drinnen einigermaßen sauber", sagte Andrea hoffnungsvoll.
Sie gingen in die Gaststube. Kein Mensch war zu sehen. In dem dunklen Raum herrschte ein undefinierbarer muffiger Geruch. Irgendwie nach kaltem Zigarettenrauch, Schimmel und ranzigem Fett.
Andrea sah eine WC-Tür und sagte, dort müsse sie erst mal hinein. Sabine folgte ihr.
„Na ja, das war ja wohl auch Grenzlage", meinte Andrea, als sie das stille Örtchen wieder verlassen hatten, „und jetzt schau dir mal den Fußboden hier an. Der klebt vor Dreck!"
„Nee, das ist ja nur ekelig! Selbst die Tischdecken und Stuhlkissen sind fleckig. Außerdem stinkt es hier fürchterlich."
Aus dem Dunkel hinter der Theke ertönte eine unfreundliche Stimme. Erschreckt sahen sich die beiden Freundinnen um und blickten in das mürrische Gesicht einer dicken Frau.
„¡Hola, buenas tardes, Señora. Nosotros queremos dos colas, por favor", sagte Andrea geistesgegenwärtig.
Die Dicke brummte etwas Unverständliches vor sich hin und stellte zwei Coladosen auf den Tresen.
Andrea und Sabine setzten sich draußen auf zwei wackelige Plastikstühle unter einen Baum und prosteten sich zu mit den Worten: „Hier bleiben wir auf keinen Fall!"
Nach einer Viertelstunde machten sie sich wieder auf den Weg.
„Wie viele Berge und Hügel sind wir heute eigentlich schon hinauf und hinab gestiegen?", fragte Sabine.
„Tut mir leid, ich hab sie auch nicht gezählt, aber es waren etliche."
Die Sonne war immer noch heiß, und die Wege waren immer noch steinig. Aber es war ein Glück, dass sie jetzt leicht bergab führten.
Müde erinnerten sich die Freundinnen an ihren Galgenhumor, der sie in ähnlichen Situationen immer gerettet hatte. Aber weder Sabine noch Andrea konnten ihn jetzt dazu motivieren

aus seiner Versenkung zu steigen. Sie waren am Ende ihrer Kräfte und schleppten sich nur noch langsam vorwärts. Ihre strapazierten Beine wollten sich nicht mehr bewegen, und die Füße steckten mehr oder weniger gefühllos in den Wanderschuhen. Die Rucksäcke lasteten wie Felsbrocken auf ihren Rücken.

„Mein Elan ist total futsch. Ich hatte fest damit gerechnet, hier oben ein Bett zu bekommen", stöhnte Andrea.

Keine der beiden Frauen hatte einen Blick für „das grüne Herz Galiciens" übrig, wie die Gegend hier genannt wurde.

Schweigend und lustlos trotteten sie nebeneinander her. Nur ihre Stöcke klackerten im Takt auf dem Schotterweg neben der Straße, auf der nicht ein einziges Auto vorbeifuhr, das sie hätten anhalten können.

„Beim nächsten Haus klopf ich an und frage, ob wir dort übernachten dürfen", entschied Andrea.

„Ich leg mich auch in den Stall neben die Kühe", witzelte Sabine, „das kannst du dem Bauern ruhig sagen."

„Vielleicht ist der Bauer ja ein smarter Cowboy", stichelte Andrea grinsend.

„Der hätte aber heute bestimmt keinen Spaß mit mir. Eine fast Fünfzigerin mit Totalschaden! Wer will schon so einen Oldtimer?"

„Das weiß ich auch nicht. Hatten wir nicht gestern erst beschlossen, uns nicht mehr so zu überfordern? Und was machen wir heute? Das ist doch der absolute Wahnsinn!!" Andrea schüttelte ihren Kopf.

„Ja, aber das heute ist höhere Gewalt. Ich überlege gerade, wie es wäre, wenn wir uns hier auf die Wiese legen und unter freiem Himmel nächtigen würden? Warm genug ist es bestimmt", überlegte Sabine, da weit und breit immer noch kein Haus zu sehen war.

„Aber wir hätten weder Essen und Trinken, noch eine warme Dusche. Mein Wasser hab ich fast ganz ausgetrunken."

„Ach ja, ich meines auch. Also, keine gute Idee."

Mit schlurfenden Schritten erreichten sie irgendwann Fonfria, ein kleines Dorf mit einer großen Herberge.

Zwei saubere Schlafräume, eine warme Dusche und die Aussicht auf ein gemeinsames, warmes Essen am langen Tisch brachten die Welt der beiden *peregrinas* wieder ein kleines bisschen ins Lot.

‚Man braucht doch sehr wenig, um glücklich zu sein', dachte Sabine und ‚irgendwie ist es unerklärlich, dass es immer noch ein Stückchen weiter geht, als man glaubt, wenn die Umstände es erfordern'.

31. Ein Handy

Andrea und Sabine saßen im Schatten großer Bäume im Park von Samos. Vor der kleinen Kapelle, die Ende des achten Jahrhunderts auf dem angeblichen Apostelgrab des Heiligen Jakobus errichtet worden war, stand ein junger Mann und spielte auf seiner Querflöte eine beschwingte Melodie.

„Schade, dass ich meine Flöte nicht dabei habe", bedauerte Andrea, „ich hätte direkt Lust mit ihm zusammen zu spielen."

„Das glaube ich dir gerne", stimmte Sabine ihr zu.

„Nach unserer kurzen Wanderung heute auf den butterweichen Waldwegen ist dieses kleine Konzert noch ein Highlight obendrauf."

„Ich bin ja so froh, dass wir bis Santiago keine hohen Berge mehr erklimmen müssen."

„Heute Morgen habe ich nicht geglaubt, dass es uns am Nachmittag wieder so gut gehen würde."

„Ich auch nicht. So kaputt wie heute früh habe ich mich aber auch in den ganzen Wochen noch nicht gefühlt. Keinen Blutdruck, müde Beine, Knöchel, Knie und Schulter. Habe ich noch etwas vergessen?"

„Ja, keinen Bock! Und kein Frühstück! Weil wir so lange herumgetrödelt haben."

„Manchmal sind wir ja ganz schön blöd!", schmunzelte Sabine.

„Aber zum Glück alle beide", lachte Andrea zustimmend.

Sie lauschten weiter der Flötenmusik und ließen dabei den Wandertag Revue passieren:
Auf einem schmalen, steinigen Weg bergab waren sie von einem Radrennfahrer überholt worden, der direkt neben ihnen auf einem Kuhfladen ausrutschte. Er drehte einen Salto über sein am Boden liegendes Fahrrad und rettete sich so vor einem Sturz. Ein echter Profi! Für die beiden Frauen eine Schrecksekunde mit glücklichem Ausgang.

In einem kleinen, mittelalterlich anmutenden Dorf waren sie in dem aufgestauten Teil des Rio Oribio geschwommen.
„Der alte Ort mit seinen verwitterten Häusern, der kleinen, geschwungenen Brücke über den Bach und den schwarz gekleideten, alten Leuten hatte fast etwas Vorsintflutliches", erinnerte sich Sabine. Dann zeigte sie auf Andreas kleine Umhängetasche: „Was machen wir eigentlich mit dem Handy, das du dort auf der Wiese gefunden hast?"
„Gut, dass du mich daran erinnerst! Das habe ich eingesteckt und total vergessen", lachte die Freundin und kramte das Mobiltelefon heraus. „Schau' mal an, es ist sogar eingeschaltet. Ich könnte eine der gespeicherten Nummern anrufen, um den Besitzer herauszubekommen."
„Eine gute Idee!", fand Sabine.
„Hier stehen lauter deutsche Namen. Das Ding gehört offenbar einem Deutschen", schloss Andrea. Dann überschlug sich ihre Stimme fast: „Nein, das gibt's doch nicht! ...... Sabine?"
„Ja? Was ist los?"
„Hier ist ein Hubert Sigl und ein Sebastian Stenner eingetragen", Andrea fing an zu lachen. Sie lachte und lachte und wollte gar nicht mehr aufhören.
„Was sagst du da?", wunderte sich Sabine.
„Ich glaube", erwiderte sie mit glucksender Stimme, „das Handy gehört Michael."
„Das glaub ich nicht! Lass' mal sehen!"
Die Freundinnen setzten sich eng nebeneinander und stierten verblüfft auf die Eintragungen. Es war eindeutig, wem das Handy gehörte.

„Ich schicke eine Nachricht an Sebastian", sagte Andrea fröhlich, „der wird staunen!"
Sie tippte: „Hola! Ich habe Michaels Handy gefunden. Gruß aus Samos, Andrea und Sabine" und schickte die SMS ab.
Anschließend machten sie sich auf den Weg zu der historischen Klosteranlage, um den gotischen Kreuzgang mit seinen vielen Brunnenskulpturen und die wertvollen Wandmalereien zu besichtigen.
Sie stellten sich hintereinander in eine Warteschlange vor dem wuchtigen Eingangstor. Ein dicker, hinkender Mönch lief an der Reihe vorbei, klatschte Andrea im Vorbeigehen leicht mit seinem Krückstock auf den Po und streichelte wie unbeabsichtigt über Sabines nackten Arm.
Verdutzt sahen sich die beiden Freundinnen an: „Was war denn das jetzt?" Dann brachen sie in ein schallendes Gelächter aus. Der Pater war nicht mehr zu sehen.
Als die Mönche später während des Pilgergottesdienstes ihre berühmten gregorianischen Gesänge anstimmten, konnte Andrea es sich nicht verkneifen, ihrer Freundin zuzuflüstern: „Ob der Lustmolch jetzt auch mitsingt?"
„Wahrscheinlich hat er eine besonders sonore Stimme", flüsterte Sabine grinsend zurück.
Den perfekt gesungenen alten lateinischen Messgesängen tat diese Vorstellung aber keinen Abbruch. Die Mönche trugen die einstimmigen Choräle mit großer Präzision vor. Ihre kräftigen Stimmen verhallten in der andächtigen Stille, die in der großen Kirche herrschte. Die vielen Menschen, die das Gotteshaus füllten, waren so ruhig, dass man eine Stecknadel hätte fallen hören.
Beseelt von dem meditativen Gottesdienst machten sich die Freundinnen anschließend auf den Weg zum Abendessen. Michaels Handy klingelte.
„Ja?", meldete sich Andrea.
„Andrea, bist du's?", fragte Michael am anderen Ende der Leitung. Ihr Herz machte einen Sprung vor Glück, als sie seine Stimme hörte.
„Ja!", erwiderte sie.

„Ich hab's ja fast nicht glauben wollen, als Sebastian mir erzählt hat, dass ausgerechnet du mein Handy gefunden hast!"
„Ich auch nicht!"
„Pass auf, ich mache es kurz. Der Akku wird sicher bald leer sein, denn das Ding muss schon zwei Tage dort gelegen haben."
„Dann wird das so sein, ja."
„Wir sind wahrscheinlich in drei Tagen in Santiago, dann melde ich mich noch einmal auf deinem Handy. Sagst du mir bitte deine Nummer?"
Sie nannte die Zahlen und bemerkte anschließend: „Wir brauchen aber mindestens noch fünf Tage bis Santiago!"
„Ich überlege mir, wann und wo wir uns treffen können. Wir wollen noch bis Finisterre laufen."
„Alle Achtung!"
„Also, ich melde mich! Grüß Sabine von mir und euch weiterhin einen *buen camino*."
„Euch auch, und..." Michael hatte das Gespräch bereits beendet, „...tschüss", ergänzte Andrea leise und wiegte das Handy langsam in ihrer Hand hin und her, bevor sie es ausschaltete.

Die Nacht in der gepflegten privaten Herberge war ruhig, aber Andrea schlief nur wenig. Immer wieder erwachte sie mit klopfendem Herzen aus ihrem leichten Schlaf.
Ihre Sehnsucht hatte ein Gesicht bekommen. Und sie ließ es zu. Sie genoss das warme Kribbeln in ihrem Körper bei dem Gedanken an Michael und dachte voller Aufregung an das Wiedersehen. Sie stellte sich vor, wie er sie mit seinen leuchtend blauen Augen ansehen und ihre Hand ergreifen würde, um sie langsam an sich zu ziehen und zu umarmen... Glücklich lächelnd versank sie in ihren Träumen.

32. Dankbarkeit

Der Jakobsweg wurde bescheidener. Das Kloster Samos war das letzte große historische Bauwerk bis Santiago. Die meisten Dörfer waren arm, und die Landschaft war nicht mehr so gigantisch.
Im Morgennebel wanderten die Freundinnen über Feld- und Waldwege bis Sarria. In der alten Stadt machten sie ihre obligatorische Kaffeepause.
Ab hier waren es noch einhundertzwanzig Kilometer bis Santiago. Man musste nachweislich mindestens einhundert Kilometer pilgern, um die Pilgerurkunde „Compostela" in der Pilgerstadt zu erhalten. Viele Jugendliche und Kurzpilger liefen deshalb diesen letzten Teil des Weges. Das bedeutete, dass bald mehr Menschen unterwegs sein würden.
Ein wunderschöner Eichenwald mit uralten, großen, knorrigen Bäumen, deren Stämme mit Efeu und Moos bewachsen waren, breitete sein grünes Blätterdach schützend vor der heißen Mittagssonne über die Pilgerinnen aus.
Andrea und Sabine genossen den idyllischen Waldweg, der von einem dahinplätschernden Bach begleitet wurde. Irgendwann setzten sie sich auf zwei große Steine und zogen Schuhe und Strümpfe aus, um die Füße zu kühlen.
„So macht das Pilgern wieder Spaß", freute sich Andrea, während sie langsam ihre Zehen in das kalte Wasser tauchte.
Sabine tat es ihr gleich. Ihr Handy signalisierte piepsend eine Nachricht.
„Oho, Felix schreibt mir", verkündete sie fröhlich und las: „Liebe Mama, wie geht es euch? Uns allen geht es gut, auch Papa. LG Felix, Eva u. Tanja."
Sie war überrascht, dass Felix seinen Vater erwähnte.
„Das hört sich ja fast so an, als hätte er ihn besucht", folgerte Andrea aus dem Text.
„Na, das würde mich aber sehr wundern", zweifelte Sabine.
„Lass dich überraschen!"
„Vielleicht war das die Überraschung, die Tanja kurz erwähnt hatte", überlegte Sabine.
„Du wirst es noch früh genug erfahren."

„Das glaube ich auch, aber trotzdem bin ich jetzt neugierig."
Sie überlegte einen Moment, bevor sie weitersprach: „In acht Tagen fliegen wir wieder nach Hause. Eigentlich mag ich noch gar nicht daran denken." Ihre Stimme klang ein bisschen traurig.
Dann tippte sie eine kurze Antwort an Felix ein und wenige Minuten später erfuhr sie von ihm, dass er gemeinsam mit seiner Schwester den Vater in der Klinik besucht hatte.
„Du hattest Recht, er war tatsächlich mit Tanja bei Markus. Weißt du, dass ich mich darüber unheimlich freue?"
„Ja, ich auch. Für Markus ist es bestimmt sehr wichtig und hilfreich, dass Felix ihn besucht hat."
„Schon wieder ein Grund, um dankbar zu sein", sagte Sabine.
Sie fühlte sich auf eine besondere Art beschwingt, als sie mit Andrea nach der kurzen, erfrischenden Pause weiter über den malerischen Waldweg wanderte.
Zwei Stunden später führte der Camino sie über Feldwege, vorbei an grünen Kuhweiden und einsamen Gehöften.
Ein Wanderer kam ihnen entgegen, der nicht nur einen Rucksack auf dem Rücken, sondern auch ein großes Holzkreuz vor der Brust trug.
„Der sieht zwar aus wie ein frommer Pilger, mit seinem Riesenkreuz vor dem Bauch, aber er läuft doch in die falsche Richtung, oder?", fragte Andrea verunsichert.
„Ich habe schon lange keine gelben Pfeile mehr gesehen", gestand Sabine.
„Das fehlte noch, dass wir vom Weg abgekommen und in die falsche Richtung gelaufen sind. Nein, das kann ich mir nicht vorstellen. Wir fragen ihn, wohin er geht."
Als der Fremde an ihnen vorbeilaufen wollte, sprach Andrea ihn an.
Er amüsierte sich köstlich über die Unsicherheit der beiden Frauen. Sein sonnengegerbtes Gesicht überzog sich mit runzeligen Lachfalten.
„Nein, nein, ihr seid schon auf dem richtigen Weg. Ich bin auf dem Rückweg von Santiago de Compostela. Vor fünf Tagen bin ich in der Pilgerstadt angekommen, und jetzt laufe ich wieder zurück nach Saint-Jean-Pied-de-Port. Aber ihr seid nicht

die Ersten, die ich verunsichert habe", lachte er vergnügt und setzte seinen Weg fort.
Andrea stellte fest: „Na, der war ja mal gut drauf!"
Sabine schüttelte den Kopf: „Unglaublich! Läuft den Weg zweimal! Und dann auch noch mit diesem Gewicht vor dem Bauch! Es ist nicht zu fassen!"
„Er sah aus wie ein Bergbauer mit seinem karierten Hemd und dem Gamsbart am Hut."
„Ja, nur die Krachlederne fehlte noch."
„Die hatte er doch im Gesicht!" Andrea freute sich über ihren eigenen Witz und fing schallend an zu lachen.
Sabine sah sie verdutzt an und kicherte: „Vielleicht haben wir ja auch schon so eine Lederhaut bekommen, und es nur noch nicht gemerkt."
„Lass dich anschauen!" Andrea sah ihrer Freundin ins Gesicht: „Nee, du jedenfalls nicht! Du siehst eher aus wie eine in die Jahre gekommene Pippi Langstrumpf mit deinen vielen Sommersprossen und den roten Haaren."
„Na danke! Und du?" Sabine schaute ihre Freundin betont kritisch an, bevor es aus ihr herausplatzte: „Ich würde sagen: Eher wie eine alte Indianerbraut, die auf ihren Häuptling wartet!"
„Du alte Stänkerliese!"
Ausgelassen lachten sie um die Wette wie zwei alberne Teenager, und das Laufen wurde dabei zur Nebensache.
Der letzte Abschnitt ihrer heutigen Etappe war über und über mit Kuhfladen gespickt. Eine Tatsache, die ihre Lachmuskeln noch mehr anheizte, weil sie sie zu einem Kuhfladenhopping verführte. Glücklicherweise bekamen sie dabei keine nennenswerten Spritzer an Haut und Hosen ab.

Am Nachmittag kehrten sie in eine gemütliche Herberge ein, die Teil eines kleinen Gehöftes war. Eine junge Spanierin führte sie über eine knarrende alte Holztreppe hinauf in den Schlafraum. Dicke Holzbalken stützten das Dachgerüst. Sechs Betten standen in reichlichem Abstand nebeneinander und waren mit bunten Decken belegt.

Sabine und Andrea freuten sich über die ruhige Umgebung. Der Weiler bestand nur aus dem Bauernhof und einer winzigen Kapelle.
Bis zum Dunkelwerden saßen die Freundinnen still nebeneinander auf einem dicken Baumstamm hinter dem Haus. In der Ferne waren bewaldete Hügel zu sehen. Ab und zu muhte eine Kuh oder zwitscherte ein Vogel. Eine friedliche Idylle.
„Dankbar sein macht glücklich!", unterbrach Sabine mit leiser Stimme die Stille.
„Ja, man kann sich nur schwer vorstellen, dass jemand dankbar und unglücklich zugleich ist", meinte Andrea.
„Ich suche nach dem Grund für das Gefühl der Dankbarkeit, das wir hier so oft empfinden. Vielleicht ist es so, weil wir das Leben und alles um uns herum viel intensiver wahrnehmen. Wir werden nicht abgelenkt und nichts ist selbstverständlich. Wir staunen immer wieder über uns selbst und unser Durchhaltevermögen."
„Ja, wir freuen uns über jeden Berg, den wir geschafft haben und über jeden Bach, der uns eine Abkühlung schenkt. Jeder schöne Moment gewinnt an Tiefe, weil wir ihn hier bewusst wahrnehmen."
„Ich wünsche mir, dass ich diese Aufmerksamkeit auch behalten kann, wenn ich wieder zu Hause bin..."
„... und mich nicht mehr durch die allgemeine Hektik davon ablenken lasse", vervollständigte Andrea den Satz.

33. Leben ist Pilgern

Die geraden Feldwege zwischen grünen Kuhweiden wechselten sich ab mit himmlisch weichen Hohlwegen durch den Wald. Sabine und Andrea waren froh, dass auch die heutige Etappe es gut mit ihren strapazierten Körpern meinte und nicht besonders anstrengend zu laufen war.
Vor Portomarin überquerte eine große Brücke den Stausee, der fast ausgetrocknet war. Das alte Dorf, einst eines der blühends-

ten und reichsten Orte Galiciens, verschwand in den sechziger Jahren des zwanzigsten Jahrhunderts im Wasser.
Jetzt, am Ende des Sommers, hatte der aufgestaute Rio Miño so wenig Wasser, das alte Mauerreste und Ruinen wie Gerippe als tote Zeugen der Vergangenheit aus ihm herausragten. Andrea und Sabine blieben auf der Brücke stehen, um sich diesen Anblick zu verinnerlichen.
„Das sieht ziemlich traurig aus", fand Sabine.
„Und deswegen gehen wir nun weiter, gönnen uns eine kalte Cola und schauen uns das neue, heutige Portomarin an", schlug Andrea vor.
Die Häuser der Neustadt machten einen eher zweckmäßigen Eindruck. Daran änderten auch die geschwungenen Arkaden vor den kleinen Geschäften nicht viel. Die wenigen bunten Blumen reichten nicht aus, um dem tristen Grau etwas Freundlichkeit zu verleihen. Selbst auf dem großen Platz vor der Kirche wuchs nicht ein einziger Baum. Der eckige Turm der abgetragenen und wieder aufgebauten Iglesia de San Nicolás wirkte wie eine Festung.
Es war Mittagszeit, das heißt, die Menschen hielten Siesta und die Straßen waren wie ausgestorben. So wirkte diese neue Stadt auch eher trostlos auf die beiden Pilgerinnen. Nur in einer kleinen Bar, die sie versteckt in einer Seitenstraße fanden, herrschte Leben; denn hier saßen mehrere *peregrinos* unter einem dicken Baum bei erfrischenden Getränken. Die Freundinnen gesellten sich zu ihnen.
Eine rostige Hängebrücke, die hoch über einer Eisenbahnstrecke angebracht war, führte sie später aus der Stadt hinaus. Vorsichtig setzten sie einen Fuß nach dem andern auf die wackeligen, teils morschen Holzbalken und hielten sich an dem rostigen Geländer fest.
Die leichten Schwingungen erinnerten Sabine an die Wackelbrücke auf dem Gonsenheimer Waldspielplatz, den sie und Markus früher oft mit ihren kleinen Kindern besucht hatten. Ja, damals waren sie glücklich gewesen und fest davon überzeugt, dass das immer so bleiben würde. Wie vergänglich solche Meinungen doch sind! Aber wie schön, die Erinnerung an glückliche Zeiten zu haben.

Unterwegs tauchten jetzt immer mehr fast tausend Jahre alte, verwitterte Pilgerkreuze aus Stein auf, die auf einer Seite eine Marienfigur und auf der anderen den gekreuzigten Jesus zeigten. Sie alle waren von Wind und Wetter gezeichnet. Manche wirkten wie abgeschliffen, andere waren mit Moos überzogen. Andrea erfasste jedes Mal ein ehrfürchtiges Gefühl, wenn sie vor solch einem alten Denkmal der Jakobspilger stand.
„Pilgern ist Leben und Leben ist Pilgern", sagte sie nachdenklich vor sich hin, „und jeder der vielen Millionen Menschen, die in tausend Jahren hier gestanden haben, hatte seine eigene Geschichte. Jeder hatte einen eigenen Grund dafür, hier zu stehen, egal ob er Kreuzritter, Wanderer, Räuber oder Pilger war. Die historischen Geschichten sind mit den gegenwärtigen verknüpft. Die Lebensgeschichten unserer Eltern und Großeltern sind auch mit unserer eigenen eng verbunden."
Sie machte eine Atempause und schnippte kurz mit dem Zeigefinger in die Luft: „Mir kommt da eine Idee, ein Vergleich sozusagen: Stell dir vor, die Welt wäre ein Buch mit vielen Geschichten. Und so, wie sich ein Buchstabe mit anderen zu einem Wort verbindet, die Wörter sich zu einem Satz formen und die Sätze eine Geschichte ergeben, so könnte man sich doch auch das Zusammenwirken der Menschen vorstellen. Wir sind die Buchstaben, die herumpurzeln und sich zu Wörtern formen, und Gott hält das dicke Buch mit all den kleinen und großen Geschichten fest in seiner Hand."
„Nicht schlecht", meinte Sabine, „also, wenn wir wie Buchstaben sind, die herumpurzeln und sich zu Wörtern verknüpfen, sind wir beweglich und können unsere Wörter verändern."
„Stimmt!"
„Das bedeutet aber auch, dass wir alle voneinander abhängig sind; denn auch der Sinn des Satzes kann sich durch ein anderes Wort jederzeit verändern."
„Genau! Das ist doch das Geniale!", ereiferte sich Andrea, „dadurch, dass du dich, ich meine deine Buchstaben veränderst, verändern sich auch die Wörter, die zu dir gehören."
„Aha! Du meinst also, wir können in unserem eigenen Leben, in unserem eigenen Satz, ein Wort so verändern, dass die ganze Geschichte eine andere wird."

„Genau! Und mit jedem Kind, das geboren wird, kommen neue Buchstaben und Wörter hinzu und jeder hat seine eigene, kleine Geschichte, in der er allerdings auch ein bisschen gefangen ist, denn er kann nicht aus dem Buch ausbrechen oder herausfallen."

„Aber die Geschichten sind alle miteinander verknüpft, und das Buch wird immer dicker. Also, pass mal auf, du Hobbyphilosophin. Angenommen, man könnte sein Leben zweimal leben. Glaubst du, man würde sich anders verhalten als beim ersten Mal?"

„Nein, ich glaube nicht", sagte Andrea nachdenklich, „ich denke, in dem Moment, wo du eine Entscheidung triffst, kannst du gar nicht anders, weil das eigene Ich und dein soziales Umfeld dir keine andere Wahl lassen."

„Man hat immer mehrere Möglichkeiten, also mindestens zwei: Man kann Ja oder Nein sagen."

„Eben! Aber ich glaube, dass unsere Entscheidungen immer von unserem eigenen Verlangen nach Glück und Harmonie gesteuert werden. Da findet sicherlich viel im Unterbewusstsein statt. Und dann müssen wir auswählen, ob uns unser eigenes Glück oder das der anderen wichtiger ist."

Nach einer kurzen Pause fuhr sie fort: „Karl-Heinz hat einen Ausspruch von Sören Kierkegaard in seinem Arbeitszimmer hängen, der mir gerade einfällt: ‚Leben muss man das Leben vorwärts, verstehen kann man es nur rückwärts'."

„Womit er unbedingt Recht hatte!", antwortete Sabine stirnrunzelnd.

In der neuen, modernen Herberge, die heute ihr Ziel war, hing im Eingangsbereich ein riesiges Poster vom Meer. Die weißen Schaumkrönchen auf der Brandung bildeten einen schönen Kontrast zum dunklen Wasser und dem blauen Himmel darüber. Der weiße Sandstrand lud zum Träumen ein und brachte Andrea auf eine Idee: „Wenn wir es schaffen, in drei Tagen in Santiago zu sein, hätten wir noch Zeit genug, um mit dem Bus nach Finisterre ans Meer zu fahren. Wir könnten Michael treffen und ihm das Handy zurückgeben."

„Falls die drei bis dahin dort angekommen sind", gab Sabine zu bedenken.

„Vielleicht meldet er sich ja morgen, dann werde ich ihm das mal vorschlagen, wenn du einverstanden bist."
„Ja, ja, das kannst du ruhig machen. Es wäre ein schöner Abschluss unserer Reise."

34. Neuigkeiten

Frühnebel lag noch über den Feldern, als die Freundinnen die Herberge verließen.
„Mein Knöchel schmerzt schon heute Morgen. Trotz der Bandage und des allnächtlichen Verbandes. So ein Mist!", schimpfte Sabine.
„Falls es dich beruhigt, mir geht es auch nicht viel besser. Meine Schulter und mein Knie tun weh. Wir sind wohl doch nicht mehr die Frischesten. Aber nach fast siebenhundertfünfzig Kilometern dürfen wir auch ein bisschen jammern, finde ich. Wirst sehen, in einer halben Stunde haben sich alle wieder ans Arbeiten gewöhnt und geben Ruhe", tröstete Andrea optimistisch.
Und sie behielt Recht, denn eine halbe Stunde später liefen sie über die wohltuend weichen Wege eines duftenden Eukalyptuswaldes. Die riesigen Baumwipfel mit ihren langen spitzen Blättern wiegten sich leise im Wind. Jeder Stamm war von einer Unmenge Schösslingen umgeben, deren ovale Blätter silbern in der Morgensonne schimmerten.
Im einem der kleinen Dörfer machten sie die gewohnte Kaffeepause. Während sie den ganzen Vormittag lang noch keinem einzigen Pilger begegnet waren, saßen sie hier in der Bar dicht gedrängt.
Als sie sich suchend nach einem freien Platz umblickten, winkte ihnen eine junge Frau zu. Es war Geraldine. Erfreut setzten sich die Beiden zu ihr.
Während des Gespräches stellten sie fest, dass sie einmal im gleichen Ort übernachtet hatten, sich aber nicht begegnet waren. Geraldine erzählte, dass sie Max getroffen habe. Er sei in der Herberge hinter dem *camino duro* gewesen, in der die

Freundinnen wegen der vorbeifahrenden Laster nicht bleiben wollten.

Andrea warf Sabine einen vielsagenden Blick zu, während Geraldine weiterredete: „Er war sehr ärgerlisch, weil er 'atte gefallen auf Knie. Ein schlimme Verletzung."

„War das beim Abstieg passiert?", interessierte sich Sabine.

„Ja, isch glaube, er ist gerutscht und auf ein spitzes Stein mit Knie. Er musste mit Taxi zum Arzt fahren. Die nächste Tag er wollte direkt nach Santiago mit die Bus oder Zug."

„Er musste also seine Reise abbrechen?"

„Ja. So war es. Arzt 'at verboten zu laufen. Vielleicht er muss in Krankenhaus wegen Operation?", Geraldine zuckte mit den Schultern und wiegte ihren Kopf abwägend hin und her, „ich weiß nicht genau."

„Der Arme!", bedauerte ihn Andrea. Sabine sagte nichts.

„Aber isch muss euch unbedingt erzählen, dass meine Bruder geht es viel viel besser", wechselte Geraldine freudestrahlend das Thema, „Operation war großes klasse und vielleicht er wird wieder ganz gesund!"

„Das sind ja wunderbare Neuigkeiten!", freute Sabine sich mit ihr, und Andrea schlug vor, gemeinsam weiter zu laufen, um weitere Einzelheiten darüber von Geraldine zu erfahren.

Zwei Stunden später machten die drei Pilgerinnen Pause in einer Bar, die zu einer rustikalen Herberge gehörte.

Der *hospitalero* war offensichtlich ein begabter Schreiner. Er hatte die Inneneinrichtung zum Teil selbst gezimmert. Die Betten aus verschieden zugeschnittenen Hölzern wirkten sehr originell und verströmten einen warmen Duft nach frischem Holz. Die niedrigen, kleinen Zimmer mit ihren buckeligen, weiß getünchten Wänden waren blitzsauber.

Im Bauerngarten blühten bunte Sommerblumen um die Wette.

Dicke Kissen auf grün und weiß gestrichenen Sitzgruppen luden zum Verweilen ein.

Geraldine setzte sich auf eine Bank und wühlte in ihrem Rucksack. Als sie endlich das Klebeband gefunden hatte, zog sie ihre Schuhe aus und betrachtete die Fetzen der verschlissenen Folie, die ringsum baumelten.

„Wie oft musst du das Band erneuern?", fragte Sabine und griff sich einen Schuh, um die klebrigen Reste abzureißen.
„Einmal am Tag. Aber hier ist gut laufen. Wenig Steine. Da hält es länger. Vielleicht jetzt bis Santiago? Wer weiß!", lachte die junge Französin fröhlich. Sie sprühte vor Freude, seit sie wusste, dass ihr Bruder gesund werden würde.
Während Geraldine und Sabine sich auf das Reparieren der Schuhe konzentrierten, erhob sich Andrea von der Bank. Sie hatte ihr tönendes Handy aus der Tasche gezogen und hielt es ans Ohr. Langsam entfernte sie sich von den anderen und spazierte durch den Garten.
Die *hospitalera* stellte drei Salatteller mit Thunfisch auf den Tisch. Geraldine angelte sofort mit den Fingern nach einem Salatblatt und schwärmte: „Hm, das schmeckt gut, isch 'abe grosse Appetit."
Sabine schnitt den letzten Klebestreifen mit ihrem Taschenmesser ab und stellte beide Schuhe vor Geraldines Füße: „So, erledigt! Und jetzt: Guten Appetit!"
„Danke! Isch glaub, isch bleibe 'eute 'ier an diese schöne Ort und wo Essen ist so gut", überlegte Geraldine kauend.
„Dann werden wir dich aber wieder allein lassen müssen, denn wir wollen noch bis Melide laufen", bedauerte Sabine.
„Soweit noch? Non, non das ist mir zu viel für eine Tag, ich mache es mir 'ier gemütlich."
Andrea war an den Tisch zurückgekommen und hatte Geraldines letzten Satz gehört. „Du willst hier Schluss machen für heute?", fragte sie deshalb.
„Oui, oui, 'ier ist schön, 'ier bleibe ich."
„Okay", sagte Andrea und wandte sich dann Sabine zu: „Das war Michael. Er ist mit seinen Freunden vor einer Stunde in Santiago angekommen. Sie haben es sich bereits in einem Hotel gemütlich gemacht. Am Nachmittag wollen sie den Pilgergottesdienst besuchen und morgen früh in Richtung Finisterre weiterlaufen. Sie haben drei Tage dafür geplant, das heißt, dass wir uns in Finisterre treffen könnten, wenn wir es schaffen, übermorgen in Santiago zu sein und am nächsten Tag ans Meer zu fahren. Ansonsten soll ich ihm das Handy nach Ingolstadt

schicken, wenn wir wieder in Deutschland sind, hat er gemeint." Erwartungsvoll blickte sie ihre Freundin an.
„Dann iss schnell deinen Teller leer, damit wir wieder aufbrechen können! Bis Melide laufen wir mindestens noch zwei Stunden!"
„Du bist die beste Freundin der Welt!", strahlte Andrea.
Und weiter ging's durch kleine Weiler, in denen Kuhfladenhopping angesagt war. Vor fast allen alten Häusern ragte ein für Galicien typischer, eckiger Vorratsspeicher auf hohen Pfeilern in die Luft.
Zwischen den einzelnen Dörfern gab es immer wieder schattige Strecken durch grüne Eichen- und duftende Eukalyptuswälder. Die wunderschönen Hohlwege waren auch hier mit dicken Laub- und Moosschichten weich gepolstert.
Die Frauen waren froh darüber, denn Sabines ramponierter Knöchel und Andreas Knie schmerzten immer mehr.
„Lieb von dir, dass du trotzdem mit mir weiterläufst und nicht bei Geraldine geblieben bist", sagte Andrea.
„Wer weiß, wofür das gut ist", entgegnete Sabine. „Ich habe übrigens ein leichtes Schmerzmittel geschluckt, das hilft. Brauchst du auch was?"
„Nein danke, ich denke, das schaffe ich noch so bis Melide."
„Geraldine scheint Max anzuziehen. Sie haben sich wohl häufiger zufällig getroffen", brachte Sabine das Gespräch auf den Mann, an den sie in den vergangenen Tagen so oft gedacht hatte.
„Und du? Hättest du ihn auch gerne öfter getroffen?", fragte Andrea.
„In den ersten Tagen nach unserer gemeinsamen Nacht habe ich mir das manchmal gewünscht. Aber jetzt ist es gut so, wie es ist. Mir haben seine direkte Art, seine Offenheit und sein Lachen gefallen. Man kann viel Spaß mit ihm haben", gestand Sabine. „Für ihn schien es keine unlösbaren Probleme zu geben. Er wirkte so unbeschwert, als hätte er nichts zu verlieren. Ich wüsste gerne, warum er wohl den Jakobsweg gelaufen ist."
„Das kannst du ihn ja in der nächsten Woche per E-Mail fragen, wenn du wieder zu Hause bist", schlug Andrea vor.
„Ja, das werde ich auch", erwiderte Sabine.

Knapp zwei Stunden später verkündete Andrea: „Wir sind in Melide!", und wies auf das Ortseingangsschild.
Die Freude, in der Stadt angekommen zu sein, wurde getrübt durch einen langen Marsch bis ins Zentrum. Die Straßen zogen sich endlos und heiß noch fast eine ganze Stunde durch ein Industriegebiet. Die Hitze des Tages hatte sich zwischen den hohen Häusern aufgestaut.
In einer großen Herberge kehrten sie ein. Die vielen Betten in den Schlafsälen waren alle belegt, die Matratzen durchgelegen und das Duschwasser tröpfelte nur lauwarm aus der Duschtasse. Aber das war alles nicht mehr so wichtig.
In Santiago würden sie sich auf jeden Fall eine schöne Pension oder ein kleines Hotelzimmer suchen. Das stand fest!

Melide war als die Stadt der besten *pulpos* bekannt. Die Freundinnen hatten jedoch immer noch keinen Appetit, diese Spezialität zu probieren. Die in der Blutbrühe schwimmenden Fangarme aus Ponferrada hatten ihnen die Lust hierauf ein für alle Mal verdorben. Schade!
Sie schlenderten durch die Straßen, aßen stattdessen Burger mit Pommes in einem Schnellimbiss und ließen sich von flotter Musik dazu verleiten, den Abend in einer Bar zu beschließen.
Die schwarzen Ledersessel waren bequem, die Hits schwungvoll und der Riojawein hervorragend.
Der Blick aus dem großen Fenster hinunter auf den beleuchteten Platz ließ sie teilhaben an der Feierabendstimmung der Spanier. Im warmen Lampenlicht saßen Alt und Jung dort beisammen und verbrachten den Abend miteinander. Männer spielten Boule, Kinder fuhren auf Rollschuhen umher, Kleinkinder versuchten es mit Dreirädern und Frauen steckten die Köpfe zusammen. Es machte Spaß, dem munteren Treiben der spanischen Generationen mit dem ausgeprägten Familiensinn zuzuschauen.
Es blieb nicht aus, dass dieses Zuschauen bei Sabine Erinnerungen an glückliche Zeiten weckte.
„Das Glück kommt und geht, wie es will. Man kann es nicht festhalten", dachte sie. Eigentlich war es noch gar nicht so lange her, dass sie glücklich gewesen waren. Markus, sie und

die Kinder. Und doch kam es ihr so vor, als wäre seitdem eine Ewigkeit vergangen. Der Gedanke an die glückliche Zeit löste etwas ungemein Tröstliches in ihr aus. Ja, sie war froh, diese schönen gemeinsamen Jahre gehabt zu haben. Die Vergangenheit der letzten fünf Jahre dagegen hatte sie losgelassen und zu Grabe getragen.

Wir können immer nur an uns selbst arbeiten und unser eigenes Verhalten verändern, aber nie einen anderen Menschen. Das war ihr jetzt klar geworden. Ich werde nicht mehr aus Mitleid bei ihm bleiben, schwor sie sich. Aber, mein Gott, wie sehr wünsche ich ihm, dass er es schafft. Ihm und mir und unseren Kindern.

35. Ermüdungserscheinungen

„Noch siebenundfünfzig Kilometer bis Santiago de Compostela!", verkündete Andrea bei der zweiten Tasse Kaffee am frühen Morgen. „Der Wanderführer teilt sie in zwei Etappen ein, heute dreiunddreißig und morgen vierundzwanzig Kilometer."
„Ganz ordentlich!", Sabines Begeisterung hielt sich in Grenzen. „Gestern sind wir auch stolze neunundzwanzig Kilometer gelaufen!"
„Das wäre heute eine fast achtstündige Wanderung und morgen noch mal eine sechsstündige. Dann wären wir aber bereits morgen Mittag in Santiago und könnten übermorgen nach Finisterre fahren", versuchte Andrea ihrer Freundin ein verlockendes Angebot zu machen.
„Einverstanden! Wir versuchen es", lenkte Sabine ein, „denn die Vorstellung, dann noch ans Meer zu kommen, bevor der Flieger uns wieder nach Deutschland bringt, ist schon sehr verlockend."
„Bis Santiago verändert sich der Camino nicht mehr viel. Das Klima und die Pflanzen werden zwar mediterraner, aber die Wege führen -bis auf einen einzigen steilen Anstieg- nur leicht bergauf und bergab durch kleine Weiler und Wälder", gab An-

drea die Infos aus dem Taschenbuch weiter, bevor sie sich wieder auf den Weg machten.
Während Wanderstöcke und Besenstiele miteinander im Takt klackerten, bewunderten die Frauen die großen Kakteen und riesigen, blühenden Oleanderbüsche, die neben Zitronenbäumen und Bananenstauden in den Gärten wuchsen.
Ein lauwarmer Wind wehte ihnen entgegen, und die spätsommerliche Sonne schenkte milde Wärme.
„Wir sollten bei nächster Gelegenheit unseren Wasservorrat auffüllen", bemerkte Andrea, „weil wir bald durch eine lange, einsame Gegend kommen."
Der duftende Eukalyptuswald mit seinen hohen, schlanken Bäumen, deren zarte, leicht wehende Blätter viel Licht durchließen, war angenehm zu durchwandern.
Sabine stellte fest, dass die Beine sich wie von selbst bewegten, auch wenn sie erschöpft waren. Der muskulös gewordene Bewegungsapparat tat seinen Dienst wie eine in die Jahre gekommene Maschine, die immer öfter zu starken Ermüdungserscheinungen neigte und häufiger eine Pause brauchte.

Je näher sie ihrem Ziel kamen, umso mehr waren Andreas Gedanken bei Michael. Sie fühlte sich beschwingt und getragen von ihrer Sehnsucht. Obwohl sie seine Zurückhaltung am Telefon bemerkt hatte, war sie von unbändiger Freude über das baldige Wiedersehen erfüllt. Niemals hätte sie geglaubt, dass sie sich noch einmal so verlieben könnte. Nein, sie hätte es gar nicht zugelassen. Doch jetzt war alles anders.
Du fehlst mir so, dachte sie, wenn du wüsstest, wie sehr du mir fehlst...

Müde und erschöpft lagen die Freundinnen am Abend nebeneinander auf durchgelegenen Matratzen in einem Zimmer mit zehn Etagenbetten. Das *refugio* war nicht besonders gepflegt und das Restaurant, in dem sie gegessen hatten, unfreundlich. Das Pilgermenü war dürftig ausgefallen. Aber auch das gehörte irgendwie dazu und war nicht weiter beachtenswert.

Sabine und Andrea sahen sich eine Weile schweigend an, ehe sie sich umarmten und eine gute Nacht wünschten. Sie brauchten keine Worte, um sich zu verstehen.
Es war ihre letzte Nacht in einer Herberge auf dem Jakobsweg!

36. Am Ziel

Bereits um halb sieben verließen die Pilgerinnen die Herberge. Es war noch dämmrig, und sie benötigten zum ersten Mal ihre Stirnlampen.
„Dass ich das noch erleben darf!", lachte Andrea. „Ich habe nicht daran geglaubt, dass wir die Dinger noch benutzen würden."
„Es ist das erste Mal in meinem Leben, dass ich mit so einer Beleuchtung vor dem Kopf herumlaufe. Aber ohne dieses Licht würden wir ja rein gar nichts sehen", stimmte Sabine ihr zu.
Nach den ersten Kilometern auf einer unbeleuchteten Straße fanden sie tatsächlich dank ihrer Lampen die richtige Abzweigung in einen Wald. Hier war es stockfinster. Die Lichtpunkte, die ihre Lampen boten, zeigten auf dicke Baumwurzeln und Steine, die den Pfad ziemlich unwegsam machten und Vorsicht geboten.
Die Freundinnen hakten sich ein und nahmen es mit Humor. Lachend stolperten sie nebeneinander her und stellten fest, dass sie Recht daran getan hatten, nicht schon früher den Jakobsweg im Dunkeln gelaufen zu sein.
Der Waldweg endete und führte sie zurück auf die Straße. Ihr Blick blieb an einem Schild hängen: „*Desayuno!*" Diese Ankündigung führte sie direkt in den Frühstücksraum eines gepflegten, kleinen Hotels.
Nach drei Tassen Kaffee, frisch gepresstem Orangensaft und mehreren Scheiben knusprigen Toastbrots, dick mit Butter und Marmelade bestrichen, pilgerten sie emotionsgeladen auf ihrer letzten Etappe weiter. Inzwischen schien die Morgensonne angenehm warm auf ihre Rücken.

Auch auf diesen letzten Kilometern zeigte sich der leicht hügelige Camino noch einmal von seiner ruhigen, ländlichen Seite. Wie gestern gab es auch hier Eukalyptuswälder und kleine Siedlungen. In den Gärten blühten prachtvolle Hortensien- und Oleanderbüsche zwischen Palmen und Kakteen.
Heute machten sie öfter als sonst eine kurze Pause.
„Ich denke ständig daran, dass dies unser letzter großer Wandertag ist", sagte Sabine versonnen.
„Ich auch. Und deshalb habe ich das Gefühl, ich müsste alles besonders intensiv in mich aufnehmen."
„Es ist schon komisch, nach so einer langen Zeit das Ziel vor Augen zu haben." Sabine blickte auf ihre Armbanduhr und rechnete: „Wenn wir unser Tempo beibehalten, sind wir um halb eins auf dem Monte do Gozo. Dort könnten wir uns noch eine etwas längere Pause gönnen und den Blick auf Santiago genießen, bevor wir dann in die Stadt hinunterlaufen."
Der morgendliche Elan war irgendwann wieder verflogen, und sie schleppten sich müde bergauf durch das leicht besiedelte Gebiet. Auf einer Hochebene kamen sie an den Fernsehstationen von Santiago vorbei.
„Die Zivilisation holt uns langsam aber sicher wieder ein", stellte Andrea fest.
„Ja, leider, leider", bedauerte Sabine.

Der Monte do Gozo war der letzte Anstieg vor Santiago de Compostela. Laut Wanderführer sind hier Millionen von Freudenseufzern im Laufe der tausendjährigen Pilgergeschichte ausgestoßen worden. „Ungezählt die Momente des höchsten Genusses beim ersten Anblick der Türme der Kathedrale von Santiago", so hieß es da wörtlich.
Tja, das war aber wohl schon lange her. Von den Türmen der Kathedrale war weit und breit nichts zu sehen. Stattdessen Baukräne und Hochhäuser. Selbst mit der allergrößten Anstrengung konnten sie nicht einen einzigen Kirchturm erblicken.
Sabine und Andrea hockten sich vor das riesige Papstdenkmal, das hier auf dem Berg errichtet worden war und an die Papstbesuche seit 1993 erinnerte.

„Also muss die Welt auf unsere Freudenseufzer verzichten", lamentierte Andrea und Sabine fügte theatralisch hinzu: „So ein Pech aber auch! Wie gerne hätte ich so richtig laut gestöhnt."
„Also komm! Gönnen wir uns eine kalte Cola dort drüben an dem Kiosk und gehen dann runter in die Stadt."
„Dann hat die letzte Stunde für uns geschlagen! Mein Gott, was ist mir komisch bei diesem Gedanken. Meine Gefühle sind total gespalten. Einerseits bin ich froh, diesen langen Weg beenden zu können, auf der anderen Seite will ich nicht ankommen."
„Ein bisschen seltsam ist mir auch zumute", gab Andrea zu.

Der Abstieg in die vielgepriesene Stadt war nicht besonders schön. Unterhalb des Papstdenkmals lag die Pilgerherberge und gigantische Ferienanlage Monte do Gozo. Die flachen Betonbauten waren eingezäunt und ließen nur durch schmale Ritzen neugierige Blicke zu: Betonwege und Bungalows, ohne Grün. Eine ziemlich trostlose Betonwüste, die allerdings ihrem Ruf als zweckmäßige, saubere und preiswerte Pilgerunterkunft Genüge zu tun schien.
Sabine und Andrea liefen weiter auf dem mit Muscheln gekennzeichneten Weg, überquerten große Umgehungsstraßen, eine Autobahn und Bahngleise, kamen durch eine Siedlung mit riesigen Wohnblocks und gingen an einer vierspurigen modernen Geschäftsstraße entlang. Überall herrschten Betrieb und Hektik. Etwas, das ihnen in den vergangenen fünf Wochen fremd geworden war.
Die Luft vibrierte. Es roch nach Autoabgasen und Pizza, Teer und Kaffee, Staub und Farbe, Frittierfett und Fisch.
Büroleute hetzten, Urlauber schlenderten, Radios spielten, Autos hupten, Kinder rannten, Mütter riefen, Krankenwagensirenen heulten, Hunde bellten, Kellner servierten, Autotüren knallten und Bremsen quietschten. Den beiden Freundinnen dröhnte der Kopf. Wortkarg und leicht genervt flüchteten sie von einer Muschelmarkierung zur nächsten.
„Ich fühle mich wie ein Alien", beschrieb Sabine ihre Gefühle.

„Ich glaube auch, dass wir von einem anderen Stern kommen", stimmte Andrea ihr zu.

Fast eine Stunde lang gingen sie so nebeneinander her, bis die Häuser älter und die Straßen schmaler wurden.

Unzählig viele Menschen kamen ihnen entgegen oder eilten an ihnen vorbei. Sie hatten die Altstadt von Santiago de Compostela erreicht.

Plötzlich rief Andrea: „Da ist die Kathedrale!"

Die Türme der großen Kirche ragten über alte Hausdächer empor. Endlich!

Durch die Porta do Camiño, eines der sieben alten Stadttore, gelangten die beiden Freundinnen in den historischen Teil der Pilgerstadt.

Ein eigentümliches Gefühl krabbelte in ihnen hoch. Es hatte etwas von allem: Ein bisschen Traurigkeit, aber auch Freude! Ein bisschen Neugier, aber auch Gelassenheit! Ein bisschen Stolz, aber auch Erleichterung!

Sie hatten es geschafft!! Insgesamt waren sie rund achthundert Kilometer gepilgert!!!

Langsam setzten sie einen Fuß vor den anderen und gingen über das holperige Kopfsteinpflaster. Die Kathedrale hatten sie dabei fest im Blick.

Eine freundliche, ältere Spanierin kam auf sie zu und unterbrach ihre andächtige Stimmung. Sie lud sie ein, bei ihr zu übernachten. Das frisch renovierte Appartement in ihrem Haus stünde ihnen zu einem günstigen Preis zur Verfügung.

Überrascht sahen sich die Freundinnen an. Das hörte sich ja wirklich vielversprechend an.

„Wir kommen am Nachmittag vorbei. Jetzt wollen wir erst in die Kathedrale", versprach Andrea der sympathischen Frau, die sich verabschiedete und ihr eine Visitenkarte in die Hand drückte.

„Na, das ist ja wohl super! Wenn das Appartement so nett ist wie seine Besitzerin, brauchen wir uns um einen Schlafplatz nicht mehr zu kümmern", freute sich Sabine.

Viele Pilger und Touristen bevölkerten den riesigen Platz vor der großen Kathedrale, der als einer der schönsten in ganz Europa gilt.

Aber all diese anderen Menschen interessierten Sabine und Andrea im Moment nicht. Sie waren mit all ihren Sinnen bei sich, als sie die große Treppe zum imposanten Hauptportal der Pilgerkirche hinaufstiegen.
Ein wenig zögernd betraten sie das Gotteshaus und standen vor der von Millionen Pilgerhänden abgegriffenen Säule, die die Statue des Heiligen Jakobus trug. Sie verfehlte ihre Wirkung nicht. Aufrecht und schlicht thronte die wunderschön geformte Figur auf dem mit Ornamenten geschmückten Pfeiler.
Jakobus Gesicht strahlte Güte und Liebe aus.
Die Freundinnen berührten nacheinander die steinerne Säule und legten ihre Hand in den von Millionen Pilgerhänden blank geriebenen Abdruck.
„Wir sind angekommen!", sagte Andrea und sah ihre Freundin mit Tränen in den Augen an.
„Was immer das bedeuten mag", erwiderte Sabine und umarmte Andrea fest. Es war ein feierlicher Moment in einem Gewirr von Gefühlen.
Die Kirche war überfüllt. Pilger und Touristen schlurften und schlenderten zu Hunderten durch die Kathedrale. Ein gleichmäßiger Geräuschpegel waberte durch das große Kirchenschiff. Auf dem prunkvollen, goldenen Hochaltar wartete ein mit Gold und Edelsteinen verzierter Jakobus darauf, von hinten umarmt zu werden. Dieser Brauch wurde seit Jahrhunderten von vielen *peregrinos* zelebriert, als Zeichen der Beendigung ihrer Pilgerreise.
Die Freundinnen setzten sich in eine der Bankreihen, um ihre Gefühle zu sortieren und zur Ruhe zu kommen.
„Mir ist so, als wartete ich auf irgendetwas", sagte Sabine leise, „aber ich weiß nicht, auf was."
„Vielleicht sollten die Engel mit Pauken und Trompeten blasen, weil wir hier angekommen sind?!", fragte Andrea etwas spöttisch.
„Quatsch!", entgegnete Sabine, „aber was hältst du davon, wenn wir erst einmal die ganze Kirche besichtigen? Ich muss mich bewegen. Meine Seele ist noch nicht hier."
Sie schulterten ihre Rucksäcke und setzten die Besichtigung fort. Unsicher und abwartend, den schweren Rucksack wieder

auf dem Rücken, die müden Beine langsam bewegend, machten sie zuerst Halt in der Anbetungs- und dann in der Marienkapelle. Sie setzten sich in eine der Bankreihen und hingen ihren Gedanken und Gefühlen nach. Sie hatten das Ziel ihrer langen Wanderung erreicht. Aber rein gefühlsmäßig waren sie noch unterwegs. Das Angekommensein musste sich noch verinnerlichen.

Sabine beschloss, sich in die Pilgerkette einzufädeln, um den goldenen Jakobus hinter dem Altar zu umarmen oder wenigstens zu berühren.

„Du bringst mich zum Staunen", wunderte sich Andrea, „aber ich komme mit. Diesen uralten Brauch zelebrieren wir gemeinsam."

„Vielleicht hilft es ja beim Ankommen."

Als sie die wenigen Stufen erklommen hatte und hinter der goldenen Statue stand, berührte Sabine vorsichtig eine Schulter der Heiligenfigur. Sie fühlte sich glatt und kalt an. Nein, umarmen konnte und wollte sie diesen Goldklotz doch nicht. Plötzlich kam sie sich vor wie eine Närrin, und ihr fiel die biblische Geschichte vom „Tanz um das goldene Kalb" ein. War das nicht fast heidnische Götzenverehrung? Dieser Prunk um den bescheidenen Jakobus! Das passte doch einfach nicht zur Einfachheit des Pilgerns.

Plötzlich fühlte sie sich fehl am Platz. Dicke Tränen rannen ihre Wangen hinunter. Eilig wollte sie die Kathedrale verlassen.

Vor dem Altarraum waren sechs Männer damit beschäftigt, den Botafumeiro, das riesige Weihrauchfass, in seine Seile zu hängen.

„Das könnte bedeuten, dass es später in der Pilgermesse geschwenkt wird", vermutete Andrea, die ihrer Freundin hinterher geeilt war. „Da hätten wir aber Glück! Denn das ist nicht oft der Fall. Dafür ist es viel zu aufwändig."

„Schön! Aber jetzt muss ich hier raus", drängte Sabine und eilte weiter dem Ausgang zu.

„Was ist los? Hat dich der goldene Jakob erschlagen?", fragte Andrea, als sie draußen standen.

„Ich kam mir auf einmal so fürchterlich bescheuert vor, als ich da hinter dem stand", erklärte Sabine ihre Reaktion, „wie eine hirnlose Götzenverehrerin. So richtig dumm und fremdgesteuert!"
„Du musst das nicht so ernst nehmen", versuchte Andrea sie zu beruhigen, „das war schon in Ordnung. Es ist eben ein uralter Brauch. Außerdem habe ich festgestellt, dass man von dort aus den besten Ausblick in die Kirche hat, ohne selbst gesehen zu werden. Für frühere Geistliche war das bestimmt ein toller Posten, um Pilger bei der Verrichtung ihrer Bußgebete zu beobachten. Denen konnten sie dann hinterher sagen, dass sie nicht andächtig genug waren und ihnen noch mehr Bußen aufbrummen." Andrea hatte sichtlich viel Spaß an ihrer Entdeckung und ließ ihrer Phantasie freien Lauf.
Sabine amüsierte sich zwar über Andreas Theorie, kam sich aber trotzdem irgendwie „verloren" vor. Die Freundin hatte ja Recht. Sie musste sich nicht mit alten Pilgerbräuchen identifizieren.
Andrea war mal wieder nicht zu bremsen: „Ach, da fällt mir ja noch etwas ein. Das habe ich heute Morgen in unserem Wanderführer gelesen: Die Geschichte von den Brüstchen."
„Was für Brüstchen?", fragte Sabine neugierig und musste nun auch lachen.
„Die von der nackten Schönen, die schräg gegenüber des Jakobusdenkmals auf einem Pfeiler steht."
„Na gut, dann erzähl mal."
„Komm, wir gehen noch mal rein und gucken uns das an", schlug Andrea vor und zog Sabine am Arm.
Sie holte das Buch aus ihrer Tasche, wies mit dem Finger auf die Statuen und las vor: „Links neben der Mittelsäule des Heiligen Jakobus stehen auf einem Pfeiler die Propheten Jeremias, Jesaja, Moses und Daniel. Letzterer verzückt lächelnd. Nach Meinung des Volkes freute er sich über die von Kennerhand gearbeitete barbusige Schönheit gegenüber. Die Kirchenoberen ließen daraufhin die für diese unschicklichen Spekulationen verantwortlichen Brüste abflachen. Die Bauern, so erzählt die Geschichte, protestierten auf ihre Weise: Sie formten einen Käse nach Vorbild des Corpus delicti und nannten ihn ‚Tetilla',

das heißt Brüstchen." Andrea steckte den Wanderführer wieder ein. „Den Käse soll man hier übrigens überall in den Geschäften kaufen können."

„Der Daniel gefällt mir", grinste Sabine, „und den Käse müssen wir unbedingt probieren."

„Was hältst du davon, wenn wir uns in eine Bar setzen und unsere Ankunft mit einem Bierchen begießen?", schlug Andrea vor.

„Sehr viel!", entgegnete Sabine.

Von ihren Plätzen aus konnten sie den unzähligen Pilgern und Touristen auf dem Praza do Obradoiro zuschauen. Überall standen Gruppen zusammen, umarmten sich Menschen, sah man strahlende Augen und lachende Gesichter.

Nachdem sie sich zugeprostet hatten, gestand Andrea: „Irgendwie bin ich total aufgekratzt."

„Ja, das habe ich schon gemerkt", sagte Sabine.

„Gleich holen wir uns erst einmal unsere Pilgerurkunden."

„Dann sind wir keine *peregrinas* mehr, oder…?"

„Ja, mit der Aushändigung der Compostela ist unsere Pilgerreise offiziell beendet."

Wenig später reihten sie sich in die Schlange vor dem Pilgerbüro ein, um den Nachweis für ihre Pilgerreise in Empfang zu nehmen.

Hier waren sie umgeben von Menschen aus aller Welt, einem Stimmengewirr aus verschiedenen Sprachen, einer Woge voller Emotionen, Umarmungen, Wiedersehensfreude und Abschiedstränen.

Eine Stunde später hielten sie stolz ihre nostalgisch aufgemachten und in lateinischer Sprache geschriebenen Urkunden in den Händen.

„Sehr schön!", fand Sabine.

„Sie bekommt einen Ehrenplatz in meinem Arbeitszimmer!", versprach Andrea.

Dann machten sie sich auf den Weg zu Señora Rodriguez, um die angebotene Unterkunft zu besichtigen.

Über eine knarrende Holztreppe führte die Spanierin die Frauen in das kleine Appartement, bestehend aus zwei Zimmern und einem Bad.
Im Schlafzimmer stand ein breites Metallbett, dessen Kopfende kunstvoll verschnörkelt war. Große und kleine Kissen kuschelten sich darauf aneinander. Die weißen und pastellfarbig geblümten Bezüge waren mit Rüschen verziert. Das Blumenmuster der Bettwäsche wiederholte sich in den zur Seite gerafften Gardinen.
An der Decke hing ein Messingleuchter, an dessen Armen viele kleine Glastropfen baumelten. Der weiße Kleiderschrank mit seinen schmalen, gewölbten Goldkanten und die taubenblauen Vorleger auf den hellen Holzdielen verwandelten das Zimmer fast in eine Puppenstube.
Ein gerahmtes Poster von Chagalls blauem „Traum der Liebenden" schaute von der Wand.
Im weiß und dunkelgrün gekachelten Badezimmer lud eine große Badewanne zu einem Erholungsbad ein. Weiche Handtücher stapelten sich in einem Regal. Alles blitzte vor Sauberkeit.
Der langgestreckte Wohnraum war in Küche und Wohnzimmermit aufgeteilt. Ein Paravent trennte die Kochnische vom Wohnzimmer. Hochglänzende, dunkelbraune Stilmöbel bestimmten den nostalgisch-eleganten Charakter des Raumes. Dazu passten die roten Samtbezüge auf den Stühlen, eine weiße Spitzendecke auf dem runden Tisch und die dickbauchige, zart geblümte Porzellanvase mit Herbstastern in der Mitte. Fensterbänke, Schrank und Schränkchen standen voll mit Vasen, Kerzenleuchtern, Porzellanfiguren und anderem Nippes.
Sabine und Andrea verschlug der Anblick dieses liebevoll eingerichteten Ambientes fast die Sprache und glücklich über diesen Volltreffer, mieteten sie ihn gleich bis zu ihrer Abreise in vier Tagen.

Aus dem Badezimmer erklang der fröhliche Gesang von Sabine, die sich in einem Schaumbad aalte.
Andrea hatte dieses Vergnügen bereits hinter sich und machte es sich unter der frischen Bettwäsche gemütlich. Sie griff zu

ihrem Handy und wählte mit leicht klopfendem Herzen Sebastians Nummer. Es dauerte lange, bis er sich meldete. Die Verbindung war sehr schlecht.
„Wir sind... Abend in Finisterre ... Michael...", verstand sie, und dann war Michael am Apparat: „Hallo?"
„Wir sind in Santiago", schrie sie in den Apparat, „und können morgen Nachmittag in Finisterre sein."
„...ein anderes Mal... versuchen...", hörte sie seine Stimme und dann drang nur noch ein rauschendes Tuten an ihr Ohr.
„So ein Mist!", schimpfte sie und drückte eine Kurznachricht in die Tasten.
Schon nach wenigen Minuten erhielt sie eine Antwort: „Morgen Abend Wiedersehen in Finisterre. Wir freuen uns. M. S.H." Andrea freute sich auch.

Der Besuch des Pilgergottesdienstes in der Kathedrale gehörte wie die Compostela selbstverständlich zum Abschluss jeder Pilgerreise.
Auf dem Weg dorthin kam ihnen ein an zwei Wanderstöcken hinkender Mann entgegen, der einen Rucksack und einen großen Cowboyhut trug.
„Wie heißt es doch so schön?", fragte Andrea.
„Auf dem Camino begegnet man sich immer mehrmals", beantwortete Max die Frage. Er legte seine Stöcke auf die Erde, um die beiden Freundinnen mit einer Umarmung begrüßen zu können. „Es ist schön, dass ich euch noch einmal sehe. Ich bin nämlich auf dem Weg zum Taxistand. Mein Flugzeug fliegt in zweieinhalb Stunden nach Frankfurt zurück."
„Geraldine hat uns von deinem Unfall erzählt", sagte Sabine.
„Ja, mein Knie musste operiert werden. Ich war vier Tage im Krankenhaus. Mit Bandage und Krücken bin ich anschließend nach Finisterre gefahren und habe mir noch drei Tage Meeresrauschen im Liegestuhl und einen schönen Sonnenuntergang gegönnt. Heute fliege ich planmäßig nach Hause", erzählte er auf seine muntere, unbekümmerte Art.
„Das tut mir leid für dich", bedauerte Sabine.
Max winkte ab: „Es sollte wohl so sein. Aber ich habe eine riesengroße Bitte an euch: Erwähnt bitte niemals in einer Mail

oder einem Gespräch meinen hiesigen Krankenhausaufenthalt. Das würde meiner Frau nämlich einen großen Schrecken einjagen, und das möchte ich ihr ersparen. Wenn sie die Wörter ‚Operation' und ‚Krankenhaus' nur hört, bekommt sie schon fast einen Herzinfarkt. Ich habe nämlich die vergangenen zwei Jahre so häufig in Krankenhäusern verbracht, dass sie sich nur unnötige Sorgen machen würde."
Sabine blieb der Mund offen stehen. Bevor sie sich wieder gefangen hatte, fragte Andrea bereits: „Weshalb warst du denn so oft im Krankenhaus?"
„Ich hatte Leukämie. Aber es ist noch einmal gut gegangen mit mir. Deshalb bin ich den Jakobsweg gelaufen", antwortete er in einem Tonfall, als hätte er von einer Erkältung gesprochen. „So, und jetzt muss ich weiter!" Er nahm Sabine in seinen freien Arm und drückte ihr einen Kuss auf den Mund. „Tschüss, meine Liebe. Ich melde mich."
„Mach's gut und komm gesund nach Hause", wünschte sie ihm etwas verdattert und sah zu, wie er sich von Andrea verabschiedete. Dann drehte er ihnen den Rücken zu und humpelte eilig davon.
„Jetzt bin ich platt!", wunderte sich Sabine. Max war bereits in der Menschenmenge verschwunden. „Der Mann ist immer für eine Überraschung gut."
„Bist du enttäuscht?", wollte Andrea wissen.
„Nein! Warum sollte ich?", Sabine schmunzelte, „eher erleichtert. Aber, er ist schon ein Tausendsassa. Und eigentlich ist er wohl doch nicht so ein oberflächlicher Typ, wie ich zuerst gedacht habe."
„Man sieht den wenigsten Menschen an, was wirklich in ihnen vorgeht."
„Ja, und das ist sicherlich auch gut so."

Die Kathedrale war bis auf den letzten Platz gefüllt. Die Freundinnen saßen eng nebeneinander zwischen vielen hundert Kirchenbesuchern.
Eine Nonne stellte sich ans Mikrophon und sang mit heller, klarer Stimme „Laudate Dominum, omnes gentes, Halleluja!". Die einfache und doch wunderschöne Melodie dieses Refrains

musste einige Male von allen Kirchenbesuchern wiederholt werden, bis die Vorsängerin mit dem Ergebnis zufrieden war.
Das Hochamt begann.
Gewaltig und feierlich erklang die Orgelmusik. Menschen aus vielen verschiedenen Nationen, Pilger aus der ganzen Welt sangen gemeinsam die Messe in lateinischer Sprache. Die Freundinnen waren mit ganzem Herzen dabei.
Die Musik löste Emotionen aus und Tränen rannen über ihre Wangen. Es waren Tränen der Dankbarkeit und des Glücks, der Hoffnung und Zuversicht. Tränen, die Kraft gaben.
Endlich hatten auch Sabine und Andrea das Gefühl, am Ziel ihrer Pilgerreise angekommen zu sein.
Sabine nahm ihren roten und grünen Besenstiel fest in die Hand und beschloss, ihre beiden Helfer in der Marienkapelle abzustellen. Die kann in den Müll werfen wer will. Ich kann das nicht!
Ein Priester verlas die Anzahl der heute registrierten *peregrinos* aus den verschiedenen Ländern und Erdteilen. Es waren nur zwei deutsche Frauen dabei. Die Freundinnen sahen sich an und waren sich einig: Das können nur wir beide sein.
Während das Santiagolied feierlich von der Orgel schallte und die gravitätische Musik die Freundinnen ein ums andere Mal erschauern ließ, wurde das große Weihrauchfass durch die Kirche geschwenkt. Sechs Männer hängten sich immer wieder an das fünfunddreißig Meter lange Seil, um den Botafumeiro durch das vierundneunzig Meter lange Querschiff zu schwenken. Weihrauchwölkchen zogen über die Pilgerköpfe und verströmten ihren Duft.
„Jetzt hatte ich doch noch mein Spektakel", flüsterte Sabine lächelnd in Andreas Ohr.
„Ja, wenn auch die Pauken und Trompeten gefehlt haben", erwiderte die Freundin leise.
„Aber schön war's trotzdem!"
„Das finde ich auch. So erhabene Orgelmusik hat schon etwas sehr Erbauliches, und das Feierliche gehörte jetzt einfach dazu. Das haben wir uns verdient!"

Beim Verlassen des Gotteshauses stießen die Freundinnen fast mit zwei Männern zusammen, die die Kirche gerade betreten wollten. Bernard und Ronan.

„Das ist eine große Freude, euch zu sehen!", strahlte Bernard die Frauen an und umarmte sie mit einer lockeren Herzlichkeit, die sie erstaunte.

Ronan drückte ihnen eher zurückhaltend, aber fest die Hand.

„Gut siehst du aus!", machte Andrea dem Holländer ein Kompliment, „rank und schlank und braun gebrannt."

„Ja, acht Kilos habe ich verloren", verkündete er stolz.

„Hast du es geschafft, mit Ronan von Sarria bis hierher zu laufen?"

„Ja! Das hatte ich vorher nicht gedacht. Aber Ronan hat mich immer so viel Mut gemacht", lachte er seinen neuen Freund an und klopfte ihm dabei anerkennend auf die Schulter. Er blickte ihn einen Moment fragend an und als Ronan fast unmerklich nickte, erzählte er weiter: „Ronan will kommen zu mir nach Holland für immer, in ein paar Monate. Da haben wir es einfacher zu leben als in Irland."

„Das sind ja mal gute Nachrichten", sagte Sabine, „und ich freue mich riesig, dass es dir jetzt so gut geht."

„Ja, als wir dich in Roncesvalles zum ersten Mal gesehen haben, da warst du nicht besonders gut drauf", erinnerte Andrea sich.

„Stimmt! Die ersten Wochen ging es mir sehr schlecht. Aber jetzt bin ich happy mit das Ronan."

„Yes, we've found us here and the camino is our happiness", fügte Ronan lachend hinzu.

Es war schön, die beiden Männer so glücklich zu sehen.

Andrea und Sabine umarmten sie herzlich und wünschten ihnen alles Liebe und Gute für ihre gemeinsame Zukunft.

Dann stürzten sie sich in das turbulente Treiben der historischen Altstadt. Das gelbliche Licht der Straßenlaternen verlieh den alten Häusern eine urige Gemütlichkeit. Pilger, Touristen und spanische Studenten bevölkerten die schönen Gassen bis spät in die Nacht. Immer wieder wurden die Freundinnen von anderen *peregrinos* herzlich begrüßt, die ihnen unterwegs begegnet waren.

„Diese Freude, die von den meisten ausgeht, die diesen Weg ganz oder teilweise gegangen sind, ist einfach überwältigend", stellte Andrea fest. „Mit manchen haben wir ja nur einmal zusammen gegessen oder ein Etagenbett geteilt. Und trotzdem ist es so, als würde man einen guten, alten Bekannten wiedersehen."

„Wir sind eben eine große Pilgerfamilie", meinte Sabine.

Erst als die letzten Straßenmusiker ihre Instrumente einräumten, gingen die Freundinnen in ihr Quartier und versanken wenig später in den weichen Rüschenkissen.

37. Am Ende der Welt

Am späten Nachmittag erreichte der Bus den kleinen Fischerort Finisterre. Die Freundinnen meldeten sich zum allerletzten Mal in einer Pilgerherberge an.

Sie spazierten an der Küste entlang und landeten schließlich auf der Terrasse eines kleinen Cafés am Hafen. Aus einem Lautsprecher dröhnten beschwingte Hits.

Die Luft war heiß und schwül, es wehte kaum ein Wind.

„Hoffentlich gibt es kein Gewitter", argwöhnte Sabine.

„Na, und wenn", erwiderte Andrea, „dann ist hinterher die Luft wieder rein."

Das Gewitter zog vorbei, die Schwüle blieb.

Wie vom Himmel gefallen standen plötzlich drei erschöpfte, verschwitzte Bayern an ihrem Tisch.

Die Begrüßung war rau, aber herzlich, und mit einem Seufzer der Erleichterung ließen die Wanderer ihre Rucksäcke von den Schultern gleiten und setzten sich.

„Und jetzt ein Bier!", rief Sebastian, „das erfüllt im Moment alle meine Träume!" Er winkte die Kellnerin herbei, um eine Bestellung aufzugeben.

Die Männer waren zwar müde von der langen Wanderung, aber es dauerte erfahrungsgemäß nie lange, bis sich die Müdigkeit in eine euphorische Stimmung verwandelte.
„Prost, auf unsere neunhundert Kilometer Fußmarsch und unsere netten Pilgerfreundinnen", sagte Hubert und erhob sein Glas.
Sie prosteten einander zu und Andrea schaute Michael an. Ihr Herz klopfte bis zum Hals, als sie in seine Augen blickte, die durch sein sonnengebräuntes Gesicht noch blauer erschienen. Sie saß neben ihm, und als sein Arm den ihren zufällig streifte, hätte sie sich am liebsten an ihn gelehnt.
In ihrem Innern kämpften Freude, Aufregung und eine ungewisse Anspannung miteinander. Es fiel ihr schwer, ihre Nervosität zu verbergen.
In ihren Träumen hatte sie sich das alles so einfach vorgestellt. Hatte geglaubt, dass er das einfach merken würde, dass „ihr Draht" auch „sein Draht" wäre. Dass er ihre Sehnsucht spüren und erwidern würde. Und jetzt?
Sie kramte Michaels Handy aus ihrer Tasche und legte es vor ihm auf den Tisch.
„Da ist das *corpus delicti*", sagte sie.
„Ich finde es nach wie vor unfassbar, dass ausgerechnet du das Ding im Gras gefunden hast", wunderte er sich kopfschüttelnd, „und das nach zwei Tagen!" Er sah sie mit einem Lächeln an, das ihren Herzschlag verdoppelte: „Als hätte es auf dich gewartet."
Andrea überspielte ihre Erregung und antwortete ein wenig schnippisch: „Wäre es dir lieber gewesen, jemand anders hätte es gefunden?" Im gleichen Moment hätte sie sich am liebsten auf die Zunge gebissen. Aber da war die Frage schon gestellt.
Michael lachte laut auf: „Nein! Auf keinen Fall!" Er musterte sie aufmerksam und mit einem amüsierten Grinsen, wie ihr schien. Verlegen grinste sie zurück.
Dann trank er sein Glas leer, stand auf und sagte, dass er Sehnsucht nach einer Dusche habe. Er schlug vor, sich in einer Stunde wieder zum gemeinsamen Essen zu treffen und danach zum Cabo Finisterre zu laufen, um dort mit etwas Glück den legendären Sonnenuntergang zu erleben.

Die Menschen des Altertums glaubten, dass an dieser Stelle, wo eine Landzunge wie ein spitzer Finger ins Meer ragt, das Ende der Welt sei. An diesem mystischen Ort wurden Sonnen- und Fruchtbarkeitsriten gefeiert. Nach dem Auffinden des Apostelgrabes erwachte die Faszination für das „Ende der Welt" neu. Manche Besucher fanden, dass allein die Sonnenuntergänge über dem Atlantik schon eine Reise wert seien.

Eine gute Stunde später zitierte Michael: „Wie sagt man doch so schön? Erstens kommt es anders, zweitens als man denkt!"
Draußen prasselte der Regen gegen die Fensterscheiben des Restaurants, Blitze zuckten über den fast dunklen Himmel und der Donner grollte so laut, dass die anderen seine Worte kaum verstehen konnten.
„Ja, das wird wohl heute nichts mit dem faszinierenden Sonnenuntergang", pflichtete Sabine ihm bei, „die versinkt jetzt hinter dicken Gewitterwolken und ohne Zuschauer im Meer. Wir können ja morgen Vormittag zusammen eine Wanderung ans Ende der Welt planen, um wenigstens den Felsen gesehen zu haben; denn am Nachmittag müssen wir mit dem Bus zurück nach Santiago."
Der Vorschlag stieß auf allgemeine Zustimmung.
Das Restaurant war jetzt dicht besetzt mit Pilgern, die statt auf den Felsen des Cabo den Abend hier verbringen mussten.
Um ihre Gäste aufzuheitern, veranstaltete die Wirtin nach dem Essen ein Wunschkonzert. Die Gäste konnten ihre Musikwünsche äußern, und ein junger DJ versuchte, sie zu erfüllen. Bald wurde gesungen und zwischen den Tischen getanzt. Das Gejohle und die Musik dröhnten so laut, dass eine Unterhaltung nicht mehr möglich war.
Andrea ließ sich mitreißen und trällerte vergnügt den Refrain eines Schlagers mit. Als sie merkte, dass Michael sie beobachtete, schenkte sie ihm ein vielversprechendes Lächeln. Wie zu einem stummen Zwiegespräch trafen sich ihre Blicke immer wieder. Seine soeben noch belustigt blitzenden Augen bekamen einen warmen Glanz, der ihr gehörte. Sie wünschte sich, ihn genauso zu bezaubern.

Eine wohlige Vertrautheit machte sich in ihr breit. Wie ein warmer Strom floss das Glücksgefühl durch ihren Körper. Sie spürte, dass sie mit ihrer Sehnsucht nicht mehr allein war.
Das Gewitter hatte sich verzogen und einer der Gäste öffnete die Terrassentür. Kühle Nachtluft strömte in den Gastraum.
„Ich muss unbedingt etwas frische Luft schnuppern", sagte Andrea, stand auf und schritt bewusst langsam nach draußen.
Sie spürte Michaels Blicke in ihrem Rücken.
Von hier draußen konnte sie die kleinen Fischerboote beobachten, die im Licht der Laternen hin und her schaukelten. Selbst in dem geschützten Hafenbecken war das Wasser noch aufgewühlt. Die starken Wellen brachen sich immer wieder an der Kaimauer, und die Taue der kleinen Schiffe schlugen im Takt gegen die Masten.
Die Luft war feucht vom Regen.
Andrea liebte das Meer, den tranigen Geruch nach Fisch und das Salz auf den Lippen. Ihr Herz schlug jetzt ruhig und gleichmäßig, und sie genoss den stillen Moment, abgewandt von der lauten Musik und dem lachenden Geschwätz der Gäste.
Nach einer Weile wurde es auch drinnen leiser, und die gefühlvolle Melodie eines französischen Chansons drang zu ihr nach draußen. „La Mer", eine Liebeserklärung an das Meer, ein Lied über die Sehnsucht, die Freiheit und das Glück.
Michael kam auf die Terrasse und stellte sich hinter sie. Sie spürte seinen warmen Körper. Seine Hände umfassten behutsam ihre Schultern und seine Arme zogen sie an sich.
„Liebst du auch das Meer?", fragte er leise.
„Ja, sehr", flüsterte sie glücklich und lehnte sich an ihn.

38. Traum der Liebenden

Im Viertelstundentakt hörte Sabine die Glocken von Santiagos Kirchtürmen schlagen. Es war Nacht. Sie lag wach auf den hübschen weißen Kissen und ließ ihren Gedanken freien Lauf. Andrea atmete ruhig und gleichmäßig neben ihr.
Sie blickte in das entspannte Gesicht der schlafenden Freundin und glaubte, ein glückliches Lächeln über ihr Gesicht huschen zu sehen. Bestimmt träumte sie von Michael. Auch Sabine musste lächeln, als sie das dachte.
Heute Morgen hatten sie alle zusammen unter einem wolkenverhangenen Himmel am Cabo Finisterre gestanden und vergeblich versucht, mit ihren Augen den dichten Nieselregen zu durchdringen. Sie konnten das Meer hören, aber nicht sehen.
Jeder von ihnen hatte sich einen Platz auf dem Felsvorsprung gesucht, um in die Tiefe zu schauen, wo sich riesige Wellen auftürmten und an den Klippen zerbarsten. Die weiße Gischt spritzte hoch und kleine Schaumflöckchen segelten langsam durch die Luft.
Lange Zeit hatten sie so im feuchten Nebel verbracht und waren jedem Sonnenstrahl dankbar gewesen, der sich durch die dicke Wolkendecke bohrte und ihnen einen kleinen Ausschnitt auf das tosende Meer erlaubte, das mit unendlicher Ausdauer und Kraft immer wieder die schäumenden Wellen zurückholte und in sich aufnahm.
Es ist schon seltsam, dass der Anfang und das Ende unserer Pilgerreise im Nieselregen verschwunden sind, dachte Sabine. Erst der nebelige Aufstieg über den Pyrenäenpass und jetzt das undurchsichtige „Ende der Welt".
Vielleicht soll das eine Botschaft für mich sein?
Ein Hinweis darauf, dass ich auch im Leben nicht alles erkennen kann? Eine Erinnerung daran, dass ich Gott vertrauen soll? Dass auch die Dinge, die ich nicht sehen und beeinflussen kann, ihren Weg finden, ganz egal, ob es mir passt oder nicht? Dass ich viel mehr hinhören muss auf die Klänge und Schwingungen, die in mir selbst entstehen, auf die Musik der Liebe und des Vertrauens?
Dass ich auch Markus mit Liebe und Vertrauen begegnen soll?

Aber da ist eher ein großes Loch, ein Nichts.
Ich habe ihm verziehen, und ich habe ihn losgelassen, damit ich meinen eigenen Weg finden kann.
Welcher Markus wird mir in ein paar Tagen begegnen?
Das Licht der Straßenlaterne fiel auf das Poster an der Wand. Marc Chagalls „Traum der Liebenden". Ein ganz in hellen Blautönen gehaltenes Bild, das ein Liebespaar zeigte. Zwei Menschen, die eng umschlungen standen, abgeschnitten von der übrigen Welt, so, als gäbe es den grauen Alltag für sie nicht.
Das passt zu Andrea und Michael, dachte Sabine. Ja, die beiden wirkten genauso in sich geborgen, als sie eng beieinander im Nebel gestanden haben. Sie strahlten eine Aura der Unverletzbarkeit aus, die sie unangreifbar erscheinen ließ inmitten der kalten Felsen, der aufgewühlten Meeresbrandung und dem Möwengeschrei.
Dieses Gefühl hatten Markus und ich auch einmal, seufzte sie leise. Wir waren fest davon überzeugt, dass unsere Liebe durch nichts und niemanden zerstört werden könnte.
Und dann kam der Alkohol. Durch seine Alkoholsucht habe ich zuerst das Vertrauen und dann meine Liebe zu ihm verloren.
Ja, ich habe sie verloren wie eine Socke, die auf seltsame Art und Weise in der Waschmaschine verschwindet.
Es gibt immer zwei Socken, die zusammengehören:
Liebe die eine - Vertrauen die andere.
Ja, Vertrauen zum Leben, zu Gott und zu mir selbst, das habe ich hier auf meiner Pilgerreise gefunden. Also besitze ich immerhin eine warme, wollige Socke voller Vertrauen. Wie schön!
Ich bin hier auf meinem Weg von Gottes Liebe reich beschenkt worden. Meine Seele ist voll davon wie ein Füllhorn. Und ich muss unbedingt etwas von diesem Überfluss ausschütten.
Irgendwann in den nächsten Tagen werde ich Markus wiedersehen. Ob er sich wohl sehr verändert hat?
Ob ich die Socke meiner Liebe zu ihm wiederfinden kann?
Mit diesen Gedanken zog sie sich die Decke über die Ohren und schlief ein.

Das Flugzeug startete am nächsten Morgen. Nur wenige Sekunden lang konnten Sabine und Andrea einen Blick aus der Vogelperspektive auf den Jakobsweg und Santiago de Compostela werfen.
Als sie hoch über den Wolken flogen, hatte die Aufbruchstimmung die Wehmut aus ihren Herzen verdrängt. Ja, sie waren angekommen, um aufzubrechen und neue Wege zu finden.

39. Eine Socke voller Liebe

Sabine lenkte ihr Auto durch die breite Toreinfahrt und fuhr auf den Parkplatz. Wie ein großer Hotelkomplex lag die Rehaklinik vor ihr.
Aufgeregt warf sie einen kurzen Blick in den Spiegel, steckte zwei weiße Ohrclips an und strich ihre Locken hinter die Ohren, bevor sie langsam aus dem Auto stieg. Dann glitt ihre Hand über das ärmellose, schmal geschnittene, mintgrüne Hemdblusenkleid, das ihre schmale Taille durch einen weißen Gürtel betonte. Die Farbe des Kleides brachte ihre gebräunte Haut und die vielen Sommersprossen zum Leuchten.
Sie wusste, dass sie Markus gefallen würde. Das unbehagliche Gefühl ließ sie trotzdem nicht los. Ihr Herz klopfte heftiger als sonst.
Vorsichtig stöckelte sie über das Kopfsteinpflaster zum Eingang des Hauses, um die dünnen Absätze ihrer weißen Schuhe nicht zu beschädigen.
Er wartete in der Eingangshalle auf sie. Als Sabine eintrat, erhob er sich und machte ein paar Schritte auf sie zu.
Langsam ging sie ihm entgegen. Der gepflegte Mann, der in einem sportlichen weißen Leinenhemd und dunkelblauer Jeans auf sie zukam, verunsicherte sie.
Ihr Herz machte einen Sprung und ihre Knie zitterten leicht, als sich ihre Augen trafen.
Sie ergriff seine ausgestreckte Hand und stotterte: „Ja…oh…ähem…hallo Markus."

Der Mann, der da vor ihr stand, hatte rein äußerlich nichts mehr mit dem zu tun, der sie vor mehr als zwei Monaten im volltrunkenen Zustand mit dem Messer bedroht hatte.
Oder doch? Es war Markus. Beides war Markus. Ihr Mann.
Eine so auffällige Veränderung hatte sie nicht erwartet, und sie konnte nicht vermeiden, dass sein Anblick ein freudiges Gefühl in ihr auslöste. Irritiert lächelte sie ihn an.
Was oder wen hatte sie denn erwartet?
Er umfasste kurz ihre rechte Schulter, als wollte er sie umarmen, aber sie wehrte seine Annäherung mit einer knappen Bewegung ab und senkte ihren Blick.
„Ich freue mich, dass du gekommen bist", hörte sie ihn sagen und „du siehst sehr schön aus."
„Ja, danke!" Mehr brachte sie nicht über die Lippen.
Unsicher wie zwei Fremde standen sie sich gegenüber. Sabine vermied es, ihn noch einmal anzusehen.
„Wollen wir einen Spaziergang machen oder möchtest du lieber hier im Haus bleiben?", fragte Markus.
„Nein, ja, laufen ist gut", antwortete sie.
Schweigend liefen sie nebeneinander her durch einen kleinen Park, der in die Stadt hinunter führte. Die Bewegung tat ihr gut. Die angespannte Haltung löste sich nur langsam.
„Du siehst gut erholt aus und abgenommen hast du auch", presste Sabine nach einer Weile heraus und bemühte sich, sachlich zu klingen.
Markus klang erfreut: „Ja, inzwischen fühle ich mich hier auch recht wohl. Ich habe eine gute Therapeutin. Wenn du willst, kannst du später noch mit ihr sprechen. Sie weiß, dass du heute kommst und hat es angeboten."
„Mal sehen. Vielleicht." Die Wörter kamen nur mühsam und schleppend über ihre Lippen.
Das Geschehene lag wie ein tiefer Graben zwischen ihnen. Ein Gespräch wollte nicht in Gang kommen.
Als sie sich in ein kleines Café gesetzt hatten, um einen Capuccino zu trinken, sagte Markus: „Es tut mir sehr leid, was geschehen ist."
„Du weißt also, was passiert ist?"
„Ja, man hat es mir im Krankenhaus erzählt."

„Und?"

Markus schnäuzte sich. Mit belegter Stimme bekannte er: „Ich konnte mich an keine Einzelheiten mehr erinnern."

Sabine schob abwartend den Zuckerspender zur Seite.

Er warf ihr einen fragenden Blick zu: „Weißt du, ich bin mir erst hier richtig bewusst geworden, was ich dir und den Kindern in den vergangenen Jahren alles angetan habe."

Überrascht hob Sabine den Kopf und blickte einen Moment in seine traurigen Augen.

„Ich lebte so sehr in meinem eigenen Teufelskreis, dass ich nicht gemerkt habe, was ich alles zerstöre. Jedes unangenehme Gefühl habe ich sofort mit Alkohol unterdrückt. Ich musste mein schlechtes Gewissen immer wieder aufs Neue im Alkohol ertränken. Weil ich tief in meinem Innern wusste, dass ich mich selbst belüge, war ich ständig auf der Flucht vor mir selbst. Ich hatte die Aufmerksamkeit für mich verloren und damit natürlich auch die für dich und die Kinder. Zum Schluss drehte sich alles nur noch um den Suff!"

Nachdenklich hielt er einen Augenblick inne und starrte in die Luft, bevor er Sabine ansah: „Und trotzdem hast du immer zu mir gehalten, all die Jahre lang. Dafür danke ich dir."

Er nahm ihre Hand in die seine: „Glaubst du, dass du mir das alles irgendwann verzeihen kannst?"

Sie schwieg und fühlte seine warme Hand auf der ihren. Die Berührung löste eine sanfte Vertrautheit aus.

Sie sah ihn einen Moment lang an, bevor sie langsam antwortete: „Ja, ich habe dir schon verziehen, als ich unterwegs war auf dem Jakobsweg." Behutsam und bewusst zog sie ihre Hand wieder zurück. „Weißt du, wir können das Geschehene nicht ungeschehen machen, aber jeder von uns hat jeden Tag die Gelegenheit, neu anzufangen."

„Würdest du noch einmal mit mir neu anfangen?"

„Das kann ich dir jetzt noch nicht beantworten. Es ist so viel passiert…", sie wischte die Tränen ab, die in ihren Augen aufstiegen, „ich habe… mein Vertrauen und meine Liebe zu dir verloren… lass mir Zeit… bitte!"

Ein paar quälende Minuten lang schwiegen sie beide.

„Ja, das kann ich verstehen", sagte Markus nachdenklich, „aber du sollst wissen, dass ich dich sehr liebe und alles tun werde, damit sich so etwas nicht mehr wiederholt. Ich weiß, dass das ein schwerer Weg ist, aber ich bin fest entschlossen, ihn zu gehen und nie mehr zu verlassen!"
Jetzt war es Sabine, die Markus Hand ergriff.
Lange saßen sie sich so gegenüber und sahen sich an. Sabines Gedanken und Gefühle fuhren Achterbahn.
Das kleine Fünkchen Hoffnung, das sich irgendwo versteckt gehalten hatte, entfachte sich in ihrer Brust und flackerte unruhig vor sich hin.
Sie spürte, dass ihre Liebe zu ihm nicht erloschen, sondern nur verschüttet war und schickte ihr Vertrauen in den Himmel.
Markus blickte sie abwartend an. Sein Lächeln stellte tausend Fragen. Die Wärme seiner Hände schenkte Nähe.
Auf einmal war sie sich sicher, dass Gott ihnen hier und jetzt eine erneute Chance bot, ihre Liebe und ihr Glück wiederzufinden.
Vielleicht sollte sie gemeinsam mit Markus darum kämpfen?
„Das Glück trifft nur einen vorbereiteten Geist!", hatte Louis Pasteur einmal gesagt. Es musste wohl so sein, dass ihr dieser Satz ausgerechnet jetzt einfiel.
Sie war vorbereitet!
Der Pilgerweg hatte sie oft an ihre Grenzen gebracht. Sie hatte diese Herausforderungen angenommen und gemeistert.
Der Camino hatte ihr Kraft und Zuversicht geschenkt. Sie hatte nicht nur eine dicke Socke voller Vertrauen, sondern auch eine Socke voll mit Gottes Liebe in ihrem Gepäck, die sie verschwenden wollte.
Warum also sollten sie es nicht versuchen?
Plötzlich fühlte sie sich wagemutig und stark zugleich. Ja, sie wollte auch diese Herausforderung annehmen!
Aufmunternd lächelte sie Markus an: „Komm, lass uns zurückgehen. Ich möchte gerne deine Therapeutin kennenlernen."

Zwei Jahre später ....

Epilog

Die kleine Lena stolperte über den Rasen auf Sabine zu. Mit ihren fünfzehn Monaten war sie noch etwas unsicher auf den Beinchen, aber die sportliche Oma fing das blondgelockte Mädchen mit einem Lachen auf und drückte es liebevoll an sich.
Sie hatten den ganzen Nachmittag im Mainzer Volkspark verbracht und warteten jetzt auf Felix und Eva, die ihre kleine Tochter bald wieder in Empfang nehmen würden.
Sabine setzte Lena in den Kinderwagen und steuerte auf den Biergarten zu, in dem sie sich verabredet hatten. Die Kleine war vom Herumtollen auf der Wiese müde geworden und schlief sofort ein, nachdem sich der Wagen in Bewegung gesetzt hatte.
Sabine bestellte sich einen Latte Macchiato und schaute auf die Uhr. In einer Stunde musste sie am Bahnhof sein, um Markus abzuholen.
Sabine nahm einen Schluck und warf einen liebevollen Blick in den Kinderwagen, in dem die kleine Lena friedlich schlief.
Zwei Jahre war es her, dass Felix sie mit den Worten: „Du wirst Oma! Eva und ich bekommen ein Baby!" überrascht hatte. Er hatte Andrea und sie nach ihrer Pilgerreise vom Flughafen abgeholt und ihnen die angekündigte Überraschung sofort mitgeteilt.
Zwei Wochen später war er mit Eva in die Rehaklinik gefahren, um seinem Vater ebenfalls davon zu erzählen.
Markus hatte geantwortet: „Das sind ja schöne Aussichten! Wunderbar! Jetzt habe ich noch einen Grund mehr, nicht mehr rückfällig zu werden."

Sabine dachte zurück an ihren ersten Besuch bei Markus.
Sie hatte damals seine Therapeutin kennengelernt und sich nach einem aufschlussreichen Gespräch mit ihr entschlossen, ebenfalls therapeutische Hilfe in Anspruch zu nehmen.
Sie schmunzelte, als sie an die resolute, rundliche Frau dachte, die ihr auf Anhieb sympathisch gewesen war. An den Wochenenden war sie in den Taunus gefahren, um mit Markus gemein-

sam an einer Paartherapie teilzunehmen und sich in einer Gruppe mit Co-Abhängigen (Familienangehörige von Alkoholkranken) auszutauschen.

Sie hatte begriffen, dass ohne professionelle Hilfe ein gemeinsamer Neuanfang nicht möglich war. Sie musste lernen, einige ihrer gewohnten Verhaltensweisen zu ändern. Ihr war bewusst, dass dieser zweiten Chance keine dritte folgen würde. Deshalb war sie fest entschlossen, ihrer Liebe und ihrem Glück auf einen neuen Weg zu helfen.

Corinna war ihr dabei zu einer verständnisvollen Gesprächspartnerin und Freundin geworden. Die junge Ärztin war für Sabine so etwas wie eine Verbündete in allen Fragen der Alkoholkrankheit.

Markus hatte in den letzten Wochen seiner stationären Entwöhnungstherapie mit einer Ausbildung zum Mediator begonnen und sich mit dem Thema Konfliktlösungen auseinandergesetzt. Er wollte nicht mehr in seinem bisherigen Beruf arbeiten.

Als Sabine ihren Mann nach dreimonatiger Trennung aus der Rehaklinik abholte, war ihnen beiden klar, dass sie an ihrer Beziehung und für ihre Liebe hart arbeiten mussten.

Das neunmonatige Fernstudium nahm Markus sehr in Anspruch und faszinierte ihn. Sabine war dankbar dafür. Sie hatte keine Angst mehr, ihn betrunken vorzufinden, wenn sie aus der Schule nach Hause kam.

Vor einem Jahr war Markus in ein neues Berufsleben gestartet. Er beschäftigte sich jetzt mit Menschen statt mit Maschinen. Das machte ihm offensichtlich viel Spaß und füllte ihn aus. Sein Engagement und der Erfolg gaben ihm Bestätigung und schenkten ihm sein Selbstwertgefühl zurück.

Auch als trockener Alkoholiker würde die Krankheit ihn sein Leben lang begleiten. Aber ihre gegenseitige Liebe machte ihn stark. Da war sie sich sicher. Und aus diesem Grund war ihr Zusammenbleiben kein „Trotzdem", sondern ein gemeinsames „Deshalb"!

Sabine sah auf die Uhr. In einer halben Stunde würde sie ihn vom Bahnhof abholen. Er war eine Woche lang zu einem beruflichen Einsatz in Köln gewesen. Sie freute sich darauf, ihn bald wieder an ihrer Seite zu haben.

Ihr Blick streifte ein Plakat, das einen spanischen Tangoabend im Frankfurter Hof ankündigte. Das abgebildete Tanzpaar weckte Erinnerungen an Max. Sie konnte sich ein spitzbübisches Lächeln nicht verkneifen.
Die Begegnung mit ihm schien ihr Jahrhunderte entfernt zu sein. Sie hatte ihn nie mehr wiedergesehen. Die Fotos hatte er ihr per Mail zugeschickt, und ihr Kontakt hatte sich nach ein paar flüchtigen Kurzmitteilungen von selbst erledigt.

Andrea und Michael hatten schon bald nach ihrer Rückkehr von der Pilgerreise eine Möglichkeit gesucht, um ihre Fernbeziehung möglichst schnell beenden zu können.
Sabine erinnerte sich noch gut daran, wie die Freundin ihr nach einem Wochenendbesuch in Ingolstadt freudestrahlend erzählte, dass sie durch Michael drei Musiker kennengelernt hatte, die den Aufbau einer privaten Musikschule planten. Sie hatte zugesagt, sich daran zu beteiligen.
Ihre Vorfreude auf die gemeinsame Zukunft mit Michael, das Musikschulprojekt und auch die Aussicht, wieder näher bei ihrer Tochter zu wohnen, lieferten der Freundin in den nächsten Monaten genügend Energie, um die damit verbundenen Arbeiten und den nicht ausbleibenden Stress unbeschadet zu bewältigen.
Vor wenigen Monaten war es endlich so weit: Andrea zog gemeinsam mit Michael in die herrlich renovierte alte Villa ein, die ihm seine verstorbenen Großeltern bereits vor Jahren hinterlassen hatten. Ihre gemeinsame Wohnung befand sich direkt über den neu eingerichteten Räumen der „casa musica", umgeben von einem kleinen Park, in dem auf grünem Rasen alte Bäume in den Himmel wuchsen.

Gerade kamen Felix und Eva händchenhaltend über den Rasen auf Sabine zugelaufen. Sie waren beide in ausgelassener Stimmung.
Felix verkündete lachend: „So! Die Platzkarten sind verteilt, und das Buffet ist bestellt! Unsere Hochzeitsfeier kann morgen starten!"

Er nahm Eva stürmisch in den Arm und gab ihr einen schmatzenden Kuss, bevor sie sich beide über den Kinderwagen beugten, um ihr schlafendes Töchterchen zu bewundern.

Die kleine Marienkapelle in Bodenheim war bis auf den letzten Platz besetzt, als das Brautpaar zu den feierlichen Klängen der Orgelmusik durch die Kirche schritt.
Ihm folgten die beiden Trauzeuginnen Tanja und Magdalena mit ihren Partnern.
Der Pfarrer eröffnete die Zeremonie mit einem Satz des altrömischen Philosophen Lucius Seneca, den das Brautpaar sich als Motto für ihr gemeinsames Leben ausgesucht hatte, und dem sie die Überschrift: „Wir wagen es!", gegeben hatten:

„Nicht, weil die Dinge unerreichbar sind, wagen wir sie nicht – weil wir sie nicht wagen, bleiben sie unerreichbar."

In der ersten Bankreihe saßen Sabine und Markus, Andrea und Michael.
Als der Pfarrer das Brautpaar nach dem Jawort fragte, blickten auch sie sich an und fühlten sich angesprochen.
In diesem Augenblick waren sie ohne Gedanken an alle Unwegsamkeiten der Vergangenheit oder der Zukunft.
Sie fühlten nur das harmonische Zusammenspiel ihrer Gefühle, dessen Klänge wie Musik in ihnen schwebten und die Liebe, die sie miteinander verband.

Glossar

albergue	Herberge
albondigas	kleine Frikadellen
bocadillo	belegtes Baguette
bodega	Weinstube
buen camino	Guten Weg! (Pilgergruß)
buenos dias	Guten Tag
buenas tardes	Guten Nachmittag
buenas noches	Gute Nacht
cama	Bett
camino duro	schwerer Weg
cerveza	Bier
cerveza con limón	Bier mit Zitronenlimonade
chorizo	Paprikawurst
completo	vollständig, besetzt
desayuno	Frühstück
filete con patatas frites	Fleisch mit Pommes frites
fruta	Obst
helado	Speiseeis
hijo	Sohn
hospitalero/-a	Herbergsleiter/-in
magdalena	kleines Biskuitgebäck
muchas gracias	vielen Dank
pan	Brot
perdón	Entschuldigung
peregrino/-a	Pilger/-in
refugio	einfache Unterkunft
señora	Frau
siesta	Mittagspause
sopa de verdura	Gemüsesuppe
tapas (oder pintxos)	phantasievolle Häppchen
tienda	Laden, Geschäft
uno momento	einen Augenblick
vino tinto	Rotwein

Text- und Liednachweis

Zitate und Hinweise, die den Weg betreffen, sind aus dem Rother Wanderführer von Cordula Rabe „Spanischer Jakobsweg", 3. Auflage 2007, © Bergverlag Rother GmbH, München

Chanson: „Cent Mille Chanson", Originaltext: Eddy Marnay, deutscher Text: Kurt Hertha, Musik: Michel Magne
Für Deutschland: © 1969 by Editions Marbot GmbH Hamburg

Danke

meiner Freundin *Rosi Pester* für die wunderbaren gemeinsamen Erfahrungen auf dem Jakobsweg,

meinem lieben Mann für seine Engelsgeduld und Hilfe bei der Erstellung dieses Buches in allen computertechnischen Bereichen, dem Layout und der Erstellung des Covers,

Claudia Platz für ihre hilfreichen Tipps aus eigener Erfahrung als Schriftstellerin,

Berit Stumm, Eveline Rösch und *Marita Seidel* für das aufmerksame Lesen des Manuskriptes und die offene Kritik,

Karoline Kuhn für ihre professionelle, positive Meinung zu meinem Buchprojekt und ihre aufmunternden Worte, ohne die ich vielleicht gar nicht den Mut gehabt hätte, diesen Roman selbst zu veröffentlichen,

Dr. Herrad Schenk für alles, was ich in ihren Schreibkursen gelernt habe,

Manfred Zentgraf und *Christine Götz* für ihre Hilfe bei der zweiten Auflage.

Besonders verbunden bin ich meinem Mann Wolfgang, unserer Tochter *Susanne* sowie *Berit Stumm* und *Clemens Frenzel-Göth,* die mich und mein Buchprojekt auf verschiedene Art und Weise unterstützt haben.

Herzlichen Dank allen Leserinnen und Lesern meines Buches! Ohne die vielen begeisterten und konstruktiven Rückmeldungen würde es diese Neuauflage nicht geben.